KB163404

조해일문학전집 6

장편소설

겨울여자

하

일러두기

- 《조해일문학전집》은 한국문학사에 커다란 문학적 성취를 남긴 조해일의 작품 세계를 독자들에게 소개함과 동시에 문학적 의의를 정리하는 데 목표를 둔다.
- 《조해일문학전집》은 생전에 발표했던 중·단편과 장편소설, 그리고 웹사이트에 게시된 미발표 소설 등과 기타 작품으로 구성되어 있다.
- 《조해일문학전집》은 출간일(발표일) 기준 가장 최신 작품을 저본으로 정하였다.
- 맞춤법, 띄어쓰기, 외래어 표기는 현행 맞춤법과 표기법을 따랐다.
- 한글 표기를 원칙으로 하였고, 한자로만 된 단어는 '한글(한자)' 형식으로 수정하였다.
- 수정하면 어감이 달라지거나 문학적으로 허용되는 일부 표기(표현)는 원문대로 두었다.
- 간접 인용과 강조는 ' ', 대화와 직접 인용은 " ", 단편소설은 「 」, 장편소설과 잡지는 『 』, 미술 작품과 영화·연극 등은 〈 〉, 시·노래 제목은 ' '로 표기하였다.

겨울여자

하

차례

조해일문학전집 6권

성처녀(聖處女)

이화는 허민이 뛰어넘지 못하고 있는 벽도 깨뜨려 주어야 한다고 생각했다. 그리고 그의 갈망을 자유롭게 해 주어야 한다고 생각했다. 갈망을 알면서 그것을 모른 체한다는 것은 그녀에게는 마치 목마른 자에게 물을 주지 않는 행위와 마찬가지였던 것이다. 그것은 그녀의 천성이 허락하지 않는 일이었다. 더욱이 그는 지금 자신의 갈망과 싸우고 있다. 고통스럽게.

수환이 귀대한 뒤 열흘쯤 지난 어느 날 이화는 자신에게 맡겨진 그날 치의 일을 마치고 허민과 함께 거실로 나와 소파 위에 잠시 마주 앉게 되었을 때 말했다.

"오늘은 좀 쉬었다 갈래요. 선생님. 괜찮죠?"

허민은 의아한 표정과 함께 기쁜 빛을 감추지 못하며 대답했다.

"그야 괜찮지. 허지만 왜? 오늘 유난히 날 혼자 놔두고 가기가 안 된 생각이 들어?"

"어마, 아녜요, 선생님. 선생님이 뭐 어린애신가요? 그냥 좀 쉬었다 가고 싶어서요."

"일이 힘들었던 모양이지? 내가 아무래도 괜한 부탁을 한 모양이군."

"일이 힘들긴요. 오히려 재미난걸요. 공부도 되고요. 그냥 여기 좀 있다 가고 싶어서 그래요. 저녁도 좀 얻어먹고요."

"허, 그것 참 듣던 중 반가운 소리로군. 그럼 내 오늘은 재주껏 요리 솜씰 한번 발휘해 보지."

"선생님 요리 솜씨를 발휘하게 해 드리려는 게 아니라 제 요리 솜씨를 보여 드리려는 거예요. 며칠 전에 TV에서 한 가지 배워 둔 게 있거든요. 선생님 비프스테이크 좋아하신다고 그러셨죠?"

"그랬던가?"

"그러셨어요."

"아무튼 그럼 TV에서 비프스테이크 만드는 법을 배웠다 그 말인가? 그리고 실습 겸 한번 솜씨를 발휘해 보겠다 그 말이군?"

"네, 그래요."

"그럼 어디 한번 기대해 볼까?"

"그런데 재룟값은 선생님이 내셔야 해요. 저 돈 없어요."

"그래서 얻어먹는다는 소릴 했군. 물론 내가 내지. 자, 그럼 전화를 걸어서 재료부터 가져오래야겠군. 내가 슈퍼마켓에 전화를 걸 테니 이환 필요한 재료를 부르라구."

그는 곧 전화를 걸고 이화는 곁에서 필요한 재료들을 일러 주었다. 그리고 10분이 채 못 되어 주문한 재료들이 배달되었다.

그녀가 요리 만들기를 마친 것은 전등을 켜야 할 시간이 지나서였다.

전등 불빛 아래 마주 앉아 식사를 하면서 허민은 그녀가 만든 비프스테이크가 어느 일류 요리사의 솜씨 못지않다고 칭찬을 아끼지 않았고 이화는 그의 어린아이처럼 즐거워하는 표정을 보며 이미 마음속으로 작정한 일을 꼭 실행에 옮겨야겠다고 다짐했다. 가슴이 아려오는 듯한 세찬 연민의 정과 함께.

식사가 거의 끝나 갈 무렵에 이화는 짐짓 장난스런 억양을 꾸며 물었다.

"선생님은 지금 제가 누구로 보이세요?"

"누구로 보이다니?"

"학생으로 보이세요?"

그러자 그는 아주 짧은 순간 얼굴색이 굳어졌다.

이화는 계속 장난 어린 억양으로 물었다.

"아님 그냥 여자애로 보이세요?"

그는 얼른 굳어졌던 표정을 풀었다. 그리고 자기 쪽에서도 장난으로 상대한다는 억양으로 반문했다.

"그건 왜 묻지?"

"절 혹시 학교 밖에서도 학생으로 보시나 궁금해서요. 지금 이렇게 식탁 앞에 마주 앉아 있을 때도 학생으로 보이세요?"

"아니, 요리사로 보이는군."

"어마, 선생님 나쁘시다. 질문의 요점을 그런 식으로 슬쩍 피하시고."

"그럼, 질문의 요점은 뭔데?"

"정말 모르세요?"

"모르겠는걸."

"제가 지금도 학생의 자격으로 여기 앉아 있는 것처럼 보이시냐고요. 아님 그냥 학생이라는 신분하곤 상관없는 한 여자애로 보이세요?"

"그야 학생의 자격으로 앉아 있는 건 아닐 테지. 학생이 선생한테 요리 만들어 주는 사람은 아니니까."

"그렇게 생각하세요?"

"그렇긴 하지만 이화를 또 학생이 아니라고도 할 수가 없지. 이화가 학생이 아니라면 또 지 금 여기 앉아 있을 이유도 없을 테니까. 정확하게 말하면 이렇게 되겠군. 이화는 학생이지만 지금 학생의 자격으로 여기 앉아 있는 건 아니다. 따라서 학생이라는 신분하곤 상관없는 그냥 한 아가씨로만은 또 결코 볼 수가 없지."

"선생님은 아직도 제 질문의 요점을 올바로 파악하시지 못하셨나 봐요. 전 지금 요리 만들기나 밥 먹는 일 같은, 학생이라는 신분하곤 아무 상관 없는 일을 할 때도 제가 학생으로 보이시는지 그걸 묻고 있는 거예요."

"요리를 만들거나 밥을 먹거나 간에 그 사람이 학생이면 학생이지 신분이 갑자기 달라지기라도 한단 말인가?"

"아이, 선생님. 그런 얘기가 아녜요. 신분이 달라진다는 얘기가 아니라 그런 경우에도 선생님은 신분에 마음을 쓰시느냐고요."

"오라, 알았다. 그러니까 요컨대 이화는 학교 이외의 장소에서는 학생 취급을 하지 말고 숙녀 대접을 올바로 해라 이런 말이로군?"

"그런 말도 돼요."

"그럼 또 다른 말도 되나?"

"네."

"어떤 말?"

"학교 이외의 장소뿐만이 아니라 제 신분과 관계없는 모든 일에 있어서 절 학생 취급하지 말아 주세요."

"……무슨 뜻이지?"

"제 신분과 관계없는 모든 일에 있어서 절 신분에 관계없이 생각해 달라는 뜻예요. 그리고 더 중요한 말이 있어요. 어떤 사람의 신분에 따라서 그 사람에 관한 태도를 결정한다는 건 어떤 사람의 옷차림을 보고 그 사람에 관한 태도를 결정하는 거나 마찬가지라고 생각해요. 다시 말해서 제가 학생인 경우나 학생이 아닌 경우나 저에 관한 선생님의 태도는 달라지지 않아야 한다고 생각해요. 적어도 학교가 아닌 장소에서는, 그리고 공부하고 관계없는 일에 관해서는요."

"……."

허민은 무엇에 찔린 사람처럼 잠시 입을 다물고 그녀로부터 눈길을 피하였다. 그녀는 이때라고 생각했다.

그리고 기습하듯 말했다.

"전 선생님이 저하고 연애하고 싶다고 생각하셔도 괜찮다고 생각해요."

그러자 그는 깜짝 놀라듯 그녀 쪽을 쳐다보더니 무언갈 급히 감추듯 공허하게 웃었다.

"허허, 이화가 날 놀리느라고 괜한 농담을 다 하는군."

이화는 짬을 두지 않고 내처 말했다.

"괜한 농담이 아녜요, 선생님. 사실은 저 그보다 더한 경우도 안 된다곤 생각하지 않아요."

"……."

"저 오늘 여기서 자고 갈래요. 선생님이 안 된다고 하셔도요."

그리고 그녀는 그가 무어라고 대꾸할 겨를을 주지 않고 식탁에서 몸을 일으켰다. 빠른 걸음으로, 거실로 나와서 목욕탕으로 들어갔다. 문을 꼭 닫고 잠시 선 채로 자기가 지금 하고 있는 행동에 대해서 생각해 보았다. 잘못이라는 생각은 들지 않았다.

그녀는 옷을 벗었다. 그리고 기다렸다. 세면기의 수도꼭지를 틀어 물소리를 내면서. 그는 물소리가 나는 장소를 구별할 수 있을 것이었다. 그녀가 손이라도 씻고 있으려니 생각할 것이었다. 설마 옷을 벗은 채 이렇게 서 있으리라곤 생각하지 못할 것이었다. 그리고 조만간 무언가를 말하기 위해 이쪽으로 오게 될 것이다. 문밖에서 무어라고 말하거나 그녀를 부를 것이다. 그녀가 대답하지 않으면, 그리고 결국 문을 열어 보게 될 것이다. 그러면 이 짧은 순간에 그녀가 세운 계획은 우선 성공이다. 그는 자기가 바랐던 것의 실체를 볼 수 있을 테니까. 아무런 장애 없이 볼 수 있을 테니까.

그녀의 예상은 적중했다. 그녀가 기대했던 대로 잠시 후 그가 이쪽으로 다가오는 발짝 소리가 들려왔고 곧 그의 목소리가 문밖에서 들려왔다.

"세수하는 모양이로군, 이화. 내 말 들어?"

이화는 대답하지 않았다. 그가 다시 문밖에서 말했다.

"금방 말은 그렇게 했지만 가려고 그러지?"

"……."

"내 말 안 듣고 있어?"

"……."

"듣지 않으려고 해도 다 들릴 테니까 그냥 말하겠어. 이화가 정말 오늘 밤 여기서 자고 가겠다면 자고 가도 좋아. 하지만 그럼 내가 딴 데 가서 자는 수밖에 없어."

이화는 그때 하마터면 대꾸를 하고 말 뻔하였다. 그러나 그녀는 '그건 안 돼요' 하는 목구멍까지 넘어온 말을 꿀꺽 삼키고 다시 잠자코 밖의 동정을 기다렸다.

그러자 그는 의심쩍은 생각이 든 모양이다.

"이화!"

완연히 긴장한 목소리였다.

"내 말 들려? 들리면 들린다고 대답해 봐."

"……."

"아니, 이화! 뭘 하고 있는 거야!"

"……."

"이화! 대답해 봐!"

"……."

다급한 동작에 의해 욕실 도어가 급히 밖으로 잡아당겨진 것은 바로 다음 순간이었다. 그의 상체가 목욕탕 안으로 쑥 들어왔다가 그대로 굳어졌다. 그리고 아주 짧은 순간 그의 시선은 그녀의 벗은 몸 위에 고정되었다가 황망히 거두어졌다.

그의 상체가 다급히 다시 도어 바깥으로 빠져나가려는 순간에 이화는 나직이 외치듯 말했다.

"똑바로 보세요, 선생님. 도망치지 마시고요. 지금 보신 게 제 참모습이에요."

그러나 그의 상체는 황급히 도어 바깥으로 빠져나가고 도어는 다시 굳게 닫혔다.

이화는 잠시 망설이고 나서 계속해서 말했다. 그가 아직 도어 밖에 그대로 (아마도 도어에 등을 기대거나 하고) 서 있으리란 판단을 하고서였다.

"선생님은 여태껏 보실 필요 없는 것만 보셨어요. 정말은 제 참모습을 보고 싶어 하시면서도 요. 왜 건강한 눈에 안대를 하시려고 그러세요. 전 선생님의 안대를 벗겨 드리고 싶어요."

"……."

"제가 학생이란 점이 그렇게도 중요하게 생각되세요? 인간의 거짓없고 순수한 욕구를 그 때문에 억눌러야 할 만큼요? 그게 그렇게도 큰 장애로 보이세요? 그건 마치 우체부는 사랑을 해선 안 된다는 식이나 같아요. 우체부가 아니라 순경이나 소방관이라도 마찬가지예요. 사람의 신분에 따라서 또는 직업에 따라서 인간의 보편적인 욕구가 따로 제한을 받는 경우가 있는 건 아니잖아요?"

"……."

"선생님은 강의하실 땐 역사는 표면만 보아서는 안 된다고 하시면서, 그 표면의 여러 현상들을 나타나게 한 밑바탕의 흐름을 이해해야 한다고 하셨잖아요? 강의하실 때 생각하고 사생활에서의 생각은 따로따로 분리된 건가요? 제가 학생이라는 사실은 제 거죽에 드러난 한 조건에 지나지 않아요. 전 학생이 아닐 수는 있지만 사람이 아닐 수는 없어요. 한 여자 대학의 졸업반 학생이 아닐 수는 있지만 이화라는 한 여자애가 아닐 수는 없어요. 선생님은 왜 더 중요한 사실보다 더 중요하지 않은 사실만 보려고 그러세요? 전 선생님이 가엾어 죽겠어요."

그러자 밖에서는 신음소리 비슷한 것이 들려왔다. 그리고 곧 꽉 잠긴 목소리가 문을 통해 들려왔다.

"알고 있었구나, 이화. 죄다 알고 있었어. 영리하게도 죄다 알고 있었어."

이화는 약간 한기가 드는 느낌과 함께 전신에 어떤 알 수 없는 슬픔이 퍼져 가는 것을 느꼈다.

"선생님은 생각보다 바보세요. 저보다도 바보세요. 자신을 속이는 바보세요."

"그래, 난 바보야. 이화보다 바보야. 이제 그만 나와. 옷 입고 나와. 옷 입고 나와서 차나 같이 마시자구."

"선생님이 들어오셔서 데리고 나가세요. 데리고 나가시기까진 밤새라도 그냥 여기 서 있겠어요."

"그럼, 어서 옷이라도 입어. 날씨가 선선해져서 감기 들지도 몰라."

"감기 들어도 좋아요. 선생님이 들어오셔서 데리고 나가시기까진 꼼짝 않고 있겠어요."

"고집쟁이군. 이환 고집쟁이야. 좋아 그럼 불을 끄겠어. 불을 끄고 들어가지."

이어 밖으로부터 스위치 내리는 소리와 함께 욕실 안의 전등이 꺼졌다.

이화는 순간 일시에 덮쳐든 어둠에 몸을 움츠리듯 했다. 그리고 자기에게 아직도 자신을 아끼는 습성이 남아 있다는 걸 깨닫고 부끄러움을 느꼈다.

전등이 꺼지고 나서도 잠시 더 지체하는 기척이 느껴지더니 마침내 도어가 열렸다. 그리고 허민의 보이지 않는 입이 말하는 소리가 들렸다.

"자, 나와. 욕실 전등도 껐어."

"잡아 주세요."

"자……."

그가 손을 내밀었다고 느껴지는 방향을 더듬어 그녀는 그의 손을 잡았다. 그의 손은 약간 떨리고 있는 듯했고 축축하게 땀이 내배어 있었다. 그리고 한순간 그 손에 힘이 주어졌다고 느끼자 그녀의 몸은 빠른 속도로 목욕탕 바깥으로 옮겨졌다. 맨살에 닿는 섬유의 촉감과 함께 그녀의 몸은, 그리고 그의 팔 안에 갇혔다.

그의 더운 입김이 이마 근처에 느껴졌다.

"이 난처한 고집쟁이."

하고 그는 떨리는 목소리로 말했다.

"선생님은 바보."

"이젠 날 선생님이라고 부르지 마."

"그러니까 선생님은 바보."

"그래, 바보니까 이젠 선생님이라고 부르지 마."

그러며 그는 그녀를 가둔 두 팔에 힘을 주었다. 그녀는 저항하지 않은 채 말했다.

"아직도 선생님은 그런 호칭 따위에 신경을 쓰시니까 바보라는 거예요. 선생님은 선생님 자신이 허민이라는 한 개인이라는 사실보다 학교 선생님이라는 사실이 더 중요하게 여겨지세요?"

"그래, 내가 바보야. 더 이상 아무 말도 하지 마."

"선생님 걱정 덜어 드리기 위해서 한마디만 더 하고요. 저, 세상 사람들이 말하는 처녀 아녜요."

"……글쎄, 아무 말도 하지 말라니까."

"선생님이 너무 바보시니까."

"그래, 그래, 더 이상 아무 말도 하지 마."

그러며 그는 그녀의 몸을 번쩍 안아 들고 어둠 속을 더듬어 침실로 데려갔다. 그리고 그녀를 침대 위에 가만히 내려놓으며 말했다.

"여기서 자. 오늘은 내가 소파에서 잘 테니."

그러나 그녀는 그의 목에 감은 팔을 풀어 주지 않았다.

"그럼 저도 소파로 날라다 주세요."

"……."

"선생님하고 함께 잘래요."

"정말 고집쟁이로군."

"그래요, 저 고집쟁이예요."

다음 순간 그녀는 코 근처에 그의 입술이 와 닿는 것을 느꼈다. 그리고 그것은 곧 그녀의 입술로 옮겨 왔다. 마른 나뭇잎처럼 메마른 입술이었다. 메마르고 뜨거운 입술이었다.

그녀는 힘껏 그의 목을 껴안았다. 그리고 그의 마른 입술을 적셔 주었다.

그가 곧 몸 전체로 그녀를 안아 왔다. 갈증에 목이 탄 사람이 한 방울의 물을 향해 온몸을 내던지듯이, 온몸을 내던져 그 한 방울의 수원(水源)을 탐욕하듯이.

그녀는 이제 가만히 그의 몸짓에 따르고 있으면 되었다. 그녀가 할 일은 이제 더 이상 남아 있지 않았던 것이다.

잠시 후 그녀는 그의 맨몸이 닿는 것을 느꼈다.

이튿날 아침 이화는 그가 아직 잠에서 깨기 전에 가만히 침대를 빠져나와 그를 위해 아침을 지었다. 그리고 식탁을 보아 놓은 다음 침실로 가서 그가 아직 잠들어 있는 모습을 확인하고는 조용히 아파트를 빠져나왔다.

팔목시계를 보니 7시가 조금 넘어 있었다. 집에 들렀다가 학교엘 가도 충분한 시간이었다.

아파트 구내를 빠져나와 큰길로 나서자 제법 차량들이 붐볐다. 통학 거리가 먼 중고등학생들이 무거운 가방을 든 채 바쁜 걸음을 걷고 있었고 손수레를 세워 놓고 거리를 쓰는 청소부들의 모습도 보였다.

아침 햇살이 엷게 길바닥에 퍼지기 시작하고 있었다.

이화는 버스 정류장을 향해 걸었다. 그리고 승객의 대부분이 책가방을 든 중고등학생들인 버스에 올라탔다. 이런 시간에 버스를 타 보는 것은 실로 오랜만의 일이었다. 그녀가 저들처럼 무거운 책가방을 들고 제복을 입던 시절 이후로는 거의 처음 겪는 일이었다. 그러나 그녀는 남들이 말하는 것처럼 그 시절로 돌아가고 싶다는 생각은 들지 않았다. 조금도 들지 않았다.

집에 돌아오자, 마악 학교 갈 준비를 하고 나서려던 참인 모양의 동식이 대문을 열어 주며 말했다.

"어머니 아버지가 지난밤 또 꼴딱 새우신 모양이야. 아직 아침들도 안 들고 계셔. 어서 들어가 봐, 누난 좀 지나치단 생각 안 들어?"

이화는 식구들에겐 좀 미안하다는 생각이 들었다. 그리고 이런 점이 아마 가족의 한 구성원으로서 갖는 어쩔 수 없는 속성일 것이라는 생각도 들었다.

"미안하다."

"어서 들어가 봐."

"어디 계시니?"

"안방에."

"두 분 모두?"

"응."

그녀가 동식과 엇갈려 안쪽으로 들어가 신발을 벗고 마루 위에 올라섰을 때 안방 쪽에서 어머니의 목소리가 났다.

"이화니?"

"네, 저예요."

"……이리 들어오너라."

"네, 엄마."

그녀가 안방 문을 열고 들어서며

"죄송합니다. 엄마, 아버지."

하고 말했을 때 그녀의 아버지가 기다렸다는 듯 벌떡 일어섰다. 출근할 채비를 다 갖춘 차림이었다.

어머니가 아버지를 쳐다보며 말했다.

"그냥 출근하시게요?"

"이화 무사히 돌아왔으니 이제 출근해 봐야지."

이화는 아버지가 화를 내고 있다는 걸 알 수 있었다. 그리고 그것을 딸에게 내보이지 않으려고 애쓰고 있다는 걸 알 수 있었다.

"죄송해요, 아버지."

그녀는 고개를 숙이듯 하며 다소곳이 말했다.

"난 괜찮다. 어머니한테나 사과드리렴."

그리고 아버지는 딸의 얼굴을 한번 바라본 뒤 안방에서 나갔다. 뒷모습이 몹시 불안정해 보였다.

이화는 곧 아버지를 뒤따라 대문까지 나가서 인사했다.

"안녕히 다녀오세요, 아버지."

그녀가 다시 안방으로 돌아왔을 때 어머니는 그사이 기도라도 드리고 있었던 듯 눈을 감고 있다가 떴다. 눈가에 보일락 말락 눈물의 흔적이 남아 있었다.

"엄마!"

"……."

"왜 그래요? 나 때문에 그래요?"

"아니다. ……아침 차려 주련?"

"생각 없어요, 엄마. 그보다도 왜 그러세요? 나 때문에 그러죠?"

"아니라니까 그러는구나. 늬 아버지 때문에 잠깐 기도드렸다. 조반도 안 드시고 출근하시잖았니. 밤에도 한잠 못 주무시고."

"……미안해요, 엄마. 엄마도 아침 안 드셨죠? 내가 차려 올게요."

"아니다. 난 괜찮아. 그보다 학교 늦지 않겠니?"

"좀 늦어도 괜찮아요. 엄마, 하실 얘기 있음 하세요."

"……간밤에도 그 허 교수라는 분 댁에서 잤니?"

"네."

"……."

"왜 또 그분이 독신이라는 점이 마음에 걸리세요?"

"그분 댁에 다른 식구는 아무도 없다면서?"

"네, 아무도 없어요."

"……너 그분을 좋아하니?"

"네, 좋아해요, 엄마. 하지만 특별한 의미로 좋아하는 건 아녜요."

"무슨 소린지 모르겠구나. 좋아하는 건 뭐고 특별한 의미로 좋아하는 건 또 뭔지."

"좋아한다는 건 그분이 좋은 분이기 때문에 그냥 좋아한단 뜻이고 특별한 의미가 아니라는 건 엄마가 물어보신 그런 뜻이 아니라는 소리예요."

"그럼 너 그분을 좋아하지도 않으면서 그분 댁에서 자고 다닌단 말이냐?"

"그럼 엄만 내가 엄마 말대로 그분을 특별히 좋아해서 자고 다니는 줄 아셨어요?"

"그럼 그게 아니란 말이냐?"

"엄마도 참."

"그런 것도 아니면서 다 큰 처녀애가 그럼 독신 남자 혼자 사는 집에서 자고 다닌단 말이냐?"

"염려 마세요, 엄마. 나 나쁜 짓 안 하고 다녀요."

"정말 나쁜 짓 안 했다고 약속할 수 있겠니?"

"엄마는 순 의심꾸러기셔. 약속할게요, 자."

그러며 그녀는 장난스레 새끼손가락을 펴서 내밀었다. 그러자 어머니는 나무라듯, 그러나 훨씬 누그러진 표정으로 딸의 얼굴을 한번 훑겨보고는 잠시 입을 다물었다가 다시 말했다. 천천히, 이제부터 하는 얘기는 지금까지와는 전혀 다른 이야기라는 표정으로.

"너 혹시 안 장로님 댁 자제분 기억나니?"

"누구, 엄마?"

"안 장로님 댁 자제분. 너 여고 다닐 때 대학생이던."

"아, 그 성가대 지휘하고 그러던 사람? 미국에 공부하러 갔다면서요?"

"그래, 그 사람. 그 사람이 얼마 전에 공부 마치고 돌아왔다는구나. 물리학 박사학위를 받았다던가."

"그래서요? 엄마."

"너 그 사람 한번 만나 보지 않겠니?"

"왜요? 엄마, 그 사람이 날 만나고 싶대요?"

"그 사람이 그러는 게 아니라 안 장로님이 느이 아버지한테 얘길 꺼내신 모양이더라."

"무슨 얘기?"

"자제분이 돌아왔으니 장갈 들여야 할 텐데 본인이 직접 나서서 색싯감 고르는 건 않겠다고 한다는구나. 집안 어른들이 알아서 정해 주십사구. 그래 안 장로님이 평소에 널 점찍어 두었다가 아마 느이 아버지한테 얘길 꺼내신 모양이야. 한번 만나 보게 해서 서로 괜찮기만 하다면 약혼이나 해 두었다가 내년 봄 너 졸업하는 대로 결혼시켰으면 어떻겠느냐고."

"말하자면 나보고 선을 보란 얘기군요? 엄마. 그래 아버지는 뭐라고 그러셨대요?"

"본인의 의사를 한번 물어보겠노라고만 대답하셨대. 어떠니? 네 생각은. 넌 졸업하면 어차피 시집을 가야 할 테고 안 장로님 댁은 집안도 좋고 또 당사자도 아주 진실한 사람이라던데. 곧 안 장로님의 사업도 그 자제분한테 물려주실 생각이라고 하시더라는구나."

"물리학을 전공했다면서요?"

"본인 생각은 대학에 가서 강의도 하고 연구도 더 계속하고 싶은 모양이래, 몇 군데 대학에서 와 달라는 청도 있다는구나. 그렇지만 안 장로님이 더 이상 사업을 붙들고 계시기가 힘에 부치신다고 물려줄 작정을 하고 계신다는 거야. 여태껏 집안 어른들의 말을 거역해 본 적이라곤 없기 때문에 아직 말은 안 했지만 이번에도 말을 하면 들을 거라고. 어떠니? 한번 만나 보지 않으련?"

"싫어요, 엄마. 나 선 같은 거 볼 생각 없어요."

"선 같은 걸 볼 생각이 없다니? 너 그럼 연애결혼 할래?"

"나 시집 안 갈 거예요, 엄마."

"뭐? 시집 안 가고 그럼 뭐 할래?"

어머니는 딸애가 수줍음을 타고 있다고 생각한 모양이었다. 눈가에 웃음기를 띠고 이화를 바라보았다.

이화는 그저 하는 소리가 아니라는 걸 나타내기 위해서 얼굴을 단정히 하며 말했다.

"정말예요, 엄마. 나 결혼 안 할 거예요."

"뭐라구? 얘가? 결혼 안 하고 그럼 뭐할 거냐니깐?"

"그냥 살지, 뭐."

"그냥 살다니? 평생 처녀로 늙겠단 말이냐?"

"그럼 안 되우, 엄마?"

어머니는 표정이 다소 굳어졌다.

"그럼 너 그게 진심에서 하는 소리냐?"

"정말 나 결혼 안 할 거예요, 엄마. 그 대신 졸업하는 대로 취직할게요."

"취직은 왜? 누가 너 밥 먹는 게 아까워서 시집보내려고 그런다던?"

순간 어머니는 무언가 잠시 딸애로부터 캐내려는 눈빛으로 이화를 바라보았다. 그리고 짚이는 것이 있다는 듯 의심에 찬 시선을 보내오며 물었다.

"너 혹시 그 허 교수란 분 정말 좋아하는 거 아니냐?"

"아이, 엄마도. 그런 건 아니라고 그랬잖아요."

"그런 것도 아니면 어째서 시집은 안 가겠다는 거냐?"

"가기 싫으니까 안 가는 거지, 뭐."

"가기 싫다니? 그럼 가기 싫은 이유가 있을 거 아니냐?"

"말할게요, 엄마."

"말해 보렴."

"나 시집가서 어느 한 사람만을 위해서 살고 싶지 않아서 그래요. 난 그냥 자유롭게 살고 싶어요, 엄마."

"뭐라구? 얘가 큰일 날 소리 하는구나."

"자유롭게 사는 게 큰일이우, 엄마?"

그러자 어머니는 터무니가 없다는 표정이 되었다.

"큰일 아니고 그럼 다 큰 처녀애가 시집 안 가고 마음대로 살고 싶다는 게 작은 일이냐?"

"염려 마세요, 엄마. 그렇다고 엄마 걱정시켜 드리는 그런 앤 되지 않을 거예요."

"이런 게 다 어미 걱정시키는 일이지 별게 걱정시키는 일이냐?"

"이런 거 말고 진짜 걱정은 안 시켜 드리겠다는 소리예요. 하나님 말씀에 어긋나는 행동을 하지 않을 거라는 뜻, 엄마."

"하나님이 너 시집가지 말라고 하셨다든?"

"시집을 꼭 가야만 한다고 하시지도 않았잖아요?"

"모르겠다, 난. 아무튼 그래 그 사람은 만나 보지 않겠단 말이냐?"

"선보는 것만 아니라면 만나도 괜찮아요. 그냥 아무 전제 없이 만나기만 하는 거라면."

"……그럼 어쨌든 한번 만나 보긴 할래? 모처럼 안 장로의 청이시기도 한데."

"좋아요, 엄마. 하지만 선보는 게 아니라는 건 분명히 해 두셔야 해요."

"그야 너만 그런 생각 없이 만나 보면 되지 않니?"

"저쪽에선 선을 보고요?"

"그야 네가 싫다면 저쪽에도 얘길 해 둬도 좋겠지만."

"그럼 저쪽에서 구태여 날 만나려고 할 필요도 없겠죠?"

"글쎄다. 어떨는지……."

"그러면 더 좋고요. 아무튼 선보는 게 아니고 그냥 한번 만나는 것뿐이면 응할 용의가 있다고 해 주세요. 그래서 싫다고 하면 할 수 없고요."

"어쨌든 그럼 한번 만나 보긴 할래?"

"글쎄, 선보는 것만 아니라면 만나는 건 어렵지 않다니까, 엄마."

"그래, 그럼 저녁에 아버지 들어오시면 내 그렇게 말씀드리마. 안 장로님 만나 뵙고 그렇게 말씀드리라고. 안 장로님께서 어떻게 생각하실는지 모르겠다만."

"안 장로님께서 어떻게 생각하시건 그건 우리가 염려할 일이 아니잖아요?"

"그야 물론 그렇지. 하지만 모처럼 청이신데 우리가 거절 비슷이 하는 셈이 되니까 아무래도 우리 쪽이 좀 미안한 느낌을 갖게 되지 않겠니? 더구나 안 장로님은 우리 집에 대해서 호의를 갖고 계신 분인데."

"엄마도 참, 그렇다고 안 장로님을 위해서 마음에도 없는 선을 봐 드릴 순 없잖아요? 그리고 또 아주 안 만난다는 얘기도 아니고."

"그래. 아무튼 저녁에 아버지 들어오시면 그대로 말씀드리마. 그리고 너 배고프겠다. 내 아침 차려다 주마."

"아녜요, 엄마. 내가 차려 올게요."

이화가 안 장로의 아들을 만난 것은 사흘 뒤인 일요일이었다.

예배가 끝나고 나서 어머니가 일러 준 근처의 다방으로 가자 그는 먼저 와서 기다리고 있었다.

여러 해 전에 보고 커서는 처음 보는 얼굴이지만, 그리고 머리를 길게 기른 모습이라든가 옷차림이라든가가 전하곤 많이 달라져 있었으나 이화는 그를 어렵잖게 알아볼 수 있었다. 오히려 그 달라진 머리 모습이나 옷차림 때문이었다고 할까.

이를테면 그런 것들은 그가 외국에서 돌아온 지 얼마 안 되는 사람이라는 점을 거의 의심의 여지 없이 나타내 주고 있었던 것이다. 그가 여러 해 동안을 살아온 고장의 풍속이나 냄새 같은 것을 그런 것들에 아직 그대로 묻혀 가지고 있는 것 같았다고나 할까.

이화는 곧장 다가가 거의 앉을 채비를 하며 그러나 확인하듯 물었다.

"저, 안세혁(安世赫) 씨세요?"

그는 얼른 마주 일어서며 대답했다.

"아, 네. 이화 씨군요?"

일어선 모습을 보니 둥근 얼굴을 닮아 체격도 전체적으로 자그마하고 둥글다는 느낌을 주었다. 전에도 그랬던가 하고 잠깐 그의 대학생 때 모습을 상기해 보려 했으나 기억이 확실치 않았다. 막연히 전보다는 어쨌든 살이 찐 것 같다는 느낌뿐이었다.

"저 기억나세요?"

하고 이화는 조금 미소를 지어 보이며 의자에 앉았다. 그도 일으켰던 몸을 다시 의자에 내려놓으며 말했다.

"아, 네. 몰라볼 만큼 성숙해지셨지만 모습은 거의 그대로시군요.

더 아름다워지신 점만 빼면은요."

"어마, 저 그럼 그땐 지금보다 미웠었나요?"

"하하, 아니죠. 그때도 아름다웠지만 지금 더 아름다워지셨다는 얘기죠. 가만있자, 그러니까 이화 씨가 고등학교 1학년 때고 제가 아마 대학 졸업반일 땔 겁니다. 제가 미국 들어간 게 대학 졸업하자마자니까요."

"잠깐만요, 저 예쁘다고 칭찬해 주신 건 고맙지만, 미국 들어가시다뇨? 아직 집에 오신 기분이 아니신가 보죠?"

"네?"

그는 얼른 말귀를 알아듣지 못하는 표정이 되었다.

"아직 미국을 집으로 생각하고 계신 모양이라고요. 이런 말 해도 괜찮을지 모르지만 일제 때 일본 여행한 경험이 있는 분들이 일본 들어갔을 때, 동경 들어갔을 때, 하고 항용 말씀하시는 투하고 흡사하시네요. 일제 때는 일본이 본국이고 여기는 식민지라는 생각이 공식화돼 있었기 때문이라고나 하지만."

순간 그는 얼굴을 붉혔다.

"아, 이런, 미안합니다. 버릇이 돼 놔서 그만. 꼭 무슨 별다른 의식을 가지고 한 말은 아닙니다만. 아무튼 무의식중에라도 그런 말을 사용했다는 것 자체가 제게 결함이 있다는 증거군요. 용서하십시오."

"죄송해요. 별뜻 없이 말씀하신 걸 가지고 제가 공연히."

"아, 아닙니다. 사양하시지 않고 말씀해 주셔서 도리어 감사합니다. 이화 씨 아니었으면 옳지 못한 언어 습관을 가지고 있다는 사실조차 그냥 모르고 지낼 뻔했습니다. 의심 한번 해 본 적이 없으니까요. 충고해 주는 사람도 없었구요."

반드시 그 때문만은 아닐지 모르지만 그의 이마에는 땀까지 내배어 있었다.

이화는 그의 그렇게 당황하는 모습이 순간 안쓰럽게 느껴졌다. 그리고 어쩌면 미국으로 들어간다는 식의 잠재적 발상법은 그 혼자만의 것은 아닌지도 모른다는 생각이 들었다. 그렇다면 자신이 좀 지나쳤던 것인지도 모른다. 더욱이 그와는 거의 초면이나 다름없는 사이가 아닌가.

"전 그냥 귀에 낯설게 들리길래 말씀드린 것뿐예요. 주제넘게 무슨 충고를 드린다거나 하는 기분은 아니었어요. 너무 마음에 두지 말아 주세요. 그리고 참, 차 드셨어요?"

"아, 아직 안 들었습니다. 시켜야겠군요."

그는 붉어진 얼굴을 채 수습하지 못한 채 카운터 쪽으로 고개를 돌렸다. 그러나 그때 이미 주문을 받기 위해, 게으름을 피우듯 천천히 이쪽으로 다가오는 젊은 여자의 모습이 보였다.

두 사람 모두 커피를 주문했다. 그리고 젊은 여자가 주문을 받아 가지고 돌아갔을 때 이화가 말했다. 마치 지금까지의 얘기는 모두 잊어버렸다는 듯한 어조로.

"미국은 외국 학생이 가서 공부하기 무척 어려운 나라라면서요? 고생 많이 되셨겠어요."

그제야 그는 다소 안정을 되찾은 표정으로 대답했다.

"네, 아무래도 제 나라 같기야 하겠습니까? 처음 얼마 동안 적응하기까진 불편도 꽤 겪었죠. 하지만 일단 어느 정도 적응이 되고 나니까 별 불편 모르겠더군요. 공부할 수 있는 환경은 그만하면 만족할 수 있을 만큼 갖춰져 있는 셈이었구요."

"돌아오신 건 그럼 그곳에서 하실 수 있는 공부는 다 하셨다고 생각하셔선가요?"

"다 했다곤 할 수 없지만 이젠 돌아와서도 할 수 있다고 생각했죠. 저 나름의 한계를 느끼기도 했구요. 어느 편이냐 하면 전 연구 업적을 남기는 쪽보다는 학생들을 가르치는 쪽이 비교적 제 능력에 맞는 일이라고 생각했죠. 게다가 집의 아버님께서 돌아와 주기를 바란다는 뜻도 전해 오셨고요."

주문한 커피가 날라져 왔다. 커피를 저으면서 이화는 말했다.

"지금 절 만나러 나오신 것도 아버님의 뜻에 따르신 거구요?"

"네, 일차적으론 그렇지만 이렇게 만나 뵙고 보니까 그러길 아주 잘했다는 생각이 드는군요."

"그러세요? 하지만 이게 선보는 게 아니라는 건 알고 계시죠?"

"네, 알고 있습니다. 하지만 희망을 말씀드려도 된다면 이 자리가 선보는 자리였으면 더 좋겠군요. 제가 좀 성급한 말을 했나요?"

"아녜요. 미리 오해가 없으시도록 말씀드려 두겠어요. 전 이번만이 아니라 그리고 안세혁 씨하고만이 아니라 어느 누구하고도 선은 안 볼 거예요."

"아, 선보는 걸 부자연스럽다고 생각하고 계시군요."

"그보다 전 결혼 안 할 생각이기 때문이에요."

"아, 그렇습니까? 그럼 혹시 무슨 여권단체(女權團體) 같은 데 가입하고 계신가요?"

"여권단체라뇨?"

"아닙니까? 미국엔 그런 여성단체들이 꽤 있는데. 결혼은 여성을 노예화하는 굴레에 지나지 않는다고 생각하는."

"아, 그런 여성단체가 우리나라에도 있는진 모르지만 전 그런 뜻으로 얘기한 거 아녜요. 아무튼 우리가 지금 어떤 전제를 가지고 만나고 있는 게 아니라는 것만 분명히 아시면 되세요. 사람끼리 만나는데 따로 무슨 전제가 있어야만 하는 건 아니잖아요?"

"물론이죠. 전제가 있으면 그 전제에 묶여 버리는 수가 많으니까요. 하지만 어쩐지 좀 서운한 생각이 드는데요. 결혼 안 하신단 말씀을 듣고 나니."

그러며 그는 정말 몹시 아쉬워하는 눈길로 이화를 쳐다보았다. 이화는 팔목을 들어 시계를 보며 말했다.

"저 여기 더 있어야 할까요?"

"아, 어디 가셔야 할 데가 있으십니까?"

하고 그는 당황한 표정이 되었다.

"꼭 가야 할 데가 있는 건 아녜요. 하지만 이제 더 하실 말씀도 없으시잖아요?"

"그렇다고 이렇게 그냥 가시는 건……. 점심이라도 대접해 드리고 싶은데."

"그럼 사 주세요."

"아, 괜찮으시겠습니까?"

"네, 사 주시면 감사히 먹겠어요."

"고맙습니다. 무얼 좋아하십니까?"

"전 아무거나 괜찮아요. 좋아하시는 걸로 하세요."

"그래도 제가 대접해 드리는 건데."

"정말 전 아무거나 괜찮아요. 좋아하시는 걸로 사 주세요."

"그럼 양식 괜찮으시겠습니까?"

"물리지 않으셨어요?"

"네, 전 이상하게 음식만은 그리워해 보지 않았습니다. 저쪽에 있는 동안에도 김치 고추장이 먹고 싶다거나 하는 생각은 별로 나지 않았으니까요."

"그럼 좋으신 대로 하세요."

그들은 다방에서 나와 근처에서 대기하고 있는 한 고급 승용차에 탔다. 얼핏 보기에도 외국제로 보이는, 그의 집 승용차인 모양이었다. 그리고 그들이 그 승용차에서 내린 곳은 건물 정면이 기와 빛깔의 회색 벽돌로 된 사치스러워 보이는 한 레스토랑 앞이었다. 안으로 들어가 테이블을 사이에 두고 마주 앉았을 때 그가 말했다.

"귀국해서 식구들하고 같이 한번 왔었는데 비교적 나쁘지 않은 곳이더군요. 종업원들도 서비스할 줄 아는 사람들이고. 제대로 된 풀코스의 식사도 아마 할 수 있을 겁니다."

그곳에서 이화는 많은 접시들이 계속해서 날라져 오는, 그들 두 사람만을 위한 것으로서는 좀 지나치게 많은 수고와 도구들이 동원된다고 여겨지는, 시간이 많이 드는 식사를 그와 함께했다. 음식이 담긴 접시들이 날라져 올 적마다 심부름을 하고 있는 사람들에게 미안하다는 생각이 끊임없이 드는 식사였다.

식사를 하는 동안 그녀는 줄곧 이런 식사는 다시 하지 말아야겠다는 생각만 했다. 그리고 식사를 마치고 밖으로 나왔을 때 그녀는 말했다.

"대접 잘 받았어요. 하지만 이런 식 식산 줄 알았으면 처음부터 사양할 걸 그랬어요. 너무 호사스런 식사였어요."

"겸양의 말씀이십니다. 자, 댁까지 모셔다드리죠."

이화는 그의 제의를 사양했다. 잠깐 들러서 갈 데가 있다는 핑계를 둘러대고.

그러자 그는 재차, 그럼 가시는 곳까지만이라도 차로 모셔다드리겠다고 말했으나 그녀는 걸어서 갈 수 있는 짧은 거리라고 대답하고 그와 헤어졌다.

거리에는 가을 오후의 햇빛이 눈부시게 내리비치고 있었다. 평일과 다르게 큰길에도 행인들의 발걸음이 그다지 붐비지 않았고 차도를 왕래하는 자동차들의 수도 많지 않았으며 따라서 햇빛이 차지하는 공간이 평일보다 훨씬 넓어 보였다.

그녀는 무인가로부터 자유로워진 느낌으로 천천히 걷기 시작했다. 아파트에 혼자 있을 허민의 생각이 났다. 어쩌면 혹시 어디 외출하고 없을지도 모르지만.

그 일이 있은 후로도 그녀는 계속 그의 아파트에 들러 그를 돕고 있었다. 그러나 그는 한 번도 같은 일을 또다시 요구하는 일은 없었다. 되도록 그날 있었던 일을 그녀 앞에서 상기하는 것도 삼가는 눈치였다. 그리고 그러한 그의 태도에는 자기를 꾸짖는 어떤 고집스런 결의 같은 것이 엿보였다.

그러나 그녀는 아직 자청해서 그 일에 관해 무어라고 말하는 것은 삼가고 있다. 그의 태도가 이쪽이 조심스러울 정도로 굳어 보였기 때문이다. 무어라고 할까. 자기 자신에게 부과한 벌을 스스로 묵묵히 견디며 수행하고 있는 것 같았다고 할까.

이화는 허민의 아파트 쪽으로 가는 버스에 올라탔다. 오늘 그를 아직도 완전히 벗어나지 못하고 있는 그 스스로가 만든 (또는 그와 비슷한 생각을 가진 사람들이 함께 만든) 벽으로부터 기어이 자유롭게 해 주고야 말겠다는 결심을 하고,

그녀가 그의 아파트에 도착해서 초인종을 눌렀을 때 그는 그때까지 세수도 하지 않고 있었던 모양으로 부스스한 얼굴로 문을 열어 주었다. 그리고 그녀를 발견하자 흠칫 놀라는 표정을 지었다.

이화는 명랑한 표정으로 말했다.

“어머, 선생님 아직 주무시고 계셨나 봐요. 전 혹시 어디 외출하셨으면 어쩌나 하고 걱정까지 했었는데.”

“웬일이지? 일요일에.”

“일요일엔 오면 안 되나요? 선생님 뵙고 싶어서 왔죠, 뭐. 드릴 말씀도 있구요.”

"……들어와."

안으로 들어서자 창틀엔 커튼조차 걷혀 있지 않은 모습이 눈에 띄었다.

"어마, 정말 아직까지 주무시고 계셨나 봐요. 커튼까지 아직 그대로 쳐져 있는 걸 보니."

"자진 않았어."

"그럼 뭐 하셨어요? 오늘같이 햇빛이 아름다운 날 커튼까지 그대로 쳐 두신 채."

"그냥 누워 있었지."

"그럼 식사도 아직 안 하셨겠네요?"

"밥은 먹었어."

"몇 시에요?"

"……."

"거 보세요. 몇 신진 대답 못 하시는 걸 보니 아직 식사도 안 하신 게 틀림없죠. 그렇죠?

"글쎄, 밥은 먹었어."

"거짓말."

"그보다도 할 얘기가 있다는 건 뭐지?"

"천천히 얘기할게요. 선생님 진지부터 우선 지어 드리구요."

그러며 이화는 부엌 쪽으로 몸을 돌이키려 했다. 그러자 그는 그녀의 팔을 잡았다.

"제발 그만둬, 이화. 밥 생각은 조금도 없어. 어서 하겠다는 얘기나 해 봐."

이화는 눈길을 들어 그를 똑바로 쳐다보았다. 그는 무언가 잔뜩 억제하고 있는 듯한 표정을 하고 있었다.

"저 때문에 화나셨어요, 선생님? 저 오늘 온 거 잘못했나요?"

"아냐, 이화. 화난 게 아냐. 난 단지 지금 이화가 밥 같은 걸 짓겠다고 그러지 말아 주길 바랄 뿐이야. 어서 얘기나 해."

"좋아요, 선생님. 진지 짓는 건 그만둘게요. 그리고 말씀드린다던 얘기 할게요."

"그래."

두 사람은 소파로 걸어가 마주 앉았다.

"커튼 걷을까요, 선생님?"

"아니, 그냥 둬."

"피곤하세요?"

"아니, 괜찮아."

"방금 그냥 누워 계셨었다고 하셨죠?"

"음."

"무슨 생각 하시면서 누워 계셨어요?"

"별생각 없이 그냥 누워 있었어."

순간 이화는 잠시 사이를 두었다가 기습하듯 말했다.

"저하고 다시 한번 자고 싶지 않으세요?"

"!"

"저 아주 나쁜 여자애로 보이세요?"

"이화!"

"선생님은 후회하시고 계시죠? 그렇죠? 역시 선생님의 윤리 기준에 어긋나는 일을 하셨다고 생각하고 계시죠? 그리고 그 때문에 괴로워하고 계시죠? 아직도 제가 선생님의 제자라는 사실만 온통 선생님의 마음속에 가득하시죠? 세상에 없는 무슨 큰 죄라도 지신 것처럼 생각하고 계시죠? 그렇죠?"

"그만, 그만, 이화. 날 조금이라도 생각한다면 더 이상 말하지 말아 줘."

"선생님은 바보, 바보예요. 진실을 눈앞에 두고도 그걸 보지 않으려는 바보예요. 왜 진실을 두려워하세요? 왜 진실을 똑바로 바라보지 않고 그 거죽만 보고 두려워하세요? 사람들이 말하는 윤리나 제도는 사람의 사람다움을 보호하고 지키기 위한 거라고 생각해요. 진실을 가로막기 위한 건 아니라고 생각해요."

"알아. 알고 있어, 이화. 허지만 아는 것만으론 안 되는 게 있어. 그게 뭔진 모르지만 아는 것만으론 안 되는 게 있어."

"그게 뭔지 알아요. 그건 관습일 뿐예요. 윤리적 관습, 선생님이 40여 년 동안을 살아오시면서 저절로 익히신 윤리적 관습일 뿐예요. 관습은 감각적인 거예요. 늘 먹는 음식에 대한 미각 같은 거예요. 감각은 새로 길들일 수 있어요. 하려고만 든다면 매운 음식을 못 먹던 사람도 차츰 그 매운 음식을 먹을 수 있게 되듯이요. 윤리적 감각도 마찬가지예요. 자, 절 안아 주세요. 선생님은 지금 목이 마르시고 전 선생님 가까이에 있는 한 잔의 물이라고 생각하셔도 좋아요."

"……"

"자, 딴생각하지 마시고요."

순간 그는 벌떡 몸을 일으켰다. 그리고 그녀의 시선을 피하듯 하며 말했다.

"커피 끓여 가지고 올게."

그리고 그는 무엇에 쫓기듯 급한 걸음으로 부엌 쪽으로 향했다.

이화는 잠시 당황했으나 곧 목 밑이 더워 오는 것을 느꼈다. 그의 그 갑작스런 행동이 마치 가지고 싶은 것을 눈앞에 둔 아이가 그것을 가져서는 안 된다는 어떤 엄한 명령 때문에 가엾게도 그것으로부터 애써 눈을 돌려 딴전을 부리고 있는 것처럼 보였기 때문이다.

그녀는 잠시 말없이 소파 위에 앉아 있었다. 그리고 잠시 후 그녀는 조용히 소파에서 몸을 일으켰다.

부엌과는 반대 방향인 침실 쪽으로 걸어갔다. 침실 도어를 열고 안으로 들어가 그녀는 옷을 벗기 시작했다.

모두 벗은 뒤 그녀는 침대 속에 들어가 시트로 몸을 가리고 누웠다. 그리고 눈을 감은 채 기다렸다.

거실 쪽에서 그의 목소리가 들린 것은 얼마 후였다.

"어디 있어? 이화. 커피 다 됐는데."

이화는 누운 채로 대답했다.

"저 여기 있어요."

"……"

밖으로부터는 잠시 아무 응답도 없었다. 이화는 잠시 기다렸다가 재차 말했다.

"이리 가져다주지 않으시겠어요?"

잠시 더 밖으로부터는 아무런 기척이 없더니 이윽고 이쪽으로 다가오는 발짝 소리가 들려왔다. 도어가 열렸다. 한 손에 커피 쟁반을 든 그가 안으로 들어왔다. 그는 쟁반의 균형에 주의하기 위해 시선을 쟁반 쪽에 거의 고정시키다시피 하고 있었다.

그가 그녀가 있는 곳과 그녀의 벗어 놓은 옷들을 발견한 것은 그의 몸이 완전히 침실 안으로 들어선 다음 순간이었다. 그는 쟁반으로부터 시선을 들어 무심결인 듯 침대 쪽을 바라보았다. 그리고 그녀가 누워 있는 모습과 침대 아래 벗어져 있는 그녀의 옷들을 놀란 눈길로 번갈아 보았다.

이화는 배시시 웃으며 말했다.

"저 앓아누웠어요, 선생님. 선생님이 커피 먹여 주세요."

순간 그는 그녀를 향해 조금 웃어 보이려는 것 같았다. 그러나 그것은 웃음 대신 입술의 가벼운 떨림으로 끝나고 말았다. 그리고 그는 마치 자기의 그 되다 만 웃음을 감추기라도 하려는 듯 도어 쪽으로 급히 몸을 돌이켰다.

이화는 두 팔로 가슴을 안아 가리며 벌떡 상체를 일으켜 앉았다. 그리고 마악 소리쳐 그를 불러 세우려는 순간이었다. 그가 거의 쟁반을 떨어뜨리다시피 내려놓으며 다시 그녀 쪽으로 돌아섰다. 그리고 그는 무서운 속도로 그녀를 향해 달려왔다.

그녀가 그의 광포한 힘에 눌려 쓰러진 것은 다음 순간이었다.

그는 노한 사람처럼 그녀를 마구 다루었다.

그리고 그의 광포한 행위가 끝나고 났을 때 그녀는 이제 지친 듯 조용해진 그의 어깨를 두 팔로 가만히 안았다. 그의 전신은 온통 땀투성이가 되어 있었다. 그녀는 나직이 말했다.

"이제 밥 지을까요? 선생님."

그는 아무 대답도 하지 않았다. 그녀는 다시 나직한 목소리로 말했다.

"이대로 그냥 있을까요?"

그제야 그는 신음하듯 나직이 대답했다.

"그냥 이대로 있어 줘."

"언제까지요? 선생님."

"조금만 더."

그리고 그는 다시 그녀의 입술을 더듬었다. 이제 그것은 조금도 광포한 입맞춤이 아니었다. 그녀는 다소곳이 그의 입맞춤을 받아들였다.

그가 입술을 거두었을 때 그녀가 다시 말했다.

"참, 커피 다 식었겠네요. 식은 거라도 가져다드릴까요?"

"……마시겠어?"

"선생님은요?"

"이화가 마시겠다면 나도 마시지."

"그래요, 그럼. 가져올게요. 선생님은 눈 꼭 감고 누워 계셔야 해요."

"아니, 내가 가져오지. 이화가 눈 꼭 감고 있으라고."

"아녜요. 제가 가져올게요."

"아니, 내가 가져올게."

그러며 그는 몸을 일으켰다. 그녀는 얼른 두 팔로 가슴을 안아 가렸다. 그리고 눈을 감았다. 침대에서 내려선 그의 목소리가 들렸다.

"식은 커피를 마시느니 아주 새로 끓일까?"

그녀는 눈을 감은 채 대답했다.

"네, 그래요. 제가 새로 끓일게요. 그리고 우리 옷 입고 마셔요."

"그러지. 끓이는 건 누가 끓이든."

"아, 선생님 일등."

"일등?"

"네, 최고란 뜻이에요."

"어째서?"

"신사시니까요."

"그럼 이화도 일등이군."

"어째서요?"

"숙녀이니까."

"어마, 선생님."

잠시 후 그들은 새로 끓인 커피 한 잔씩을 앞에 놓고 거실 소파에 마주 앉았다. 그는 이제 밝은 표정을 되찾고 있었다.

커피를 저으면서 그는 말없이 그녀를 건너다보다가 입을 열었다. 입가에 웃음기마저 띤 채.

"내가 이화 부모님들을 한번 만나 봬도 될까?"

"그건 왜요? 선생님."

"인사도 드리고 이화가 불량 학생이더라는 점도 말씀드릴 겸."

"어마, 절 정말 불량 학생이라고 생각하세요?"

"그럼 불량 학생 아니고. 선생을 유혹하는 학생 이상의 불량 학생이 또 어디 있을라구."

"그럼 선생님은 불량 학생보다 더한 불량 선생님이세요."

"그건 또 어째서?"

"불량 학생을 선도하진 못하고 오히려 그 불량 학생의 유혹에 넘어가고 마셨으니까요."

"허, 이런 적반하장 봤나."

"게다가 그 불량 학생한테 정신을 빼앗기셔서 하셔야 할 공부도 게을리하시고요. 선생님 요즘 책 한 권 제대로 읽으신 거 없으시죠?"

"허, 이거 혹 떼려다 혹 붙이는 격이로군."

"거 보세요. 제 말이 맞죠."

"어쨌든 이화 부모님을 한번 만나 뵐 수 있을까?"

그는 얼마간 정색이 되며 다시 그렇게 물었다. 그러나 이화는 계속해서 농담으로 받았다.

"왜요? 카운슬링 하시게요? 가정 환경 조사도 하시고."

"농담이 아니라니까."

"그럼 정말 우리 부모님을 만나 보실 생각이세요?"

"이화가 허락만 한다면."

그러며 그는 조용히 그녀의 눈을 마주 들여다보았다. 이화는 그의 그 눈길을 잠시 마주 받고 있다가 동자를 크게 하며 물었다.

"제가 허락을 한다는 건 저도 찬성한다면 만나 보시겠단 뜻인가요?"

"벌써 무슨 눈치를 챈 모양이로군그래. 이화가 찬성만 해 준다면 한번 만나 뵙고 싶어."

그가 무엇을 생각하고 있는지는 보다 분명해진 것 같았다. 이화는 잠시 입을 다물고 그를 마주 보다가 대답했다.

"……저 찬성 안 해요."

"……."

"저희 부모님 만나 보시고 엉뚱한 말씀 하시려고 그러시죠? 그런데 그게 저한테 먼저 찬성을 얻어야 할 일이죠? 저한테 찬성을 못 얻으면 부모님을 만나 보실 필요조차 없는."

"……."

"제가 찬성하지 않으리라는 걸 선생님은 모르셨어요? 언젠가 제가 말씀드린 적도 있잖아요?"

"……그래, 알고 있어. 허지만 그건 내가 이화를 알았다고 할 수 있기 전 얘기지. 지금 나한텐 그때의 이화가 아냐."

"전 그때나 지금이나 똑같은 이화예요, 선생님."

"달라, 나한텐 달라. 염치없는 말이지만 나하고 결혼해 줘, 이화. 졸업할 때까지 기다리는 건 얼마든지 참을 수 있어."

"용서하세요, 선생님. 그것만은 안 돼요."

"왜? 왜 안 된다는 거야? 내가 너무 나이가 많아서? 내가 한 번 실패한 사람이 돼서? 내가 염치없다는 건 알아. 감히 이화한테 청혼 따위를 할 자격이 없다는 것도 알고. 허지만 난 누구보다도 이활 아끼고 사랑할 자신만은 있어."

그의 두 눈은 호소하듯 떨며 그녀의 눈 속을 파고들고 있었다. 이화는 그 시선을 그대로 받는다는 건 너무나 잔인한 일이라고 생각했다. 고개를 숙여 그 시선을 피하며 그러나 그녀는 나직하지만 확실하게 알아들릴 목소리로 말했다.

"용서하세요, 선생님. 결혼만은 안 돼요. 선생님이 연세 많으시다거나 결혼에 한 번 실패하신 분이라거나 하는 건 아무런 상관도 없어요."

"그럼 왜? 왜 안 된다는 거야?"

"제가 말씀드린 적이 있잖아요? 전 누구하고도 결혼 안 할 거라고요. 다른 사람이 결혼하는 건 반대하지 않지만 전 결혼하지 않을 거라고요."

"누구하고도, 어느 누구하고도 말인가?"

"네, 선생님하고도요. 용서하세요, 선생님."

"……."

"하지만 선생님 곁에 많이 있어 드릴게요."

그러며 그녀는 고개를 들어, 슬픈 눈으로 잔잔히 미소 지어 보였다.

그는 잠시 그녀의 눈길을 마주 받다가 천천히 고개를 숙였다. 그리고 잠시 동안 아무 말도 없었다.

이화가 낮은 목소리로 다시 말했다.

"용서해 주시죠? 선생님."

그러자 그는 고개를 들어 말없이 한참 동안 그녀의 두 눈을 바라보았다. 그리고 나서 힘없는 목소리로 말했다.

"알았어. 내가 공연한 얘길 꺼냈던 모양이군."

이화는 애써 명랑한 표정을 꾸며 활짝 웃어 보였다.

"아, 선생님은 역시 일등이시다. 자, 이제 우리 식사 준비나 해요. 저도 배고파요. 선생님도 좀 거들어 주세요. 그리고 참, 커튼은 이제 걷을까요? 선생님."

"……이화 좋을 대로."

"아, 선생님 좋아. 그럼 커튼부터 걷고요."

이화는 부러 과장된 몸짓으로 가볍게 소파에서 일어났다. 그리고 창 앞으로 다가가 커튼을 활짝 열어젖혔다. 눈부신 빛이, 기울어 가는 오후의, 강하진 않으나 눈부신 햇빛이 침침했던 실내로 참았다는 듯 밀려들었다.

"어마, 이 햇빛 보세요, 선생님. 햇빛이 아직 많이 남아 있었어요."

"……."

"이렇게 많이요. 얼마나 아름다운가 보세요. 마치 황소 잔등 같죠."

그는 조금 웃어 보이는 듯했다.

"황소 잔등?"

"네, 황소 잔등이요. 이 갈색 도는 금빛이랑, 그 너그러움이랑."

"이환 시를 쓸 걸 그랬군."

"어마, 저 칭찬하시는 거예요, 선생님?"

"솔직한 느낌이야."

"어마, 좋아. 저 그럼 앞으로 시 써 볼까요? 선생님."

"그래도 되겠어."

"아이, 신난다. 앞으론 그럼 시 공부도 해야지. 그런데 시 공부하다가 역사 공부는 뒷전이 되면 어떡하죠?"

"잘은 모르지만 시 공부를 한다고 해서 역사 공부를 등한히 해선 안 될걸. 좋은 시인이 되려면 역사의식도 튼튼해야 한다고들 하니까."

"참, 선생님. 역사의식이라는 말에 대해 다시 좀 자세히 일러 주세요. 저 그 말 아직 선명히 잘 모르겠어요. 누가 물어보기라도 하면 큰일이에요. 사학과 다닌다면서 역사의식 하나 바로 설명할 줄 모른다고 흉잡힐 테니까요. 기분으론 알 것도 같은데 말로 설명하라면 어떻게 해야 할지 모르겠어요."

"글쎄, 그야 말 그대로 풀이하면 역사에 대한 의식, 또는 역사를 의식하는 의식이 되겠지."

"그런 식 말고요, 선생님. 좀 더 구체적으로요."

"……이렇게 말하면 될 거야. 사람이 살아왔고 또 살고 있는 상황에 대해서 사람들 편에 선 안목으로 비판하고 더 나은 것을 지향하게 하려는 의식이라고. 역사란 사람들이 살아온 또는 살고 있는 모습 이외의 다른 게 아니니까 말야. 우리가 역사를 배우는 건 단순한 호기심에서가 아니라 사람들이 더 나은 삶을 살게 되기를 바라고 그 방향을 찾자는 것이고."

"알았어요, 선생님. 저 그럼 역사 공부도 부지런히 할게요. 그리고 우리 이제 식사 준비해요. 선생님, 너무너무 시장하실 거예요."

이화가 허민의 아파트에서 나온 것은 날이 저물어서였다. 밥을 지어서 그와 함께 식사를 하고 그가 다소 원기를 되찾은 듯한 모습을 보고서야 그녀는 그의 아파트를 물러 나왔던 것이다.

집에 돌아오자 어머니는 대뜸 안세혁과 만난 결과부터 물었다. 여태껏 그와 함께 시간을 보내고 돌아온 줄 아는 모양이었다.

"그래, 만나 보니 어떻든? 사귈 만한 사람이든?"

이화는 부러 덤덤하게 대답했다.

"세상에 사귈 만하지 않은 사람이 어딨어요, 엄마."

"얘는, 무슨 대답이 그러니? 그래, 그편에서도 널 사귀고 싶어 하는 눈치였구?"

"그걸 내가 어떻게 알아요?"

"아니, 여태 같이 있었으면서 그만 눈치도 몰라?"

"누가 여태 그 사람하고 같이 있었댔어요? 엄마."

"아니, 그럼 너 그 사람하고 같이 있다 오는 게 아니냐?"

"아녜요, 엄마. 나 그 사람하곤 그 사람이 점심 사 줘서 같이 먹곤 바로 헤어졌어요."

"그럼 여태까진 딴 데 있다 오는 길이구나?"

"네, 딴 데 들러서 오는 길이에요."

어머니는 완전히 실망하는 낯빛이었다. 그러나 한 가닥 희망은 아직도 남아 있다는 듯 어머니는 곧 실망한 표정을 감추며 물었다.

"그 사람이 그래 점심을 사 주든?"

"네, 아주 호화스런 집에 가서 비싼 음식을 샀어요."

"거 보려무나. 그 사람이 너한테 호감을 갖고 있는 것만은 틀림없구나. 그렇지 않으면 왜 비싼 점심을 사고 그러겠니? 그래, 다음에 또 만나기로 약속은 했니?"

"약속 안 했어요."

"그 사람이 또 만나자고 않든?"

"그런 말 안 했어요, 엄마, 집까지 바래다주겠다는 걸 내가 들를 데가 있다고 사양한 것 외에는. 하지만 나 또 만나려면 교회로 나오거나 직접 집으로 찾아오거나 하면 될 텐데요, 뭘."

"하긴 그렇구나. 그렇지만 네가 아무래도 좀 불친절하게 대한 모양이지."

"나, 조금도 불친절하게 대하지 않았어요, 엄마."

"말할 틈을 주지 않았거나. 아무튼 그 사람하고 사귀어 볼 생각은 있니?"

"네, 엄마. 결혼 같은 걸 전제로 하는 것만 아니면요."

"또 그 소리. 그래, 알았다."

어머니는 그런 정도만이라도 그녀가 아주 그 사람과 사귀지 않겠다고 하지 않는 것만 다행으로 여기는 눈치였다.

제 방으로 돌아온 이화는 조금 걱정스런 느낌에 잠시 빠졌다. 그 사람 때문에 아무래도 좀 성가신 일이 생길는지 모른다는 생각이 들었기 때문이다.

안세혁이라는 사람은, 자기가 보기에는 굳이 자기의 도움 따위를 필요로 하지 않고도 넉넉히 살아갈 수 있는 그러한 종류의 사람처럼 보였었다. 말하자면 막연하게라도 그녀가 돕고 싶다고 손을 내밀고 싶은 그러한 종류의 사람이 아닌 것 같았다고 할까. 그런데 어머니의 태도로 보아서는 자기가 그와 가까이 지내게 되기를 바라는 것 같다. 그리고 그도 분명 자기와 가깝게 되기를 희망하는 태도를 보였었다.

두 사람 모두 그리고 분명히 어떤 전제를 둔 태도임에 틀림없는 것 같았다. 말할 것도 없이 결혼이라는 전제다. 그녀가 결혼하지 않겠다고 말한 것에 대해서는 그들은 별로 그 진실성을 인정하려는 태도가 아니다. 가까이 사귀게 되노라면 결혼하지 않겠다고 한 말쯤 자연히 차차 그 효력을 잃어버리고 말게 되리라는 정도로 생각하고 있는지도 모른다.

그리고 그들이 만일 그런 생각을 가지고 있다면 어머니는 가능한 한 그녀에게 그와 자주 만날 것을 종용할 것이고 그는 그대로 또 가능한 한 그녀에게 가까이 접근할 기회를 찾으려고 할 것이다. 그렇게 되면 그녀는 이중의 곤란과 싸워야 한다. 하나는 자기가 끝내 결혼하지 않을 것이라는 사실을 그들에게 설득해야 하는 곤란이며 다른 하나는 그러한 부담을 지닌 채 그와 만나야 한다는 곤란이다.

그가 만나기를 희망해 올 때 그것을 기피할 도리는 없을 테니까. 그것은 그녀의 심성에도 맞지 않는 일일 뿐만 아니라 그는 이쪽에서 설사 기피하려 든다 하더라도 생각만 있다면 어떤 방법을 사용해서

든 그녀와 만날 기회를 찾아낼 수 있을 테니까.

이화의 우려는 적중하였다.

바로 그 다음다음 날 저녁, 허민의 아파트에 들러서 집으로 돌아왔을 때, 그녀는 대문 앞에 세워져 있는 낯익은 고급 승용차 한 대를 발견했던 것이다. 불과 사흘 전에 안세혁과 함께 탄 일이 있는 그 승용차였다.

순간 그녀는 자기의 우려가 너무나 빨리 현실화되는 것에 놀라 잠시 대문 앞으로 선뜻 다가서지 못했다. 그러나 그녀는 곧 스스로를 타일러 범상한 기분을 회복했다. 그리고 대문 앞으로 다가가 초인종을 눌렀다.

대문을 열어 준 어머니가 반색을 하였다.

"일찍 오는구나, 오늘은. 얘, 그 사람이 와 있다."

이화는 짐짓 모르는 체했다.

"그 사람이라니? 엄마."

"얘는, 저 자동차도 안 보이든? 안 장로님 자제분이 와 있어."

"그래요?"

"늬 아버지하고 지금 서재에서 얘기 중이다. 인사드리러 왔다는구나. 진작 따로 찾아뵙고 인살 드렸어야 하는 걸 늦었다면서. 너도 잠깐 들어가서 인사나 하려무나."

"아버지하고 얘기 중이라면서요?"

"얘기 중이면 인사 못 하니? 집에 온 손님인데. 서로 모르는 사이도 아니고."

"그럼 그러죠, 뭐."

"왜, 인사하기 싫으냐?"

"아니, 할게요."

그녀는 곧장 아버지의 서재로 향했다. 그리고 방문을 노크한 다음 말했다.

"저예요, 아버지. 들어가도 돼요?"

"오, 들어오너라. 마침 너 아는 손님도 와 계시다."

방문을 열자 아버지와 안세혁 두 사람이 동시에 그녀 쪽을 바라보았다. 무언가 유쾌한 얘기를 나누고 있던 중이라는, 그러한 분위기가 두 사람의 표정에서 엿보였다.

이화는 안세혁을 향해 고개를 조금 숙여 보이며 인사했다.

"오셨어요?"

"아, 안녕하십니까?"

마주 인사해 오는 그의 표정에는 순간 긴장한 빛이 조금 스쳐 갔다.

이화는 모른 체하고 두 사람을 향해 말했다.

"그럼 말씀들 하세요."

그리고 마악 돌아서 나오려는데 아버지가 말했다.

"좀 앉으려무나. 젊은 사람을 늙은 사람 혼자서 상대하자니 좀 벅차구나. 네가 같이 있어 주는 편이 좀 낫겠다. 그래야 이 애비가 숨을 좀 돌리겠어."

그러자 안세혁도 짐짓 활달한 표정을 지어 보이며 말했다.

"바쁘시지 않으면 좀 앉으십시오. 목사님껜 이제 드릴 말씀도 거의 다 드렸습니다."

이화는 순간 그에게서 어떤 좋지 못한 냄새 같은 것이 풍긴다고 느꼈으나 되도록 내색하지 않고 말했다.

"그럼 잠깐만 앉겠어요."

그리고 그녀가 곧 다시 일어날 앉음새로 아버지 곁에 앉았을 때 안세혁이 그녀를 건너다보며 말했다.

"잠깐만 앉으시겠다는 건 말하자면 목사님이 숨 돌릴 시간을 잠깐밖에 안 드리겠단 뜻이군요."

"허허, 그렇군, 그래."

아버지가 유쾌하다는 듯 맞장구를 쳤다. 이화는 대꾸하고 싶지 않았다. 그러나 그가 집에 온 손님인 이상 지나친 무성의는 결례가 된다.

"그런 게 아니라 안세혁 씨께서 제게 들려주실 얘기를 잠깐만, 즉 간단히 용건만 듣고 싶다는 뜻예요. 제가 할 일이 좀 있어서요. 방금 아버지한테 하실 얘긴 다 하셨다고 하셨잖아요?"

"음, 그러니 내가 숨 돌리고 말고와는 아무런 상관이 없다? 허허, 그 또한 반박의 여지는 없는 얘기로군. 이래서 젊은 사람들이 부럽다니까."

아버지는 이번엔 그녀 쪽에 손뼉을 쳐 준다. 자신의 딸이 젊은 남자 앞에서 지기 싫어 맞서고 있는 것으로 판단한 모양이었다.

안세혁은 그러나 순간 얼굴을 약간 붉혔다. 그녀의 말 속에 포함된 얼마간의 모멸의 뜻을 눈치챈 모양이었다.

그러나 그는 곧 커다랗고 관대한 웃음소리를 꾸며 냄으로써 그 순간을 넘기려는 듯했다.

"하하하, 이거 제가 꼼짝 없이, 제가 판 함정에 빠진 꼴이 됐군요. 미국이 월남에서 그랬듯이 말입니다."

아버지가 짐짓 꾸짖는 눈길을 만들어 그녀를 바라보았다.

"손님 대접을 그렇게 하는 데가 어딨누? 양보를 하는 게 아니라."

"아, 아닙니다. 아닙니다. 도리어 통쾌합니다, 하하."

"봐라. 손님이 오히려 양보를 하고 있지 않나."

이화는 되도록 감정 없이 말했다.

"저 이제 가도 돼요? 아버지."

그러자 두 사람 모두 머쓱한 표정이 되었다.

"내일 학교에 리포트 낼 게 있어서 그래요, 아버지."

"……그래서 자꾸 잠깐을 강조한 게로구나. 그렇다면 더 붙들어 둘 처지는 못 되는구먼. 안 군, 할 얘기가 있으면 간단히 어서 하게나." 하고 아버지는 안세혁을 건너다보았다. 그는 약간 당황한 표정이 되어 말했다.

"네. 다음 기회에 해도 괜찮습니다."

"우리 이화를 어디 초대할 생각이라면서?"

"초대랄 것까지도 못 됩니다."

이화는 두 사람 사이에 벌써 무슨 얘기가 있었다는 사실을 짐작할 수 있었다. 그리고 아버지조차 그의 편이 되어 그를 거들어 주려 하고 있다는 걸 알 수 있었다.

그가 조금 망설이듯 하고 나서 말을 이었다.

"실은 미국에서도 꽤 알려진 피아니스트이자 제 친구 하나가 내일 저녁에 연주회를 갖는다고 초대권 두 장을 보내왔는데 저 혼자 가기는 좀 뭣하고 해서 혹시 음악 좋아하시면 함께 가 주실 수 없으신가 해서 여쭤보려던 것뿐입니다. 물론 선약이 있으시다면 어려우시겠지만."

아버지가 나무람 하듯 말했다.

"이 사람아, 그런 얘길 그래 다음 기회에 하겠단 말인가? 연주회가 바로 내일 저녁이라면서."

"중요한 일이 아니니까요. 피아노 연주회쯤이야 그 친구 것 아니더라도 얼마든지 있지 않겠습니까? 그 친구 연주회가 또 반드시 훌륭한 것이 될는지 어떨는지도 모르는 데다가요."

그리고 그는 이화 쪽을 바라보며 물었다.

"어떠십니까? 혹 짬이 나시겠습니까?"

이화는 짐짓 아쉽다는 표정을 지으며 대답했다.

"그 연주회라면 꼭 가고 싶었는데. 어떡하죠? 선약이 있어서."

"아, 물론 선약이 있으시면 안 되시겠죠."

"미안합니다. 모처럼 좋은 기회를 주셨는데."

"아, 괜찮습니다."

아버지가 물었다.

"취소할 수 없는 선약이냐?"

"네, 아버지."

"너처럼 음악 좋아하는 애가 연주회를 다 사양하는 걸 보니 하긴 여간한 선약이 아닌 게로구나 그래, 그럼 가 봐라."

"네, 말씀들 나누세요."

이화는 일어나서 두 사람을 향해 고개를 조금 숙여 보이고는 아버지의 서재를 물러 나왔다. 그리고 곧장 제 방으로 향했다.

방문을 열자 동식이 책상 앞에 앉아 있다가 그녀를 쳐다보았다.

"누구야? 그 친구."

"누구? 아버지 서재에 있는 사람 말이니?"

"응, 인사하래서 인사는 했는데 왠지 기분 나쁜 친구야. 혹시 누나한테 청혼하러 온 친구 아냐?"

"왜, 그런 눈치가 보이든?"

"아냐?"

"몰라."

"만일 그런 거면 저런 친군 깨끗이 거절해 버리라구."

"왜애?"

"보면 몰라? 난 첫눈에 딱 알아보겠던데. 저런 친군 십중팔구 사기꾼 아니면 위선자라구. 어머니 아버지한테 아양 떨던 꼴이라니. 날더런 뭐 앞으로 친구가 돼 보자나? 치사해서."

"친구가 되자는 게 뭐가 치사하니?"

"저의가 뻔히 들여다보이니까 그렇지. 아무튼 누나가 만일 저런 친구한테 시집간다면 난 누나 다시 안 볼 거야. 알아서 해."

"무섭구나, 얘."

"농담 아니라고, 저런 친굴 매부라고 불러야 한다면 숫제 누나가 없는 게 낫다구."

안세혁이 다시 그녀 앞에 나타난 것은 그로부터 다시 이삼일 뒤였다. 이번에는 그는 차를 가지고 학교 앞 교문 근처에서 기다리고 있었다. 언제부터 기다리고 있었는지는 알 수 없으나 그녀가 마악 교문 밖으로 나섰을 때 그녀는 어떤 덩치 큰 물체가 슬그머니 앞을 가로막는 것을 느꼈다. 자동차였고, 운전대를 잡은 채 차창으로 고개를 내밀고 있는 사람은 안세혁 그 사람이었다.

"안녕하십니까? 타시죠. 가시는 데까지 모셔다드리겠습니다."

예기치 못했던 일이라 이화는 순간 인사하는 것도 잊고 멈춰선 채 그를 쳐다보았다. 그러자 그는 자동차의 도어를 열고 밖으로 나왔다. 그리고 반대편 도어 쪽으로 돌아가 문을 열고 대기하는 자세로 서서 말했다.

"이 대학에 친구가 하나 있어서 만나러 왔다 가는 길인데 이화 씨 생각이 떠올라서 잠시 기다려 봤습니다. 마침 강의 끝날 시간도 된 것 같고 해서. 타시죠."

이화는 조금 망설이고 나서 대답했다.

"저, 미안해요. 저 요 앞 다방에서 친구들을 만나기로 했어요."

그러자 그는 낭패한 듯한 표정을 지었다.

"아, 그러세요? 그렇다면 이거 제가 번번이 뭔갈 헛짚는 것 같군요."

"기다려 주셨는데 미안해서 어떡하죠?"

“아, 그건 제가 일방적으로 기다린 거니까 이화 씨한텐 책임이 없으시죠. 그건 그렇고 지금 곧 가 보셔야 합니까?”

“네. 지금 기다리고들 있을 거예요.”

“혹시 중요한 일인가요?”

“별로 중요한 일은 아녜요. 하지만 기다리고들 있을 테니까 가 보긴 가 봐야 해요.”

“……물론 그러시죠.”

“미안해요.”

“아, 뭐 괜찮습니다. 혹시 오래 걸리실 게 아니라면 제가 좀 더 기다려도 좋습니다만.”

“글쎄, 오래 걸릴지 어떨지 그건 말씀드리기가 어려울 것 같네요. 어디로도 같이 가기로 할지도 모르겠고요.”

“……네, 그럼 전 아무래도 그냥 가 봐야겠군요. 자, 그럼 또 뵙겠습니다.”

그는 무언가 미진한 표정을 남긴 채 그러나 더 이상 별도리는 없다는 듯 다시 자동차에 올라탔다. 그리고 운전대를 잡으며 차창을 통해 고개를 비스듬히 숙여 보였다. 그녀도 마주 고개를 숙여 미안하다는 표정을 지어 보였다.

그의 자동차가 완전히 뒷모습만 보이게 되었을 때에야 그녀는 천천히 걷기 시작했다. 다방에서 친구들을 만나기로 했다는 것은 그의 차에 타지 않기 위한 구실에 지나지 않았다. 그러므로 그녀의 발걸음은 곧장 버스 정류장 쪽으로 향했다.

거짓말을 했다는 사실이 꺼림칙하게 느껴졌으나 그의 차에 타지 않기 위해선 별도리가 없었다는 생각이 들자 꺼림칙한 느낌은 곧 사라졌다. 다만 자신의 우려가 점점 적중해 가고 있다는 사실에 그녀는 마음이 가볍지 못할 뿐이었다.

그런데 그녀가 버스 정류장 부근에 이르렀을 때 그녀는 가 버린 줄 알았던 그의 자동차가 큰길 옆 가로수 근처에 세워져 있는 모습을 발견하였다. 빈 자동차였다.

이화는 순간 얼른 버스 정류장으로 걸음을 재촉했다. 그때 급히 뒤따르는 듯한 발짝 소리가 등 뒤에서 났다. 그리고 이어 그녀를 부르는 그의 목소리가 바로 등 가까이서 들려왔다.

"이화 씨."

그녀는 걸음을 멈추고 뒤를 돌아보았다. 그가 천연스런 표정으로 웃으며 서 있었다.

"친구들하고 금방 헤어지신 모양이군요. 전 담배가 마침 떨어졌길래 내려서 지금 담배를 한 갑 사던 참입니다."

그러며 그는 한 손에 쥔 담뱃갑을 조금 들어 보였다.

이화는 당황했으나 얼른 침착하게 말했다.

"네, 잠깐 얼굴만 들이밀었다가 별일 아니길래 금방 헤어져서 나오는 길예요. 그런데 안세혁 씬 담배 한 갑 사는 데 시간이 꽤 오래 걸렸나 보죠?"

"하하, 네, 마침 잔돈이 없어서 고액권을 냈더니 거스름돈 내주는 게 그렇게 시간이 걸리는군요. 잔돈이 없길 잘했지 뭡니까? 덕분에 이렇게 금방 또 이화 씰 뵐 수가 있게 됐으니. 안 그렇습니까? 자, 이제 제 차에 타시죠, 방금 버스를 타려고 정류장으로 가시는 것 같던데."

"네, 잘 보셨어요. 말씀대로 버스를 타려던 참예요. 그리고 그 생각은 지금도 변함이 없어요."

그녀는 자신도 모르게 좀 냉랭한 어조가 되었다.

"아, 그건 좀 서운한데요. 이렇게 다시 생긴 우연한 기회마저 제 호의를 거절하시다니."

"어떻게 그게 호의라고만 자신 있게 말할 수 있으시죠? 제가 안세혁 씨 차에 타는 것보다 버스에 타는 걸 더 편하게 생각하는지 어떻게 아시고요?"

"하하, 그럼 버스에 타시는 게 더 편하다고 생각하십니까?"

"때로는 그래요. 때로는 전 택시나 개인 승용차에 타는 것보다 버스가 더 편하고 기분 좋을 때가 많아요. 지금도 그런 기분이고요."

"사람들 틈에 끼여서 가야 하는 버스가 말입니까?"

"네, 그래요. 전 사람들 틈에 끼어 있는 게 더 좋을 때가 많아요."

"아아, 이해할 수 없군요."

"그럴는지도 모르죠. 개인주의 사회에서 오래 사시다 온 분한테는요."

"글쎄요, 하하. 어쩌면 그럴는지도 모르겠군요. 아무튼 그럼 오늘은 호의를 철회하는 도리밖에 없겠군요. 저로서는 어쨌든 호의였으니까요."

"호의를 베푸시려거든 담배 한 갑을 사는데 그렇게 시간을 많이 들여서 사시거나 그러지 마셔야죠."

"하하, 이거 잔꾀를 좀 부렸더니 결국은 그것마저 다 들통이 나고 말았군요. 쥐구멍이라도 있으면 들어가고 싶은데요. 아무튼 오늘은 그럼 이만 물러가겠습니다. 기분이 상하신 것 같으니까요. 자, 다음에 뵙겠습니다. 안녕히 가십시오."

"안녕히 가세요."

그는 곧 고개를 들지 못하겠다는 시늉으로 그러나 시늉과는 달리 퍽 여유를 지닌 태도로 그녀로부터 돌아서서 자기 차를 세워 둔 쪽으로 걸어갔다.

그리고 잠시 후 그는 자동차의 운전대를 잡은 채 그녀 옆 차도 위로 천천히 지나가며 그녀를 향해 의미 있게 고개를 한 번 숙여 보였다.

그 후로도 안세혁은 자주 그녀 앞에 나타나서 거의 노골적으로, 자기가 그녀에게 보통 이상의 관심을 가지고 있다는 걸 시위하곤 했다. 그리고 그녀 부모들에게는 숫제 사위 노릇이라도 하듯 친숙하게 드나들며 호감을 사기 위한 온갖 수단을 다하는 모양이었다.

하루는 동식이 이런 소리를 했다.

"누난 왜 태도가 그렇게 분명하질 못해?"

그녀가 좀 늦게 돌아와서 대강 씻기를 마치고 제 방으로 들어갔을 때 일부러 건너와서 기다리고 있었던 듯, 잔뜩 벼르고 있었다는 표정으로 그녀를 쳐다보며 불문곡직 내뱉은 소리였다. 이화는 느닷없이 그게 무슨 소리냐는 표정으로 동식을 바라보았다.

그러자 동식은 재차 쏘아붙이듯 말했다.

"태도 좀 분명히 하고 다니란 말야."

이화는 영문을 알 수 없는 채로 좀 긴장하며 물었다.

"갑자기 너 그게 무슨 소리니?"

"몰라서 물어? 누나가 태도를 분명히 했으면 안 장로 아들인가 뭔가 하는 작자가 그따위로 굴 리가 없잖아?"

"오늘 무슨 일 있었니?"

"내 더러워서, 마치 이 집 사위나 다 된 듯이 뻰질나게 드나들고 말야."

"오늘 무슨 일 있었어?"

"더럽고 치사해서 정말."

"얘, 말을 해 봐."

"그 작자가 오늘 어머닐 보고 뭐라고 불렀는지 알아? 더러워서 내. 글쎄, 어머니라는 거야. 앞으론 이제 어머니라고 부르겠다나? 어머니 신경통 있다는 건 또 어떻게 알았는지 신경통에 좋은 약이라면서 무슨 조그만 약상자 같은 걸 갖고 와서 말야."

"엄만 그래 뭐라시니?"

"어머니야 물론 얼굴이 빨개져 가지고 당황해서 쩔쩔맸지. 어머닌 무슨 어머니냐면서. 그리고 약은 또 뭐 하러 사 왔느냐면서."

"그러니까 그 사람은?"

"자식처럼 생각해 달라는 거야. 뭐, 큰아들처럼 생각해 달라나? 메스꺼워서 정말."

이화는 배시시 웃었다.

"네가 그러지 그랬니? 큰아들은 여기 있는 바로 이 나라구. 그리고 우리 집엔 큰아들이 두 사람씩은 필요 없다구."

"웃어? 울어도 시원치 않을 마당에. 그러고 싶은 생각은 목구멍까지 치밀어 올랐지만 그거야 어디 그럴 수가 있어야지. 나이가 그저 나보다 사오 년만 위였어도 그래 줬을 거야. 어쨌든 모든 게 누나 책임이야. 누나가 태도를 분명하게 하지 않은 탓이라구."

"어떻게 하면 태도를 분명히 하는 거니?"

"아, 그래, 난 당신 같은 사람하곤 결혼하지 않을 테니 그런 줄 알라고 딱 잘라 말해 주지 못해?"

"당신 같은 사람이란 말은 안 했지만 결혼하지 않을 거란 얘긴 벌써 해 줬어."

"그러니깐 누나 태도가 미지근하다는 거 아냐? 다음에 만나면 당신 같은 사람하곤 절대로 결혼 안 할 거라고 분명히 딱 잘라서 말해 주라구. 그래도 계속 치사하게 나오면 그거야 어디 염치없는 개새끼지 사람이야? 그땐 내가 본때를 한번 보여 주고 말 테야."

동식과 그런 얘기가 있은 지 이틀쯤 뒤 이화는 수환으로부터 편지 한 통을 받았다. 편지는 집으로 배달되어 있었는데 좀 긴 내용이 적혀 있었다.

안녕하십니까? 이화 씨. 이화 씨 몰래 도망치듯 귀대한 지도 이제 그럭저럭 한 달이 넘은 것 같습니다. 그렇게 도망치듯 한 귀대였으나 이화 씨의 따뜻한 마음의 엄호 덕분에 벌도 받지 않고 무사히 귀대해서 저는 다시 이곳의 생활에 잘 적응하고 있습니다. 이곳의 생활이란 물론 엄격히 통제된 생활이지요. 그리고 그것에 잘 적응한다는 건 바깥에서 있었던 일 또는 바깥에서 일어나고 있는 일들에 대해서 자신을 잘 닫아 둔다는 뜻이지요.

다만 저에게 있어 단 한 가지 저 자신을 잘 단속해 두지 못하고 있는 일은 이화 씨에 관한 생각뿐입니다. 그것은 아무리 단속해 보려고 해도 잘 단속이 되지 않는 일이기 때문입니다.

제가 도망치듯 귀대하면서 '장코' 형님한테 맡겨 둔 편지에서, 제가 아마 이화 씨의 생각을 완전히 이해했다고 생각됐을 때 다시 편지 쓰겠다고 한 걸 기억하실지 모르겠습니다. 그리고 이 편지를 받아 보시고 아 이제야 이 친구가 뭘 좀 안 모양이구나 하고 성급한 짐작을 하실는지도 모르겠습니다. 그러나 사실을 말씀드리면 전 아직 전보다 조금이라도 더 이해하게 된 건 아무것도 없습니다.

다만 이화 씨가 한 말 가운데, 자신은 아무한테도 속해 있지 않으며 또 누구한테나 속해 있다는 말에 대해서만은 저 나름대로의 어렴풋한 이해나마 겨우 하게 되었다고 생각하고 있을 뿐입니다. 그것은 제가 야외 훈련을 나가서 포복을 하던 중에 포복 자세로 잠시 쉬는 순간에 얻은 이해입니다. 저는 땅 위에 엎드려서 무심히 그리고 아주 편안한 기분으로 지면에 뺨을 대고 있었는데 그때 문득 저는 누군가가 저를 포근히 안아 주고 있는 듯한 착각에 빠졌습니다. 그리고 저는 곧 그것이 누군가를 알게 되었습니다. 대지(大地), 대지였습니다.

고개를 들어 보니 제 주위에는 많은 동료들이 저와 비슷한 자세로 그렇게 편안하게 엎드려 있었습니다. 대지의 가슴 위에 말이지요.

저는 그때 비로소 아무한테도 속해 있지 않으면서 또 누구한테나 속해 있다는 말의 참뜻을 어렴풋이 짐작할 수 있었습니다. 대지, 대지야말로 아무에게도 속해 있지 않으면서 누구에게나 속해 있다고 할 수 있지 아니겠습니까.

그러나 곧 두려움이 따랐습니다. 대지에 상처를 입히고 나아가서는 파괴하려고까지 드는 사람들이 세상에는 존재한다는 생각 때문이었습니다. 물론 대지는 그러한 사람들까지도 너그럽게 포용하고 있습니다. 그러나 저는 그 점이 더욱 두렵습니다. 대지의 저 불신을 모르는 무한한 포용력이 저는 두렵습니다.

저는 대지가 그러한 사람들을 가려내서 용납하지 말았으면 합니다. 아마도 제 어리석고 용렬한 소견인지도 모르겠습니다. 조용히 미소 짓고 있을 것 같은 이화 씨의 모습이 눈앞에 보이는 듯합니다.

너무 긴 말을 늘어놓은 것 같습니다. 불침번을 서고 있는 동안에 이 편지를 쓰고 있습니다만 곧 교대할 시간이 된 것 같습니다. 이만 줄이겠습니다. 부대 주변에도 요즘 가을꽃들이 피어나고 있습니다. 건강에 조심하십시오. 수환.

졸업

허민의 저서 출간과 그에 잇따른 출판기념회가 있은 것은 12월 중순께였다. 이화에게는 학생으로서는 마지막 시험인 졸업시험을 치르고 또 방학으로서도 마지막인 겨울방학을 맞이한 무렵이었다.

출판기념회는 '양지(陽地)'라는 이름의 조그만 그릴에서 열렸다. 허민의 친구들과 학계의 동료들이 주선하여 만든 모임이라고 했다.

비교적 포근한 날씨였고 모인 사람들의 수는 많은 편도 그렇다고 아주 적은 편도 아니었다. 한 삼사십 명 되었을까.

그중에는 언젠가 허민과 함께 만난 적이 있는 ㄱ대학의 영문과 교수라던 송이라는 사람의 모습도 보였다. 그는 누군가와 얘기를 주고받던 중에 무심결인 듯 이쪽으로 시선을 주었다가 이화를 발견하고는 반가운 표정으로 다가왔다.

"어이구, 이거 오랜만이구만. 그래 그동안 잘 지냈구?"

이화는 상냥하게 고개를 숙여 보이며 인사했다.

"네, 선생님도 안녕하셨어요?"

"덕분에 별일 없이 잘 지냈지. 요즘은 그저 살아 있기만 하면 되는 거 아닌가. 그럼 잘 지낸 거지. 그런데 참 이번 허 선생 책 나오기까진 이화 양의 수고가 아주 컸다구?"

"수고는 제가 무슨……."

"허 선생이 그러던걸. 이화 양의 도움이 아주 컸다구."

"공연한 말씀이세요."

"아니, 자료 정리는 숫제 이화 양한테 다 떠맡기다시피 했다고 그러더군. 정말 수고가 많았겠어. 그리고 어쨌든 이렇게 결실을 보게 되니 무척 기쁘겠군."

"네, 기뻐요. 하지만 그건 제가 선생님을 도왔대서가 아니라 선생님이 애쓰신 책이 이렇게 나오게 된 데 대해 축하드리는 마음에서예요."

"그, 매사 겸양하는 태도는 여전하군그래. 어쨌든 친구를 대신해서 나도 고맙다는 인사를 해야겠군. 자, 감사하다는 뜻으로 악수나 한번 청하지."

그러며 그는 장난기 어린 몸짓으로 한 손을 내밀었다. 이화 역시 명랑한 태도로 한 손을 내밀어 그 손을 마주 쥐었다.

그때 사회자가 나서서, 모여 있는 사람들에게 고루 들릴 조금 억양을 높인 목소리로 말했다.

"에, 지금부터 우리 사학계의 중견 학자인 허민 교수의 『조선조지

방관료제도사(朝鮮朝地方官僚制度史)』의 출간을 축하하기 위한 출판 기념회를 시작하기로 하겠습니다. 먼저 오늘의 주인공인 허민 교수의 약력을 간단히 소개해 올리겠습니다…….”

약력 소개가 끝나고 두어 사람의 축하가 있은 다음 그때까지 사회자 오른편에 마련된 의자에 조용히 앉아 있던 허민의 인사말이 있었다.

그는 변변치 못한 책을 세상에 내놓게 되어 우선 부끄럽다고 말하고 그것을 위해 이렇게 출판기념회까지 마련해 준 학계 선후배와 친구들에게 감사한다고 말한 다음 축사를 해 주신 분들의 말을 꾸지람으로 생각하고 앞으로는 좀 더 나은 연구 결과를 세상에 내놓는 것으로써 보답하겠다고 말했다. 그리고 변변치 못한 책이나마 세상에 내놓게 되기까지에는 한 학생의 잊지 못할 도움이 있었다는 얘기도 빼놓지 않았다.

출판기념회가 끝난 것은 밤 9시가 넘어서였다.

대부분의 손님들이 다 돌아가고 허민의 가까운 친구들인 듯싶은 몇몇의 사람만이 따로 남았다. 그 몇몇의 사람 가운데는 물론 송도 끼어 있었다.

그들이 모두 그릴 바깥으로 나왔을 때 송이 말했다.

“자, 이제 우리끼리 어디 가서 한잔하자구.”

“좋지.”

“암, 한잔 더 해야 하고말구.”

다른 사람들도 당연하다는 듯 송의 말에 찬동하였다. 그러자 허민이 이화를 보고 말했다.

"그럼 이환 이제 그만 가 보지."

"네, 선생님."

이화는 그러잖아도 그만 가 보겠다고 말하려던 참이었으므로 선선히 대답했다. 그러자 송이 두 사람 사이에 끼어들었다.

"아니, 왜? 같이 가야지."

"아녜요, 선생님. 전 그만 가 보겠어요."

"안 돼. 이화 양이야말로 빠져선 안 될 자리라구. 자, 같이 가자구."

그러며 그는 그녀의 한 팔을 잡기까지 했다.

"아녜요, 선생님. 전 정말 이만 가 보겠어요. 선생님들끼리 오붓하게 자리를 같이하셔야죠. 전 또 어디 가 볼 데도 있구요."

가 볼 데가 있다는 말은 거짓말이었다. 그러나 그렇게라도 하지 않으면 그가 끝끝내 붙잡을 것 같았다. 허민도 거들었다.

"이 사람아. 어디 가 볼 데가 있다지 않나? 그만 놓아주게."

그제야 송은 마지못한 듯 이화의 팔을 놓아주며

"정말 어디 가 볼 데가 있어서 그래? 괜히 거짓말하는 거 아냐?"

했다.

"아녜요, 선생님. 정말 가 볼 데가 있어서 그래요. 자, 그럼 안녕히들 가세요."

하고 이화는 허민과 송을 포함한 모두에게 고개 숙여 인사했다.

"아무래도 좀 서운한데. 아무튼 그럼 조심해 가지."

송이 말했다.

"조심해 가."

허민도 말했다.

"잘 가요."

하고 나머지 다른 사람들도 그녀 쪽을 향해 답례했다.

"네, 안녕히들 가세요."

하고 이화는 다시 한번 그들을 향해 인사한 다음 발걸음을 돌이켰다. 어쩐지 그들 모두가 각기 제자리에 놓여 있지 못한 사람들 같아 등 뒤에 슬픈 여운 같은 것이 느껴졌다.

그녀는 집으로 향하지 않았다. 버스를 타고 허민의 아파트로 향했다. 그가 필경 만취되어 돌아오리라는 생각 때문이었다. 그리고 오늘은 특히 자신을 외롭게 느끼리라는 생각 때문이었다.

그녀에게는, 그와 함께 일을 하는 동안 그녀가 먼저 아파트에 도착하게 될 경우를 대비해서 그가 준 여벌의 열쇠가 있었다.

아파트에 도착한 그녀는 도어를 열고 들어섰다. 전등을 켠 다음 거실로 걸어 들어갔다. 그리고 소파 위에 앉아서 그를 기다리기로 했다.

문밖에 허민의 인기척이 들린 것과 열쇠를 넣어 도어를 여는 소리가 뒤미처 들린 것은 11시 반이 넘어서였다.

그녀는 부러 잠자코 소파 위에 앉아 있었다. 그가 어떤 태도를 취하는지 보기 위해서였다. 술 취해 비틀거리며 입은 채로 곧장 침실로 갈 것인지, 아니면 그녀를 발견하고 놀란 표정을 지으며 다가올 것인지, 왠지 호기심이 생겼다.

곧 도어가 열리고 그가 비틀거리는 걸음으로 들어서는 모습이 보였다. 그는 고개를 숙인 채 벽을 더듬어 전등 스위치를 찾았다. 전등 스위치에 손이 닿자 그는 스위치를 올리는 시늉을 했다. 반복해서 두어 번 같은 동작을 했다. 그러다가 그는 스위치가 이미 올려져 있다는 것을 깨닫고 뭔지 좀 이상하다는 느낌이 든 모양이었다. 고개를 들어 거실 쪽을 쳐다보았다. 그리고 전등이 이미 켜져 있는 모습과 소파 위에 앉아 있는 이화의 모습을 발견하자 안경 속으로 눈을 껌벅여 자기 눈이 지금 잘 보이는가를 확인하는 시늉을 했다.

그제야 그녀는 배시시 웃으며 소파에서 일어나며 말했다.

"어서 올라오세요, 선생님. 저예요. 부축해 드려요?"

"아니, 아니, 나 혼자 올라갈 수 있어. 부축은 안 해 줘도 돼. 그런데, 그런데 웬일이지? 집엔 안 가고."

그는 비틀거리며 신발을 벗고 마루 위로 올라서며 온전치 못한 발음으로 물었다.

"이렇게 취해서 돌아오실 줄 알고 시중들어 드리러 왔죠, 뭐."

그러며 그녀는 다가가 부축하듯 그의 팔을 잡았다. 그러자 그는 잡힌 팔을 빼내려는 시늉을 하며 말했다.

"내가 취했다구? 천만에, 이래 봬도 정신은 말짱하다구. 내가 취했다고 생각한다면 그건 오해야, 오해. 시중을 들어 주겠다니 주제넘군, 주제넘어. 자, 이젠 가 보라구. 난 조금도 취하지 않았어."

"어마, 선생님. 절 보고 지금 가라는 거예요?"

"그래, 가란 말이야. 내 시중은 내가 들 수 있단 말이야."

"어마, 그래서 절 쫓아내시겠단 말씀이세요? 지금이 몇 신데."

"몇 시야?"

"12시가 다 된 줄도 모르세요? 그러시면서 취하지 않았다고 그러세요?"

"12시? 음, 그럼 하는 수 없지. 저기 저 소파에서나 자고 가라구. 침대에선 주인인 이 내가 자야 할 테니까 말이야."

이화는 속으로 웃었다.

"어마, 선생님 아주 깍쟁이시네요?"

"깍쟁이? 깍쟁이라구? 그럼 주인이 소파에서 자란 말인가? 그럴 순 없지. 그럴 순 없어. 그렇잖아도 온통 빼앗긴 것투성인데 침대까지 빼앗길 수는 없지."

"어마, 선생님이 저한테 뭘 그렇게 많이 빼앗기셨게요?"

"누구한테 빼앗겼건 빼앗긴 건 빼앗긴 거야. 잔말 말고 길 비키라구. 가서 자야겠어."

"네, 주무세요. 그 대신 옷은 벗고 주무셔야죠."

그러나 듣지 않는 그를 그녀는 간신히 달래서 겉옷만 벗겨 침대 위에 뉘었다.

이튿날 아침 그녀는 일찍 일어나서 조반을 지었다. 그리고 그가 일어나기를 기다렸다.

그는 9시가 넘어서야 일어나서 침실 밖으로 나왔다. 그리고 그녀를 발견하자 몹시 의아해하는 표정을 지었다.

"아니, 이화가 언제 왔지?"

간밤의 일은 전혀 기억이 나지 않는 모양이었다. 이화는 짐짓 거짓말을 해 보았다.

"오늘 아침에요, 선생님."

"오늘 아침에?"

"네."

"이렇게 일찍?"

"뭐가 일러요? 9시가 넘었는데."

그러며 그녀는 생글생글 웃었다. 그러자 그는 뭔가 이상하다는 듯 주위를 둘러보고 나서 아무래도 미심쩍은 표정으로 그녀를 쳐다보았다.

"이상한데. 정말 오늘 아침에 왔어?"

"네. 그런데 뭐가 이상해요? 어저께 출판기념회 끝나고 헤어지신 뒤로는 지금 처음 보시는 거 아녜요?"

"글쎄, 그렇긴 한데 뭔지 아무래도 좀 이상하군. 가만, 침대 머리맡에 물그릇이 있었는데 그게 이화가 갖다 놓은 거 아냐?"

"물그릇이요?"

"에이, 나쁜 사람 같으니라구. 그렇게 시침 떼지 마. 잠결에 목이 타서 물을 찾다가 머리맡에 물그릇이 있길래 좀 이상하다 싶으면서도 그냥 마신 기억이 나는데 그게 이화 아니면 누가 갖다 놓은 거겠어?"

"물 마신 기억만 나시고 다른 기억은 안 나세요?"

"응? 응, 거봐. 오늘 아침에 온 게 아닌 건 틀림없구만. 언제 왔지? 나 들어온 다음에 왔나? 난 기억이 통 없는데."

"저보고 가라고 하신 생각 안 나세요?"

"뭐? 그럼 내가 들어왔을 때 이화가 여기 있었나?"

"말씀도 마세요. 절 보고 막 가라고 내쫓으시던 생각 안 나세요? 그것도 12시가 다 된 시간에."

"그랬을 리가 있나? 만일 그랬다면 이거 내가 완전히 정신을 잃었던 모양이로군."

"그뿐인 줄 아세요. 얼마나 노랑이처럼 구셨게요. 12시가 다 됐다고 하니까 저보고는 그럼 소파에서나 자고 가라고 하시면서 선생님은 주인이니까 침대에서 주무시겠다나요?"

"그런 소리까지 했나? 아무튼 그럼 내가 이거 온갖 추태를 다 부린 모양이로군. 무엇으로 사과를 한다?"

"사과는 필요 없어요. 어서 세수나 하시고 아침이나 드세요."

"게다가 벌써 아침까지 지었나?"

그가 머리를 긁는 시늉을 하며 세수하러 들어간 사이에 그녀는 식탁을 보았다. 그리고 그가 세수를 마치고 나와서 식탁을 사이에 두고 그녀와 마주 앉았을 때 그녀가 말했다.

"선생님도 이제 사모님이 차려 주시는 상을 받으셔야죠. 안 그래요? 선생님."

"왜 내가 쓸쓸해 보여?"

"쓸쓸해 보이는 것도 쓸쓸해 보이는 거지만 우선 시중들어 주실 분이 필요하시잖아요? 제가 매일 올 수도 없고."

그러자 그는 쓸쓸한 미소를 입가에 띠며 말했다.

"왜, 간밤의 내 추태를 겪고 나더니 날 하루속히 딴 사람한테 떠맡겨야겠다는 생각이 들었나?"

"어마 선생님. 그런 뜻이 아녜요. 선생님은 공부를 계속하셔야잖아요. 그러시려면 식사까지 손수 해 잡수시는 이런 생활이 오래 계속되면 오래 계속될수록 결국 더 중요한 일에 쓰셔야 할 시간이나 힘을 덜 중요한 일에 쓰시는 결과만 되잖아요. 그렇다고 뭐 꼭 그런 덜 중요한 일을 맡길 사람을 구하기 위해서 결혼을 하셔야 한다는 건 아니지만요."

"……."

"그리고 제가 매일 올 수 없다는 건 저도 이제 졸업하면 취직을 해야잖아요. 부모님들한테 계속 공짜로 밥을 얻어먹을 수도 없고요. 제가 설혹 취직을 못 한다고 해도 저 밥 안 먹여 주실 부모님들은 아니지만요."

"……어쨌든 그럼, 앞으론 나하고 자주 만나 주기가 어렵게 된다는 얘기로군."

"뭐 꼭 그런 뜻은 아녜요. 하지만 취직을 하게 되면 아무래도 학교 다닐 때만큼 자유롭기야 하겠어요?"

"……그야 그렇진 못할 테지."

"그리고 또 뭐 꼭 그런 뜻에서 결혼하시라고 말씀드리는 건 아녜요. 선생님 혼자 계시는 거 어떤 땐 너무 적적해 보이세요."

"……."

"선생님 이혼하셨다는 부인 어떤 분이셨어요?"

"그건 왜?"

"그저요. 예쁜 분이셨나요? 어쩐지 예쁜 분이셨을 것 같아요."

"예쁘다고 생각했었지."

"그런데 이혼하실 땐 그 생각이 달라지셨나요?"

"우린 애초에 사랑으로 결합된 게 아니었어. 야합이었지."

"어마, 선생님. 야합이라니요?"

"이를테면 상품 교환이었지. 내 쪽에서도 저쪽을 백화점에 가서 상품 고르듯이 택했고 저쪽에서도 마찬가지였어. 말하자면 우리가 상품을 고를 때 그 상품의 상표, 디자인, 가격 따위를 선택의 기준으로 삼듯이 말이지. 상품이 상품을 고른 셈이지. 그리고 결국 상품끼리 서로 교환했다고 할까. 야합한 거지. 우린 서로에게 있어 결국 각각 선택된 상품에 지나지 않았으니까. 결혼생활을 시작하고 나서 얼마 후에야 우린 그걸 알게 됐지. 그걸 알게 되자 바로 우린 이혼하고 말았어."

"그때부터라도 서로의 참모습을 발견해 보려는 생각은 안 하셨나요?"

"그런 식으로 야합한 사람들에게 참모습이 있으면 뭐가 있겠어?"

"어마, 선생님. 그래서 그 뒤론 한번 만나 보시지도 않으셨나요?"

"만날 필요를 느끼지 않았지. 다행스런 일이지만 우연히 만나진 일도 없었고."

"그건 좀 잘못된 것 같아요, 선생님. 만일 그 부인께서도 똑같은 생각을 가지고 있다면 그게 잘못이라는 건 분명하잖아요. 선생님은 좋은 분이시니까요. 마찬가지로 그 부인도 어쩐지 좋은 분일 것 같은 생각이 들어요. 한번 만나 보시지 않으실래요?"

"……."

"한번 만나 보세요. 네?"

그는 잠시 자기 신체의 한 부분에 속해 있는 것이면서도 아직 한 번도 본 적이 없는 어떤 작은 반점 같은 것을 처음 발견하게 된 사람 같은 다소 호기심 어린 표정을 띠었다. 그러나 그는 곧 어이없는 일이라는 듯이 조금 웃었다.

"이화가 무슨 말을 하는지는 알겠군. 생각해 보지 않았던 일이야. 허지만 설혹 그렇다 한들 이제 와서 만나 보면 무슨 소용이 있겠어? 벌써 7년이나 지난 일인걸. 아직 혼자 살 리도 없을 테고, 더군다나 우린 서로 애정 없이 결혼했다는 사실을 깨닫고 헤어진걸."

"선생님 말씀으로 미루어 보면 그건 두 분이 서로 애정 없이 결혼했다는 사실에 충격을 받아서 미처 상대방의 정말 좋은 점, 애정을 느낄 수도 있는 면을 발견할 기회를 갖지 못했기 때문인 것 같아요. 그리고 혼자 사실 리가 없다고 하시지만 그걸 만나 보시기도 전에 어떻게 아세요? 선생님은 혼자 사시면서요."

"나는 남자 아닌가."

"어마, 남자만 혼자 살 수 있다는 논리가 어딨어요?"

"그런가. 그렇다고 하더라도 그렇지. 아직 혼자 살고 있다손 치더라도 이제 와서 만나 무슨 소용이 있겠어?"

"꼭 무슨 소용이 있어서만 사람을 만나나요. 더구나 한때는 남남이 아니었던 분인데. 그리고 혼자 살고 계신지 그렇지 않은지는 우선 한번 만나 보셔야 아실 거 아녜요?"

"만날 수 있을는지도 의문이지만 설혹 만나 봐서 아직 혼자 살고 있다면? 그럼 날더러 어떡하라는 얘기야?"

"만일 선생님처럼 아직 혼자 살고 계시고 또 좋은 분이라는 걸 발견하실 수 있게 되면 다시 모셔 올 수도 있는 거죠, 뭐."

그러자 그는 그야말로 어이없다는 표정을 지었다.

"에끼, 나쁜 사람, 결국 그 소리 하려고 여태까지 온갖 감언이설을 늘어놓았군, 그래."

"왜요? 그게 뭐 나쁜 소린가요? 전 조금도 이상할 것 없겠네요. 그보다도 연락하실 방법은 있으세요? 방법만 있으면 심부름은 제가 해도 좋아요."

"허, 그 참 나중엔 별소릴 다 하는군."

"사모님 친정댁으로 연락하면 될까요? 그동안 혹시 이사 가시지 않았을까요?"

"허, 글쎄, 쓸데없는 소리."

"제가 뭐 무조건 모셔 오시라는 건가요? 우선 아무 전제 없이 한번 만나 보시기나 하시라는 거죠. 그리고 만나 보셔서 만일에 아직 혼자 살고 계시다면, 그리고 또 만일에 좋은 분이라는 걸 발견하실 수 있게 되신다면 그땐 다시 모셔 와도 이상할 게 하나도 없다는 얘기죠. 물론 사모님 편에서도 동의하시는 경우에 한하지만요. 저한테 사모님 댁 전화번호나 주소 좀 가르쳐 주지 않으시겠어요? 그럼 제가 우선 연락이나 한번 드려 보게요. 네? 선생님."

"허, 글쎄 왜 자꾸 이러지? 그리고 사모님은 무슨 사모님. 그 여자는 이미 내 아내가 아닌걸."

"좋아요. 그럼 사모님이라고 안 부를게요. 그냥 그 부인이라고 부르죠, 뭐. 참, 그분 성함이 뭐예요?"

"그 참 끈질기군, 그래. 이름은 강윤희라고 해."

이화가 허민의 전부인(前夫人) 강윤희와 만난 것은 그로부터 이틀 뒤였다. 그를 졸라 대어 결국 그녀의 친정집 전화번호를 알아냈던 것이다. 그 전화번호는 그의 오랫동안 바꾸지 않은 듯한 낡은 수첩에 적혀 있었다.

이화가 전화를 걸어 강윤희를 찾자 다행히도 저쪽에서는 또 하나의 전화번호를 가르쳐 주며 그곳으로 걸어 보라고 했다. 다시 가르쳐 준 전화번호를 돌리자 젊은 여자의 목소리가 나왔다.

"네, 윤희의상실입니다."

이화는 순간 모든 것이 순조롭게 풀려 나간다는 느낌을 받았다. 그녀가 의상실을 경영하고 있음에 틀림없다. 그렇다면 혼자 살고 있을 가능성도 따라서 적지 않다.

"저, 강윤희 선생님 계신가요?"

하고 이화는 약간 흥분한 목소리로 그러나 공손하게 물었다.

"네. 누구시라고 할까요?"

"저, 거기 단골손님한테 소개를 받은 사람이라고만 말씀드려 주세요."

"네, 잠깐만 기다리세요."

전화의 목소리가 바뀐 것은 조금 뒤였다.

"아, 여보세요. 전화 바꿨습니다."

부드럽고 아름다운 목소리였다.

"아, 강윤희 선생님이세요?"

"네, 누구신가요?"

"말씀드려도 모르실 거예요. 저 실은 친구한테 강 선생님 의상실을 소개받고 전화드리는 거거든요. 한번 가 봤으면 좋겠는데 위치를 잘 몰라서요."

"친구분이 위치는 말씀 안 해 주시던가요?"

"네, 전화번호만 가르쳐 주면서 우선 전화로 강 선생님의 목소리부터 들어 보라는 거였어요. 목소리가 너무너무 아름다우시다구요. 다른 소개는 할 것도 없이 목소리만 한번 듣고 나면 가 보지 않곤 못 배기게 될 거라구요."

"친구분이 놀리신 모양이군요."

"아녜요. 지금 강 선생님 목소리를 듣고 있으니까 친구 말이 틀리지 않다는 걸 알겠어요. 가서 직접 뵙고 싶어요."

"오세요, 그럼. 그렇지만 오셔서 실망하진 마세요. 제 목소리가 어떻게 들렸는진 모르지만 전 아주 평범한 사람이니까요. 가게도 아주 조그마하구요."

이화가 강윤희의 의상실에 도착한 것은 그로부터 30분쯤 뒤였다. 그녀가 자상하게 위치를 가르쳐 주었던 것이다.

'윤희의상실'은 ㅁ동에 있었다. 그리고 전화로 그녀가 말한 대로 조그마한 대신 아담해 보이는 점포였다.

문을 열고 들어서자 손님인 듯한 두 명의 여자와 소파에 마주 앉아 얘기를 나누다가 멈추고 30대 후반쯤의 얼굴선이 고운 여인이 부드러운 시선으로 이쪽을 바라보았다.

"어서 오세요. 혹시 조금 전에 전화하신 분인가요?"

전화로 듣던 것과 같은 목소리였다.

"네, 강 선생님이세요?"

"네, 제가 강이에요. 이쪽으로 오셔서 잠깐만 앉아 계세요. 먼저 오신 손님들하고 말씀 좀 잠깐 더 드리구요. 마침 우리 미스 한도 어딜 잠깐 나가고. 자, 이쪽으로 잠깐 앉으세요."

미스 한이란 처음에 전화를 받던 여자를 두고 말함인 모양이었다. 이화는 얌전히 그녀가 가리키는 의자에 앉았다.

잠시 후, 먼저 온 두 명의 여자와 얘기를 마친 그녀는 그들을 문간까지 배웅해 주고 돌아왔다. 그리고 조용히 이화 맞은편에 앉으며 말했다.

"미안해요, 기다리게 해 드려서. 자, 어떠세요? 실망하셨죠?"

이화는 상냥하게 웃어 보이며 대답했다.

"네, 실망했어요. 강 선생님이 거짓말쟁이라는 걸 알고서요. 전화로 말씀하신 것하고는 달리 너무 아름다우세요."

그러자 그녀는 뜻밖이라는 표정을 지으며 절대로 그렇지 않다는 듯이 고개를 가로저었다.

"난 거짓말 안 했어요. 거짓말을 할 리가 있나요? 그보다 학생이야말로 거짓말을 잘하시네. 나 같은 나이 많고 평범한 여자를 보고 아름답다고 하시구."

"아녜요, 정말이에요. 전 강 선생님만큼 아름다우신 분을 아직 뵌 적이 없어요. 친구한테 고맙다고 그래야겠어요."

"자꾸 놀리시네. 나야말로 학생만큼 아름다운 젊은 아가씨를 아직 만나 본 적이 없답니다. 나야말로 그 친구분한테 감사를 드려야겠어요. 참, 어느 친구분이신가? 우리 집에 오시는 손님이면 내가 알 만한 분일 텐데."

이화는 조금 망설이고 나서 대답했다.

"그 친구가 자기 이름은 말하지 말아 달라고 그랬어요. 생색을 내는 것처럼 되는 건 싫다구요."

"저런, 그 친구분 별 염려를 다 하셨네."

"여간 자의식이 강한 친구가 아니거든요."

"……누구신가?"

"글쎄요. 아무튼 저 친구한테 약속 지키지 않았다고 야단맞지 않게 해 주세요."

"글쎄, 소개하신 분이 누군지 꼭 그걸 알아야 하는 건 아니지만 그러시니까 더 궁금해지네요. 그렇지만 아무튼 약속을 어기시라고야 어떻게 하겠어요? 이렇게 와 주신 것만도 고마운데. 참, 차 한잔하시겠어요? 차래야 근처 다방에서 시켜 와야 하는 거지만."

"시켜 주시면 감사히 먹겠어요."

"뭘로 하시겠어요? 커피 괜찮으세요?"

"네, 커피로 시켜 주세요."

그러자 그녀는 조용한 동작으로, 탁자 위에 놓인 전화기를 당겨 송수화기를 집어 들었다. 다이얼을 돌리고 나서 커피 두 잔을 주문했다. 이화는 순간 전화를 거는 동작이 그렇게 아름다운 여인은 처음 본다고 생각했다.

"몇 학년이세요? 지금. 3학년? 아님 졸업반이신가?"

송수화기를 내려놓고 나서 그녀가 물었다.

"졸업반이에요. 저도 여쭤봐도 되나요?"

"나한테요? 글쎄 뭘 물어보실 게 있으실까?"

"좀 실례된 질문을 해도 되나요?"

"글쎄, 어디 한번 얘기해 보세요."

그러며 그녀는 가만히 미소 지어 보였다. 이화는 짐짓 호기심 많은 여자애처럼 물었다.

"강 선생님은 혹시 미혼 아니세요? 결혼하셨나요? 꼭 처녀처럼 보이세요."

"왜, 내가 혼자 사는 여자 같아요?"

이화는 순간 그녀가 아직 혼자 살고 있다는 걸 확신할 수 있었다.

"네, 아직 아기 한번 낳아 보시지 않은 처녀 같으세요."

그녀는 조용히 웃었다.

"잘못 보셨어요."

"그럼 아기가 있으신가요?"

"아뇨, 아기는 낳아 보지 못했지만 처녀는 아니랍니다. 결혼을 한번 했다가 실패했답니다."

"어마, 죄송해요. 제가 쓸데없는 질문을 드렸나 봐요."

"괜찮아요. 오래전 일이랍니다."

그러며 그녀는 이화를 향해 다시 조용히 웃어 보이고는 그 얘기는 이제 그만하자는 듯이,

"자. 뭘 좀 보시겠어요? 감 가져다 놓은 게 얼마 안 되긴 하지만."

하고 말했다. 이화는 그제야 자기가 양장점에 온 손님이라는 사실을 깨달았다. 그리고 약간 당황해서 말했다.

"저, 감은 다음에 보면 안 될까요? 오늘은 우선 강 선생님을 한번 뵙고 싶은 마음만 급해서 그냥 아무 준비도 없이 왔거든요."

그러나 그녀는 조금도 나무라는 표정은 짓지 않았다.

"그럼 다음에 와서 보세요. 오늘은 마침 쓸 만한 감도 별로 없답니다. 오히려 다행이네요. 학생처럼 예쁜 분한테 좋은 감을 권해 드리지 못하게 되면 어쩌나 싶어 속으로 걱정을 하고 있었는데. 좋은 감을 얻어야 디자인도 저절로 나오거든요."

차라리 다행스럽다는 표정이었다. 이화는 순간 이 여인을 끝내 속이는 것은 죄가 아닐까 하는 생각을 했다. 그러나 모든 걸 지금 털어놓는다는 건 아무래도 좀 이르다는 생각이 들었다.

오늘은 일단 이런 정도로, 그녀를 방문한 일은 만족한 성과를 얻었다고 봐야 한다. 앞으로의 일은 이제 당사자들에게 맡기거나 또 기회를 찾아봐야 한다. 성급히 굴 일은 결코 아닌 것이다. 그때 전화로 주문한 커피가 배달돼 왔다. 이화는 그녀와 함께 커피를 마셨다. 그리고 의자에서 일어났다.

"오늘 정말 너무 실례만 저질렀어요. 다음에 또 오겠어요."

"왜, 가시려구?"

그녀도 따라 일어섰다.

"마침 손님도 없는데 얘기나 더 하시다 가시잖구."

"다음에 와서 말씀 많이 듣겠어요. 오늘은 왠지 자꾸 실례만 저지르게 될 것 같아요. 안녕히 계세요."

"실례는 무슨. 난 학생 같은 예쁜 분을 만나서 오늘 마음속이 다 환해졌는데요. 아무튼 그럼 더 붙잡진 않겠어요. 다음에 또 들러 주세요."

하고 그녀는 상냥하게 웃으며 이화를 문께까지 배웅해 주었다.

거리로 나오자마자 이화는 공중전화를 찾았다. 그리고 허민의 아파트에 전화를 걸었다.

"선생님이세요? 저예요. 이화예요."

"응, 이화. 웬일이야?"

"만났어요. 선생님."

"만나다니?"

"선생님 사모님이요. 강윤희 여사요."

"……."

"제 예상대로 아주 좋은 분이신 것 같아요. 선생님만큼이나요. 또 아주 예쁜 분이시고요, ㅁ동에서 '윤희의상실'이라는 양장점을 하고 계셔요. 아직 혼자 살고 계심에 틀림없구요."

두 사람을 다시 결합하게 하는 데는 많은 노력이 들었다. 그들이 서로 상대방에 대해 나쁜 선입견을 갖고 있었기 때문이다.

그러나 이화는 결국 그들의 선입견을 제거하는 데 성공하였다. 그리고 그들이 서로 선입견 없이 만날 수 있게 되었을 때 이화는 이제 더 이상 그들을 위해 애쓸 필요가 없게 되었다. 그때부터는 그들 스스로가 자신들을 위해 애쓸 차례였기 때문이다.

그들이 서로 재결합하기로 작정했을 즈음 이화는 허민과 마지막으로 만났다. 새해로 접어든 지 열흘쯤 지난 뒤였고 비교적 붐비지 않는 어느 다방에서였다.

날라져 온 찻잔에 스푼을 넣어 젓다 말고 허민은 불쑥 얼굴을 붉히며 말했다.

"짐작하고 있었을지 모르지만 우리 다시 합치기로 했어. 그 사람하고 나하고 말야."

"어마, 선생님. 정말이세요?"

"부끄럽지만 정말이야."

"어마, 축하해요, 선생님."

"모두 이화 덕분이야."

"제 덕분은요. 두 분 다 좋은 분이신 덕분이죠."

"아냐. 이화가 좋은 사람이었기 때문이야."

그러며 그는 많은 뜻을 담은 눈으로 이화를 조용히 바라보았다. 진지하고 얼마간 괴로움이 담긴 그런 눈빛이었다.

짧은 순간이지만 엷은 액체의 막 같은 것도 눈동자 위에 잠시 어렸다. 이화는 잠시 고개를 숙였다. 왠지 그 시선을 똑바로 받고 있을 수가 없었기 때문이었다.

숙인 이마 위에서 약간 떨리는 듯한 그의 목소리가 들려왔다.

"내가 이화한테 죄를 짓지 않았더라면 좋았을 걸 그랬어. 그게 내게 남는 잊을 수 없는 짐이야."

순간 이화는 고개를 쳐들었다. 그리고 그의 시선을 부드럽게 쓰다듬듯 마주 받으며 말했다.

"선생님은 참 너무 어린애 같으셔요. 아직도 그 일을 선생님의 결백에 무슨 흠이라도 되는 것처럼 생각하고 계시군요. 제가 충고 하나 드릴게요. 그런 일보다 앞으로 사모님하고 함께 살아가실 설계나 아름답게 꾸미세요. 자녀 두실 계획이랑 사모님을 위해서 새로 살림 장만하실 계획도 세우시구요."

"고맙군, 이화."

"그리고 이런 말씀은 제가 드릴 말씀이 못 되는지 모르지만 사모님하곤 헤어졌다가 다시 만나시는 게 아니라 처음 만나는 것처럼 생각하시는 게 좋을 것 같아요. 따라서 다시 만나시기 전에 두 분에게 있었던 일은 모두 각자의 과거를 덮어 두시는 게 좋을 것 같고요. 그러면 선생님이 혹시 사모님한테 느끼실지도 모를 자책감 같은 것도 문제가 되지 않을 거예요. 물론 저하고 있었던 일 같은 것도요."

"……."

"무슨 뜻인지 아시죠?"

그는 슬픈 눈으로 이화를 건너다보며 말없이 고개를 끄덕였다.

이화는 쾌활한 표정을 지어 보이며 말했다.

"자, 이제 기쁜 표정을 지으세요. 새로 장가드시는 분답게요. 그러셔야 저도 더 기쁘죠."

그는 슬픈 눈을 들어, 그러나 애써 기쁜 표정을 지었다.

그 후 이화는 허민과 만나지 않았다. 그를 더 도와야 할 일은 이제 없었기 때문일 뿐만 아니라 복잡한 문제가 다시 그녀 앞에 등장하였기 때문이다.

안세혁이 정식으로 그녀에게 청혼을 해 왔던 것이다.

허민과 그렇게 마지막 만난 날로부터 이틀인가 지난 저녁 무렵이었다. 이화는 아버지가 서재에서 부르신다는 어머니의 말을 듣고 아버지의 서재로 건너갔다.

아버지는 그녀가 앉기를 기다렸다가 부드러운 음성으로 입을 열었다.

"이제 너 졸업할 날도 얼마 안 남았구나. 이젠 졸업식만 남은 셈이지?"

이화는 아버지의 얼굴을 마주 보며 공손히 대답했다.

"네, 아버지."

"공부하느라고 그동안 애 많이 썼다. 애비라고 뭘 좀 돕지도 못하고 그새 세월이 그렇게 흘렀구나."

"돕지 못하시긴요. 전 아버지가 도와주신 덕분에 이만큼 자라고 또 얼마 안 있으면 졸업도 하게 된걸요."

"그야 누구나 하는 일이지. 어디 내가 특별히 도왔달 거야 있나. 하여튼 그건 이제 와서 더 얘기해 봐야 소용도 없는 일이고, 그래 졸업 한 뒤의 작정 같은 건 좀 생각해 두었니?"

"취직을 하려고 생각하고 있어요, 아버지."

"취직이라……. 그럼 구체적으로 어떤 직장을 구해야겠다는 생각도 해 보았니?"

"제가 가서 일할 수 있는 직장이면 어떤 직장이건 상관없다고 생각하고 있어요, 아버지. 사람들한테 제가 해가 되는 직장만 아니면요."

"음, 허지만 그건 어디까지나 결혼을 하게 될 때까지라는 시한을 둔 얘기겠지? 물론."

그러며 아버지는 입가에 미소를 띠었다. 딸애의 마음을 다 헤아리고 있다는 듯이. 그리고 그걸 귀여워하고 있다는 듯이.

이화는 그러나 분명한 어조로 말했다.

"그렇지 않아요, 아버지. 저 그런 시한이나 전제를 두고 한 생각 아녜요."

"오냐, 오냐, 알겠다. 시한이나 전제를 뒀으면 어떻고 안 뒀으면 어떠냐? 그건 그렇고 내 실은 너한테 전할 말이 있어서 불렀다."

"……."

"너 안 군을 어떻게 생각하고 있니?"

"안세혁 씨 말씀이세요?

"음, 안 군이 오늘 내게 와서 청혼을 하고 갔어. 너하고 결혼을 하고 싶으니 허락해 달라는 게야."

"……."

"넌 어떻게 생각하니? 내가 보기엔 그만하면 요즘 세상에 쉬 찾아보기 힘든 근면하고 성실한 청년으로 여겨지던데. 그만하면 쓸 만한 청년이란 생각이 들더라만."

이화는 잠시 입을 다물고 있다가 대답했다.

"지금 대답해야 하나요? 아버지."

"글쎄, 뭐 꼭 그래야 할 까닭은 없을 테지. 며칠 더 생각해 보는 것도 괜찮을 테지."

"그럼 그 사람 또 오면 이렇게 전해 주세요. 제가 직접 만나서 대답하겠다구요."

"그래, 그게 참 좋겠구나. 이런 일은 하긴 당사자끼리 만나서 결정을 하는 게 순설 테니까."

이화가 안세혁을 만난 것은 바로 그다음 날 오후였다. 어머니가 그날 저녁으로 연락을 해서 이쪽이 직접 만나서 대답하겠노라는 의사를 전했던 모양이었다.

만난 장소는 그와 맨 처음 만났던 교회 부근의 그 다방이었다. 그는 먼저 와서 기다리고 있다가 그녀가 나타나자, 전에도 그랬던 것처럼 의자에서 일어나 그녀가 앉기를 기다려서 다시 앉았다. 그러나 그의 표정은 전보다 한결 여유 있어 보였다. 이화는 의자에 앉자마자 단정한 얼굴로 그를 향해 물었다.

"저한테 청혼을 하셨다면서요?"

순간 그는 약간 당황한 표정이 되었다. 그러나 곧 여유 있는 표정을 되찾으며 반문했다.

"응낙해 주시겠습니까?"

이화는 그 말을 무시하고 계속 단정한 얼굴로 물었다.

"……왜 저한테 직접 말씀하시지 않으셨죠? 저보다는 저희 부모님의 승낙을 먼저 받아야 하신다고 생각하셨나요?"

"그 뭐 순서야 조금 뒤바뀐들 어떻습니까. 중요한 건 어쨌든 제가 이화 씨한테 청혼을 했다는 사실 아니겠습니까. 또 이화 씨한텐 제가 이미 충분한 의사 표시를 한 셈이구요."

"그럼 제 의사도 충분히 아셨을 텐데요. 모르셨나요?"

"글쎄요, 그건 알았다고도 할 수 있고 몰랐다고 할 수도 있죠……."

"무슨 말씀이시죠?"

"확실친 않았다는 말씀입니다. 분명한 거부도 아니고 그렇다고 확실한 호의의 표시도 아닌 좀 애매한 반응이셨죠."

"그렇지 않았을 텐데요. 전 분명 누구하고도 결혼하지 않을 거라는 얘길 한 걸로 아는데요."

"그건 불특정 다수를 두고 얘기하신 거지 저를 두고 하신 얘긴 아닌 걸로 아는데요. 그리고 또 그저 지나가는 얘기로 하시는 말씀이라고 들었구요."

이화는 잠시 입을 다물고 그를 쳐다보았다. 그리고 나서 되도록 상냥한 표정으로 말했다.

"누구하고도, 라는 말에는 안세혁 씨도 물론 포함돼 있는 거예요. 그리고 그게 지나가는 얘기로 한 말이 아니라는 걸 분명히 하기 위해서 다시 한번 말씀드리겠어요. 전 결혼하지 않을 거예요. 아무하고도요.

물론 안세혁 씨하고도요.”

그러자 그는 여태껏 여유를 보이던 태도를 잃고 얼굴빛이 변했다.

“……정말이십니까?”

“네, 지나가는 말이 아녜요.”

그때 젊은 여자가 주문을 받기 위해서 다가왔다. 이화는 커피를 시켰다. 그도 젊은 여자의 얼굴을 힐끗 쳐다보며 고개를 끄덕했다. 같은 걸로 달라는 의사 표시 같았다. 그것이 통했는지 젊은 여자는 곧 말없이 돌아섰다.

젊은 여자가 돌아가고 난 다음에 그는 잠시 침묵을 지키고 있다가 말했다.

“분명한 거절이시군요. 하지만 이번 역시 저 개인이 싫다고는 안 하시는군요. 제가 열등감에라도 빠질까 봐 염려하시는 모양이죠?”

이화는 잠시 그를 쳐다보고 나서 대답했다.

“그런 염려는 안 해요. 안세혁 씬 열등감 같은 데 빠질 그런 분이 아니시잖아요. 전 다만 안세혁 씨를 포함한 어떤 분하고도 결혼은 안 할 거라는 사실을 말씀드렸을 뿐예요.”

그는 순간 어떤 궁리를 해낸 듯한 표정이 되었다.

“그럼 절 특별히 싫어하시는 건 아니라고 믿어도 되겠습니까?”

“제가 안세혁 씨를 싫은 분이라고 말하지 않았다는 것만은 분명해요.”

“말하지 않았다는 건 속으론 싫다고 생각하시면서도 말을 하지 않았을 뿐이라는 뜻입니까?”

"그런 식 질문엔 대답할 의무를 느끼지 않아요. 아무튼 전 결혼이나 결혼을 전제로 한 어떤 문제 때문에 안세혁 씰 다시 만나게 되는 일은 없었으면 좋겠어요."

"염치없는 질문을 용서해 주십시오. 그리고 다시는 결혼문제 같은 걸 꺼내서 이화 씰 괴롭혀 드리지 않겠다고 약속하겠습니다. 그 대신 제 조그만 청 하나 들어주시겠습니까?"

"말씀해 보세요."

"다시는 결혼 따위 문제로 이화 씰 귀찮게 해 드리지는 않는다는 조건으로 저하고 드라이브나 잠깐 같이해 주시지 않겠습니까? 가까운 교외로라도 말입니다. 그래 주신다면 저한텐 큰 위로가 되겠는데요."

"정말 그럼 다시는 결혼문제 같은 걸 꺼내시거나 그러지 않으시겠어요?"

"약속하겠습니다."

"좋아요, 그럼."

"감사합니다. 마지막 비참한 꼴은 면하게 해 주셔서. 이 청마저 거절을 하셨으면 전 그야말로 구제받을 길 없는 비참한 심경에 빠질 뻔했습니다."

"너무 그러지 마세요."

"너무 그러는 게 아닙니다. 정말입니다. 자, 그럼 나가실까요?"

그때 주문한 커피가 날라져 왔다. 두 사람은 커피를 마시고 일어섰다. 그는 거의 마시는 시늉만 하다시피 하였다.

밖에는 그의 승용차가 대기하고 있었다. 도어를 열어 이화에게 운전석 옆자리를 권한 다음 그는 차체 앞으로 돌아가 운전석에 올라탔다.

그리고 곧 자동차는 지면으로부터 떠밀리듯 출발했다. 그가 손을 뻗어 무엇인가를 조작하자 무릎 아래에서 훈훈한 기운이 퍼져 올랐다.

"서울을 조금 벗어나도 괜찮겠습니까?"

그가 물었다.

"얼마나요? 많이요?"

"조금 많이 벗어나도 괜찮겠습니까?"

"너무 많이는 안 벗어났음 좋겠어요."

"이왕 나선 김에 좀 시원스레 벗어났다 돌아와도 괜찮지 않을까요? 늦기 전에 돌아올 수 있는 범위 안에서."

"그래도 너무 멀리 가진 않았음 좋겠어요."

"수원쯤 괜찮을까요?"

순간 이화는 얼핏 좋지 않은 느낌이 들었다.

"혹시 저 납치하려는 생각은 아니겠죠?"

"하하, 별말씀을 다 하십니다. 그럴 리가 있습니까."

"……."

"왜, 겁이 나십니까? 제가 믿을 만한 인간이 못 돼서?"

"그런 뜻이 아녜요. 하지만 만에 하나라도 그런 생각을 가지신다면 그게 큰 오산이라는 걸 알게 되실 거예요. 여긴 경찰력이 강한 나라니까요."

"미리 소금을 뿌려 두시는군요."

그러며 그는 웃어 보이는 듯했다.

이화는 다짐하듯 말했다.

"아무튼 그럼 수원까지만 갔다가 돌아오기예요."

"그럴까요?"

"그럴까요가 아니라 그러셔야 해요. 더 이상은 너무 멀어요."

"만일에 제가 이화 씰 납치할 마음을 먹는 경우엔 더 가도 괜찮겠죠?"

"우리나라 경찰력을 미국 경찰력처럼 생각하신다면 그런 실수도 하실 수 있겠죠."

"하하, 우리나라 경찰력이 그렇게 강한가요?"

"그럼 그 많은 납치범, 유괴범들이 활개 치고 다니게 놔두는 미국 경찰력 같은 줄 아세요? 최소한 우리나라 경찰력은 납치범을 해외로 도망치게 놔두거나 하진 않아요."

"그건 납치범뿐만이 아니겠죠. 다른 범인들도 마찬가질 테구 또……."

"아무튼 우리나라 경찰력이 강하다는 사실만 잊지 마세요."

"명심하죠. 그렇지만 그럼에도 불구하고 즉 우리나라 경찰력이 무섭다는 사실을 잘 알게 되었음에도 불구하고 제가 납치를 감행하겠다면 그땐 어떡하시겠습니까? 다시 말해서 체포당할 각오로 납치를 감행하겠다면."

"정말 자꾸 그러시겠어요?"

"하하, 아, 아닙니다. 염려 마십시오. 사실은 전 겁쟁이랍니다. 그런 어마어마한 일은 꿈도 못 꾸죠. 더구나 우리나라 경찰력이 그렇게 무섭다는데야 감히 그런 일을 마음이나 먹어 보겠습니까. 얌전히 수원까지만 모시고 갔다 오겠습니다."

"정말이시죠?"

"물론이죠."

"만일에 그런 모험을 해 보실 생각을 갖고 계신다 해도 그렇게 쉽게 잘되진 않을 거예요. 전 치한(痴漢) 퇴치법을 알고 있으니까요."

"아이구 그럼 더욱 조심해야겠군요. 합기도나 태권도 같은 걸 배우셨나요? 미국에선 여성들도 많이 배우는 것 같던데요."

"아뇨, 자세한 얘긴 해 드릴 수가 없어요."

"아무튼 그럼 더욱 얌전히 모시고 갔다 오겠습니다."

그들이 탄 차가 남산 터널을 빠져 경부고속도로 위로 나선 것은 얼마 후였다. 그는 자동차가 붐비는 시내에서와는 달리 속력을 내어 자동차를 운전하기 시작했다. 시야가 넓어진 좌우의 풍경들이 빠르게 차창 밖으로 달려 지나갔다.

그가 전면의 차창에서 시선을 떼지 않으며 다시 입을 열었다.

"이화 씬 정말 아무하고도 결혼하지 않을 생각이십니까?"

"네, 정말 괜히 한 소리 아녜요. 제가 만일 결혼을 하게 된다면 그땐 안세혁 씨하고 해도 좋아요."

"하하, 그런 일은 아예 있을 수조차 없다는 얘기군요. 혹시 그럼 가톨릭으로 개종을 하셔서 수녀가 되실 생각이신가요?"

"아뇨."

"그럼 독신주의인가요?"

"……그 반대예요."

그는 순간 반신반의하는 표정으로 그녀를 힐끗 돌아보았다.

"독신주의의 반대가 뭐죠? 잘 모르겠는데요. 혹시 성적 자유주의를 의미하는 건가요?"

이화는 웃었다. 그리고 대답했다.

"마음대로 생각하세요."

그러자 그는 자동차의 속도를 조금 늦췄다.

"그럼 그렇게 생각해도 좋단 말입니까? 성적 자유주의, 다시 말해서 프리섹스를 위해 결혼을 안 하신다는 뜻으로 해석해도 좋습니까?"

그렇게 물으며 그녀를 돌아보는 그의 눈빛은 야릇하게 번쩍였다. 이화는 순간 그가 자기의 웃음과 말의 뜻을 잘못 받아들이고 있다는 걸 알아차렸다. 그리고 그렇게 잘못 받아들일 수 있도록 웃고 말한 자신을 후회했다.

그녀는 곧 정색을 하고 타이르듯 말했다.

"제가 마음대로 생각하시라고 한 건 그런 뜻이 아녜요. 안세혁 씨의 그 자기식 해석이라고 할까, 미국식 발상법이라고 할까가 어이가 없어서 그런 거죠. 전 무슨 그런 쾌락의 자유를 위해서 결혼을 안 하겠다거나 하는 건 아녜요. 제가 그런 사람으로 보이세요?"

그는 얼굴을 붉혔다.

"아, 뭐 그런 건 아닙니다만……. 그렇다면 이화 씨가 방금 말씀하신 독신주의의 반대라는 건 무슨 뜻입니까?"

"제가 독신주의의 반대라고 한 건 독신주의가 갖는 어떤 자기폐쇄성과 반대 입장이라는 뜻으로 한 소리예요."

"폐쇄성의 반대라면…… 개방성이 아니겠습니까?"

"그렇게 말할 수도 있겠네요. 하지만 무슨 그런 쾌락을 얻기 위한 개방성은 최소한 아녜요."

"말꼬리를 잡는 것 같아서 좀 염치없습니다만 그럼 혹시 고통을 얻기 위한 개방성인가요?"

"고통을 얻기 위한 개방성이라는 게 세상에 어딨겠어요? 그런 게 만일 있다면 그건 자기 학대겠죠. 그리고 자기 학대라면 그건 개방성이 아니라 역시 폐쇄성이라고 해야 옳겠죠."

"뭐가 뭔지 전 잘 모르겠습니다. 아무튼 보통과는 좀 다른 생각을 갖고 계신 모양이군요. 저 같은 보통 사람으로서는 이해하기 어려운."

"글쎄요, 제 얘기가 불충분했기 때문인지 모르죠."

"그럼 충분하게 설명해 주실 생각은 없습니까?"

이화는 잠시 망설이고 나서 굳이 숨길 까닭은 없다고 판단하고 언젠가 허민에게도 들려준 일이 있는 가족주의에 관한 자기 입장을 간략하게 설명해 주었다. 그는 경청하는 표정이었다. 그리고 다 듣고 나자 그제야 무언가 알 것 같다는 표정을 지으며 한숨짓듯 말했다.

"아, 그러니까 가족주의도 결국 보통 얘기하는 독신주의와 크게 다를 게 없다는 얘기로군요. 단위가 개인에서 두 사람 이상의 집단으로 조금 커진다는 의미 외에는. 결국 폐쇄성을 갖게 되기는 마찬가지라는. ……놀라운 얘기로군요."

"어쩌면 그 정도는 필요한 폐쇄성인지도 모르죠. 사람들이 살고 있는 집도 결국은 얼마간의 폐쇄성의 필요에서 생겨난 것일 테니까요. 하지만 전 자기 자신을 그렇게 폐쇄해 두고 싶지가 않아요."

그는 잠시 무언가 망설이는 기색이 되었다. 그러더니 매우 조심조심 그녀의 눈치를 살피듯 하며 말했다.

"저한테도 그럼 좀…… 열어 주시지 않으시겠습니까?"

그러는 그의 표정은 가엾도록 비굴해 보였다.

이화는 순간 그에 대한 경멸과 거의 같은 비중의 동정심이 우러났다.

그녀는 말했다.

"뭘 열어 주길 바라세요?"

"……."

"제 몸이 갖고 싶으세요?"

그러자 그는 자기가 바라는 것이 염치없는 짓이라는 걸 잘 아는 사람의 염치없는 표정이 되어 말했다.

"그런 희망을 가지면 안 될까요? 결혼을 하고 싶다는 희망은 이제 깨끗이 포기했습니다만."

이화는 조금 궁리한 후에 대답했다.

"안세혁 씨는 약속을 잘 지키는 분인가요?"

"그 점 하나만은 믿어도 괜찮으실 겁니다. 미국 사회에서 약속 지키는 법 하나만은 철저히 배워 왔으니까요."

"좋아요, 그럼. 오늘 한 번만이라고 약속하세요."

"네?"

그는 자기 귀를 믿기가 어려운 모양이었다.

"그 희망을 오늘 한 번만 들어드리겠어요. 그렇게 약속을 하신다면."

"……정말입니까?"

"오늘 한 번만이라고 약속하신다는 전제 아래서예요."

"물론 약, 약속하겠습니다."

그는 황망히 대답했다. 그리고 얼른 이 믿기지 않는 행운을 확인해야겠다는 듯이 성급히 다시 속력을 내어 자동차를 몰기 시작했다. 온몸이 딱딱하게 굳어진 채.

이화는 자신도 모르게 가느다란 한숨을 내쉬었다.

자동차가 수원 시내로 들어선 것은 짧은 겨울 오후의 햇빛이 이제 얼마 안 남아서였다. 안세혁은 자동차를 자그마한 한 호텔의 정문 앞에 세웠다.

"여기서 좀 쉬었다 가죠."

그가 말했다. 이화는 말없이 그를 따라 자동차에서 내렸다.

자주색 상의를 입은 청년 한 명이 빠른 걸음으로 달려 나와서 그들을 맞아 주었다. 그리고 그들은 3층에 있는 한 객실로 인도되었다.

전에 석기와 갔던 여관방에 비하면 호사스런 방이었다. 바닥엔 인조 카펫이 깔려 있었고 침대와 응접세트는 물론 옷장까지 갖춰져 있었으며 창에는 색상이 부드러운 커튼이 드리워져 있었다.

"심부름시키실 일이 있으시면 불러 주십시오."

청년이 공손히 인사하고 물러갔다.

"우선 좀 앉으시죠."

그가 소파를 가리키며 말했다. 그리고 자기가 먼저 소파 쪽으로 걸어가 그녀가 다가와 앉기를 기다렸다가 자신도 앉았다.

"음료수라도 좀 가져오랠까요? 참, 맥주 좀 하시겠습니까?"

무언가 조바심을 참고 있는 표정으로 그가 물었다. 이화는 덤덤하게 대답했다.

"안세혁 씨 하시고 싶은 대로 하세요."

"그럼 맥주를 조금씩 하죠. 하실 줄 아시죠?"

"네, 조금은 마실 수 있어요."

그는 탁자 위의 전화기를 당겨 송수화기를 집어 들었다. 그리고 수신자가 나오기를 기다려서 맥주 두 병과 간단한 안주를 부탁했다. 송수화기를 다시 내려놓고 나서 그는 무슨 생각을 했는지 소파에서 일어났다.

그리고 방의 입구 좌측에 있는 도어가 닫힌 곳으로 걸어갔다. 욕실일 것으로 짐작되는 곳이었다.

그는 도어를 열고 안으로 들어가서 잠시 물소리를 낸 후 다시 나왔다.

그의 한 손에 물이 묻어 있는 것이 보였다.

"다행히 더운물이 나오고 있군요. 목욕하시겠습니까?"

그가 어색하게 웃으며 말했다. 이화는 역시 덤덤하게 대꾸했다.

"그래요? 그럼 먼저 좀 씻을까요? 양보하시겠어요?"

"네, 먼저 하십시오. 맥주는 목욕 후에 하시기로 하고."

"그럼 저 잠깐 씻겠어요. 맥주 가져오면 먼저 드세요."

이화는 소파에서 일어났다. 그리고 욕실로 향했다. 그가 소파로 가서 앉으며 말했다.

"기다리겠습니다. 끝내고 나오시면 함께 들죠."

"그럼 좋으실 대로 하세요."

이화는 욕실 안으로 들어서서 도어를 닫았다. 욕조가 깨끗이 청소되어 있는 모습이 보였다. 더운물을 틀어 놓고 옷을 벗어, 그곳에는 마땅히 놓아둘 장소가 없었으므로 둘둘 뭉쳐서 도어 밖으로 밀어내 놓았다. 그가 보고 있을지도 모른다는 생각이 들었으나 개의치 않았다.

샤워를 틀어 보았다. 거기서도 더운물은 나왔다. 그녀는 샤워부터 하기 시작했다. 따뜻한 물의 비말(飛沫)이 가볍게 온몸을 때려왔다.

비누는 세면기 위에, 아직 아무도 사용하지 않은 새것이 놓여 있었다. 그것을 집어다 팔과 가슴 그리고 허리와 다리의 순으로 문지르기 시작했다. 그리고 다시 샤워로 헹궈 냈다.

그렇게 대강 샤워를 마쳤을 즈음에는 욕조에 물이 반나마 차 가고 있었다. 그녀는 욕조 속으로 들어갔다. 물이 불어나면서 그녀의 어깨까지 감싸 주었다. 꼭지를 잠그고 잠시 편안히 기대 누웠다.

온몸이 안이하게 이완돼 왔다.

순간 그녀는 그가 조바심을 참고 있을 표정을 얼핏 떠올렸다. 맥주는 이미 도착해 있을 것이었다. 그러나 그는 기다리고 있을 것이었다.

잠시 궁리한 다음 그녀는 욕조에서 나왔다. 그리고 세면기 옆 쇠막대에 걸려 있는 타월을 집어 몸의 앞부분을 가렸다.

도어를 열었다. 맥주병을 앞에 둔 채 담배를 피우고 있던 그가 무심결에 이쪽으로 시선을 들었다. 그녀는 말없이 욕실 밖으로 걸어 나갔다. 그가 당황한 표정으로 시선을 얼른 피했다.

그녀는 곧장 침대 쪽으로 걸어갔다. 그리고 침대 위에 누웠다. 그의 잔뜩 딱딱해진 어깨와 등이 바라보였다.

그녀는 잠시 기다렸다가 말했다.

"자, 저 여기 있어요."

순간 그로부터는 아무런 대답도 들려오지 않았다. 그의 어깨가 단거리 경주자처럼 잔뜩 긴장해 있는 모습이 보였다. 그리고 그 어깨가 그의 두 다리에 의해서 떠받쳐 올려지고 그의 얼굴이 이쪽으로 향한 것은 다음 순간이었다.

그는 거의 눈 감고 달려오다시피 했다. 그리고 거의 눈 감은 채 옷을 벗고 있는 것처럼 보였다.

그의 맨몸은 마른나무처럼 딱딱했다.

그리고 그는 별로 오랫동안 그녀의 몸 위에 머물러 있지는 않았다. 몹시 성급히 구는 듯했고 매우 서투르게 자기 욕망을 해소해 버렸다. 그녀의 몸 위에서 물러나는 그의 표정에는 어떤 자괴감(自愧感) 같은 것이 떠올라 있었다.

옷을 입고 다시 소파 위에 마주 앉았을 때 이화가 말했다.

"이제 저한테 볼일 다 마치신 셈이죠? 맥주 드시고 가시겠어요?"

그는 말없이 그녀를 한번 힐끗 쳐다보고는 탁자 위로 시선을 떨구었다.

"따라 드릴까요?"

그녀가 재차 말했다. 그제야 그는 시선을 바로 들며 그녀의 시선을 견디어 보겠다는 듯 말했다.

"따라 주시겠습니까?"

"그러세요, 그럼."

이화는 병마개를 따고 유리컵 하나에 맥주를 가득 따랐다. 그러자 그가 손을 내밀어 병을 받아서는 나머지 유리컵에도 맥주를 따랐다.

"같이 드시죠."

"네, 그럼."

그들은 각각 맥주가 가득 담긴 유리컵 하나씩을 들어 입으로 가져갔다. 그는 단숨에 거의 절반쯤을 비우고 내려놓았다. 이화는 한 모금만 마시고 가만히 놓았다. 그가 말했다.

"절 경멸하고 계시죠?"

"아뇨, 그런 생각 갖고 있지 않아요. 왜 그런 말씀을 하세요?"

"……제가 경멸받아 마땅한 놈이기 때문이죠. 여러 의미에서."

"여러 가지 의미라뇨?"

그 말에는 대꾸를 않고 그는 컵에 남은 나머지 맥주를 다시 단숨에 비워 버렸다. 그리고 나서 말했다.

"……아무튼 약속은 지키겠습니다. 제가 이화 씨한테 감히 청혼을 했다는 사실 자체가 분수 모르고 한 짓이었다는 걸 깨닫게 해 주셨으니까요. 전 오늘처럼 저 자신을 졸렬하게 느껴 본 적은 아직 없습니다."

이화는 잠자코 그의 컵에 다시 맥주를 따랐다. 그리고 조용히 말했다.

"무얼 후회하고 계신가 봐요."

"아닙니다. 후회가 아니라 자각입니다. 저 자신이 얼마나 졸렬하고 망쳐 버린 인간이었나 하는 데 대한. 그걸 깨닫게 해 준 건 이화 씹니다."

"전 무슨 말씀이신지 잘 모르겠어요."

"시치미를 떼시는군요. 절 위로하시기 위해서."

그러며 그는 이화가 다시 따라 놓은 컵을 들어 단숨에 비워 버렸다.

"……자, 가시죠. 더 이상 마시면 운전이 엉망이 될지도 모르니까요. 아무튼 오늘 부끄럽기 짝이 없습니다. 그리고 한 번 더 말씀드리지만 약속은 꼭 지켜 드리기로 하겠습니다."

"약속은 지켜 주세요. 하지만 자기 자신을 자꾸 비하하는 건 좋은 일 같지 않아요. 저 욕하시는 것도 되구요."

이화는 단정한 표정으로 말했다. 그러자 그는 짐짓 여유를 보이는 듯하며 일어섰다.

"네, 잊지 않겠습니다. 이화 씨한테 욕이 되는 일이라면 어떤 일도 삼가겠습니다. 저 자신을 부끄럽게 여기는 일도. 자, 그만 가시죠."

"네."

이화는 더 이상 아무 말도 않고 따라 일어섰다.

그가 그녀를 다시 자기 차에 태워 그녀의 집 앞까지 데려다준 것은 밤 9시가 넘어서였다. 그는 고속도로 위를 운전하면서도 그리고 서울 시내로 다시 접어들어서도 거의 말없이 운전대만 잡고 있었다. 그리고 그녀의 집 앞 골목에 차를 세웠을 때 무겁게 입을 떼었다.

"오늘 정말 제겐 뜻깊은 날이었습니다. 어떤 의미로든지요. 최근 몇 달 동안의 제 염치없었던 행동은 이것으로 이제 잊어 주시기 바랍니다. 역시 염치없는 부탁입니다만."

이화는 조용히 대답했다.

"너무 그렇게 심각한 표정으로 말씀하시지 마세요. 무슨 큰 잘못이나 저지르신 것처럼. 그리고 앞으로 제가 혹 무슨 도움 돼 드릴 일이라도 있으면 사양 말고 말씀해 주세요. 제가 도울 수 있는 일이면 기쁘게 돕겠어요."

"정말이십니까?"

"네, 저하고의 결혼문제 같은 것만 아니면요."

"고맙습니다. 절 아주 희망 없는 인간이라고 내버리시진 않는군요. 자, 그럼 그만 들어가 보시죠."

그러며 그는 운전석 옆 도어를 열고 차 밖으로 내려서려 했다. 미국 영화에서 본 식으로, 자기 쪽 도어를 열어 주려는 행동이라고 생각하고 이화는 얼른 만류했다.

"저 문 열어 주시려고 그러세요? 여기선 안 그러셔도 돼요. 제가 열고 내릴게요."

그리고 그녀는 그가 채 내려서기 전에 도어를 열고 차에서 내렸다.

그는 내려서려던 동작을 멈추고 그녀 쪽을 쳐다보았다. 그녀는 허리를 굽혀 그를 들여다보며 말했다.

"그럼 안녕히 가세요."

"네, 그럼 안녕히 계십시오."

무언가 자제하듯 그도 말했다. 그리고 그는 곧 자세를 바로 하여 운전대를 잡았다.

그의 차가 저만큼 골목 밖으로 멀어지는 모습을 바라본 뒤에야 그녀는 대문 앞으로 다가가 초인종을 눌렀다. 잠시 후 어머니가 대문을 열어 주었다.

"지금 오니?"

"네, 엄마."

"그 사람하고 여태 같이 있었니?"

"네."

"춥다. 어서 들어가자. 그래 너한테도 그 얘길 하든?"

"……."

"혼인 얘길 꺼내더냐구."

"네, 그 얘기 같이했어요."

"그래 어떡하기로 했니?"

"……안세혁 씨가 저한테 다시 결혼 얘기 꺼내지 않기로 했어요."

"……."

어머니는 안으로 향하던 걸음을 멈칫하더니 금방 말뜻을 알아차렸음인지 완연히 실망한 표정이 되었다. 이화는 순간 마음이 아팠다.

어머니를 실망시킨 일이 큰 죄처럼 느껴졌다.

"미안해요, 엄마."

"……미안하긴, 네가 그 사람이 싫다면 그야 할 수 없는 일이지."

어머니는 황망히 실망한 표정을 감추려 들며 말했다. 그러나 그것은 분명 체념에 가까운 음성이었다.

이화는 더 말하지 않았다. 그것이 어머니를 더 이상 서운하게 하지 않는, 남은 단 하나의 길이라고 생각되었기 때문이다.

안세혁에 관한 문제가 그렇게 일단 마무리 지어진 후 이화는 얼마 안 가서 졸업식을 맞게 되었다. 졸업식에는 어머니와 아버지 그리고 동식이가 카메라를 가지고 와 주었고 허민과 그의 부인 강윤희까지 참석해 주었다. 허민은 재직 중인 교수였으므로 반드시 이화 때문이 아니더라도 참석할 법한 일이었지만 강윤희까지 와 준 것은 이화로서는 뜻밖의 일이었다.

식이 끝난 뒤 처음으로 이화 부모와 서로 인사를 나눈 다음 허민은 이화를 향해 말했다.

"글쎄, 이 사람이 이화 졸업식엔 무슨 일이 있어도 꼭 참석을 해야겠다고 나서는 바람에 할 수 없이 이렇게 같이 오게 됐지."

그러자 강윤희가 상냥한 미소를 보내며 말했다.

"진심으로 축하해요. 늘 보고 싶었는데 이렇게라도 만나 보지 않으면 통 만날 길이 있어야죠. 가게에도 통 놀러 오시지 않고. 언제 한번 가게에 꼭 좀 들러 주세요. 이화 학생 주려고 감 하나 아껴 둔 게 있어요. 축하하는 뜻으로, 없는 솜씨지만 한번 내 보게요."

이화는 자신도 모르게 얼굴을 붉혔다.

"어마, 아녜요. 이렇게 오셔서 축하해 주신 것만으로 전 감사해요."

"아녜요. 사양하면 내 성의를 무시하는 게 돼요. 수일 내로 꼭 한번 들러 주세요. 마음에 드는진 모르지만 내 딴엔 이화 학생 아님 입을 사람이 없다고 생각하고 아껴 둔 감이랍니다. 이 자리에서 꼭 들러 준다고 아주 약속을 하세요."

"글쎄, 전 감사하긴 하지만……."

"약속을 하지, 그래. 모처럼 성의니까. 이화가 남의 물건 공으로 받는 건 싫어한다는 걸 알긴 하지만."

허민도 자기 부인을 거들었다.

"얘, 고마우신 뜻을 그렇게 사양만 하는 건 예절이 아니다."

어머니도 염려스러운 표정으로 조용히 이화를 나무랐다.

"거 보세요. 어머니께서도 꾸중하시지 않나. 사양 말고 꼭 한번 들러 주세요. 며칠 안으로."

"……네, 그럼 가 뵙겠어요."

이화는 마지못해 그렇게 대답했다.

동식이 사진을 찍겠다고 포즈를 취하라고 했다. 이화는 여러 장의 사진을 찍었다. 어머니 아버지와 함께 찍기도 하고 허민 부부와도 한 장 찍었다. 허민 부부와 함께 찍을 때는, 그녀는 마음속으로 그들 부부의 행복을 기원했다.

동식이와 함께 찍을 때는 허민이 대신 셔터를 눌러 주었다. 둘레는 온통 사진을 찍는 사람들로 번잡을 이루고 있었다. 모든 사람들이 마치 이날을 위해서 사진기를 장만하기라도 했다는 듯이.

사진 찍기를 마치고 그들은 함께 시내로 나와서 식사와 차를 나누고 헤어졌다. 헤어질 때 강윤희는 그리고 다시 한번 아까 한 약속을 잊지 말라고 당부했다.

집으로 돌아오는 차 안에서 그리고 아버지가 말했다.

"자, 이제 우리 이화도 어엿한 숙녀가 됐구나. 아니, 이제 취직을 하겠다니 곧 사회인이 되는구나. 대견한 일이다."

이화는 다소곳이 제 앞만 바라보았다.

또 하나의 세계

이화가 한 여성잡지사의 기자로 취직을 한 것은 졸업 후 한 달이 채 못 돼서였다. 그것은 박양희를 만남으로써 우연히 이루어진 일이었다.

그날 이화는 오랜만에 '에로이카'에 들렀던 길이었다. 몇 군데 취직자리를 알아보고 있을 즈음이었고 저녁 무렵이었다.

입구에 들어서서 빈자리를 찾느라고 잠시 서성이고 있을 때 누군가의 얼굴이 이쪽으로 향하며 손짓을 하고 있는 모습이 보였다. 눈여겨보니 바로 박양희였다. 석기의 친구였고 한때는 학교 신문의 편집장을 지낸 적이 있는, 그리고 타의에 의해서 그것을 그만둬야 했던.

그녀는 혼자였고 이화와 눈길이 마주치자 반가운 웃음을 보내왔다. 이화는 반가이 마주 목례를 보내며 그녀 쪽으로 다가갔다.

"오랜만예요. 내가 오늘 여길 와 보길 아주 잘했네요."

하며 그녀는 손을 뻗어 이화의 손을 잡았다. 그리고 맞은편 의자에 이화를 끌어앉히다시피 했다. 이화는 그녀가 끄는 대로 몸을 굽혀 의자에 앉으며 말했다.

"안녕하셨어요? 그동안 여기 가끔 들르셨나요?"

"아녜요. 오늘 마침 이 근처에 볼일이 좀 있어서 지나다가 들러 본 거예요. 혹시 이화 씰 만날 수 있을는지 모른다는 기대를 품긴 했지만 이렇게 정작 만나게 될 줄은 미처 몰랐어요. 정말 반가워요."

"네, 저도 만나 봬서 반가워요."

"참, 이번에 졸업했죠?"

"네."

"늦었지만 축하해요. 그리고 충고 하나 하죠. 졸업한 지 3년이 넘도록 아직 아무도 데려가겠다는 사람이 없어서 이렇게 노처녀가 돼가고 있지만 이화 씬 비쌀 때 어서 팔아요."

그녀는 익살스런 어조로 말하고 나서 웃었다. 그리고 덧붙였다.

"금값일 때 팔아요. 괜히 나중에 후회하지 말고."

"……."

"참, 이화 씬 벌써 팔렸는지 모르겠네. 혹시 결혼 날짜 이미 받아 놓은 거 아녜요? 그런 걸 가지고 내가 괜히 쓸데없는 주책을 부리고 있는 건 아녜요?"

이화는 상냥한 미소를 지어 보이며 대답했다.

"저 지금 취직자리 구하러 다니는 중인걸요."

"어마, 그래요? 왜, 아직 작자가 안 나섰나요?"

"……네."

이화는 조금 망설인 뒤에 가만히 웃으며 그렇게만 대답하고 말았다. 그러자 박양희는 고개를 갸우뚱했다.

"왜 그럴까? 모두 눈들이 어떻게 된 모양이지? 이렇게 예쁜 아가씨를 그냥들 놔두다니 알 수 없는 일인걸. ……그건 그렇고 취직자리 구하러 다닌다는 말은 정말이에요?"

"네, 정말이에요."

"그럼 원하는 직장은 어떤 직장인데요?"

"제가 가서 일할 수 있는 데면 어떤 직장이건 상관없죠, 뭐."

"그럼 혹시 잡지사 같은 데라도 괜찮겠어요? 월급은 적지만. 실은 나도 잡지사에 있는데."

이화가, 박양희가 다니는 잡지사에 출근하기 시작한 것은 이틀 뒤부터였다.

마침 여기자 한 사람의 자리가 비어 대신 누구를 채용하지 않으면 안 될 회사의 형편이라는 그녀의 말이었고 이화가 괜찮다기만 하면 자기가 얘기를 해 보겠노라고 한 뒤 다음 날로 편집장이라는 사람과 면담을 하게 해 주었던 것이다.

편집장은 30대 중반의, 키가 크고 얼굴이 야윈 남자였는데 지극히 사무적인 몇 마디의 얘기를 지나가는 말처럼 물어본 다음 즉석에서 이력서를 써 가지고 내일 아침부터 출근해 달라고 하였다. 잡지사 안에서 박양희가 얻고 있는 신뢰의 정도를 짐작할 수 있게 해 주는 일이었다.

편집장이 물어본 것이라곤 고작, 이화가 이력서에 써야 할 사항 정도에 지나지 않는 지극히 간단하고 형식적인 몇 개의 질문에 불과했기 때문이다.

편집장의 이름은 백영빈이라고 했고 이튿날 아침 출근해서 이화는 잡지사의 사장에게 소개된 다음 열 명 가까운 다른 기자들과도 인사를 나누었다. 그리고 그녀에게는 비어 있는 책상 하나와 의자 하나가 주어졌다. 바로 박양희의 옆자리였다.

인사가 끝나고 모두 각자의 자리에 앉아 무언가 맡은 일들에 열중하기 시작했을 때 박양희가 말했다.

"처음엔 좀 어리벙벙할 거예요. 뭐가 어떻게 돌아가는지도 잘 알 수가 없을 거구. 소외감 비슷한 걸 느끼게 될지도 몰라요. 하지만 금방 익숙해져요. 모르긴 하지만 아마 금방 재미를 붙이게 될 거예요. 잡지라는 게 때로는 짜증 날 때도 있고 어렵게 느껴질 때도 있지만 재미날 때도 많으니까. 보람을 느끼게 되는 경우도 종종 있고. 더욱이 우리 잡지는 여성잡지니까 그다지 전문적이거나 복잡한 기사를 다루는 일은 극히 드물어서 별로 큰 곤란 같은 것도 없을 거예요. 설혹 나중에 그런 어려운 기사를 맡게 되더라도 이화 씬 잘해 낼 테지만. 우선은 교정이나 보면서 조금씩 익혀요. 이따금 나 취재 나갈 때 동행도 좀 하구요. 교정 보는 법은 알죠?"

"고등학교 땐가 배웠는데 실제로 해 본 적이 없어서 잘될지 모르겠어요."

"간단해요. 처음엔 속도가 좀 늦을는지 모르지만 방식은 고등학교

때 배운 그대로니까 그대로 하기만 하면 돼요. 혹시 생각 안 나는 게 있으면 여기 활자 견본에 부호가 다 나오니까 찾아보면 되고."

그러며 그녀는 자기 책상머리에 있던 '활자 견본'이라고 씌어진 책자 하나를 이화의 책상 위로 밀어 놓아 주었다. 들쳐 보니 여러 모양 여러 크기의 활자 견본들이 인쇄되어 있는 책자였다. 신문이나 잡지 같은 데서 보던 여러 가지 형태의 선(線)이나 문양(紋樣) 같은 것들도 견본으로 나와 있었고 교정부호와 그것들이 쓰이는 실례까지 친절하게 소개되어 있었다.

"자. 우선 심심할 테니까 이것부터 시작해 봐요."

하고 그녀가 몇 장의 인쇄된 종이를 넘겨주었다. 활자가 더러 거꾸로 인쇄되어 있기도 하고 간혹 활자 대신 검은 점만 찍혀 있기도 한 종이였다.

나중에야 이화는 그것을 교정지라고 부른다는 것을 알았다. 그리고 한 달쯤 지난 후에야 그녀는 비교적 익숙하게 교정지를 다룰 줄 알게 되었다.

잡지사에 들어간 지 한 달이 조금 지난 어느 날 오후 점심을 함께 먹고 들어와서 앉았을 때 박양희가 문득 생각났다는 듯이 물었다.

"참, 공장에 아직 한번 안 가 봤죠? 한번 가 볼래요?"

공장이란 인쇄소를 일컫는 말이었다. 잡지를 인쇄하는 인쇄소를 잡지사 내에서는 보통 공장이라고 부르고 있었던 것이다. 이화는 반가워하며 대답했다.

"네, 가 보고 싶어요 한번 데려가 주세요."

"내 정신 좀 봐. 여태 공장 견학 한번 안 시키고 이제야 그 생각이 나다니. 자, 가요."

"지금요?"

"지금 가요. 입사한 지 한 달이 넘도록 자기네 잡지 인쇄하는 공장 한번 못 가 봤대서야 어디 말이나 돼요? 내 불찰이지만."

그러며 그녀는 당장 일어섰다. 그리고 편집장에게 다가가 허락을 얻는 모양이더니 곧 이화를 데리고 나섰다.

인쇄소는 그다지 멀지 않은 거리에 있었다. 낡고 오래된 벽돌 건물이었는데 그녀를 따라서 안으로 들어서자 요란한 기계소리와 함께 비릿한 철분 냄새 같은 것이 났다. 그리고 사무실 같은 곳을 지나 '식자실'이라고 써 붙인 곳으로 들어섰을 때 이화는 적잖은 충격을 받았다. 그곳은 그녀가 세상에 태어나서 여태껏 한 번도 본 적이 없는 완전히 낯선 세계였기 때문이다.

적잖이 넓은 장소에 철분이 골고루 스며든 듯한 납빛 공기가 어둡게 드리워져 있었고 얼굴과 손 그리고 작업복에 역시 철분이 뒤섞인 듯한 검은 기름때를 묻힌 수십 명의 남자들이 각기 작업대 앞에 서서 눈과 손을 부지런히 움직이고 있는 모습이 보였다. 그리고 그 남자들의 분주하게 움직이는 손의 동작에 따라 실내는 작은 금속성의 소음으로 가득 차 있었다.

이화는 이렇게 많은 사람들이 한 장소에서 일하고 있는 모습을 본 적도 없었지만 자신의 얼굴과 손을 더럽혀 가며 더욱이 이렇게 어둡고 탁한 공기 속에서 일하고 있는 모습은 상상조차 해 본 적이 없었다.

처음의 충격과 함께 이화는 곧 심한 부끄러움에 휩싸였다.

여태껏 신문이나 잡지 또는 활자로 인쇄된 다른 많은 종류의 책들을 보아 오면서도 그녀는 부끄럽게도 이들의 존재에 대해서는 한 번도 생각해 본 적이 없었던 것이다. 신문이나 잡지 그리고 모든 활자로 인쇄되는 출판물들이 이들의 손을 통해, 이들의 저 자신의 얼굴과 손을 더럽히는 노동을 거쳐서 만들어진다는 사실을 그녀는 염두에 두어 본 일조차 없었던 것이다. 그녀는 가령 책을 읽을 때 오직 그 저자와만 만나고 있는 것으로 생각해 왔던 것이다.

옆에서 박양희가 가만히 말했다.

"잡지는 사실 저 사람들이 다 만드는 거나 다름없어요. 하지만 저 사람들의 존재는 보통 잊혀지기가 일쑤죠. 작업 환경이나 좀 나아졌으면 좋겠는데."

이화의 기분을 알아차린 모양이었다. 이화는 그러나 아무 대꾸도 할 수 없었다. 그러자 그녀가 가만히 이화의 어깨에 손을 올려놓듯이 하며

"자, 너무 언짢아하지 말아요. 그리고 우리 저 안쪽으로 좀 들어가 봐요."

하고 부드럽게 말했다. 이화는 잠자코 그녀의 말에 따랐다.

안쪽으로 들어가자 그들의 일하는 모습을 좀 더 자세히 볼 수 있었다. 그들은 각자 원고 몇 장씩을 손에 들고 활자들이 빼곡히 들어찬 작업대 앞에서 분주히 눈과 손을 움직이고 있었는데 그 동작은 마치 기계처럼 빈틈없고 재빨랐다. 그리고 그들의 얼굴과 손은 거의 하나

같이 활자의 납빛을 닮고 있었다.

그러나 이화는 순간 그들의 눈과 손의 움직임에서는 자신의 일을 사랑하는 자의 활달함과 자신(自信)을 발견할 수 있었다. 그것은 그리고 아름답게까지 보였다.

조금 마음이 가라앉아 오는 것을 느낄 수가 있었다. 그러나 그들이 나쁜 공기 속에서 일하고 있다는 사실만은 좀처럼 마음의 무게를 덜어 주지 않았다.

박양희가 말했다.

"여기서 하는 일이 채자(採字)와 식자(植字)예요. 그리고 저 기계소리는 활판실에서 나는 소리고. 필자들이 쓴 원고가 여기에 와서 비로소 활자로 바뀌는 거죠. 그러니까 우리가 여태껏 책에서 얻은 지식은 결국 여기서 일하는 사람들의 손을 거쳐서 우리한테까지 온 거라고 봐야죠."

그때 일하고 있던 사람 중 하나가 그녀에게 알은체를 했다.

"웬일이우? 누나가 오늘 공장엘 다 오구."

이화보다도 나이가 아래로 보이는 눈빛이 선량해 뵈는 청년이었다.

"응, 길섭이구나. 우리 신참 기자 한 사람 공장 견학 좀 시키느라구. 참, 너 우리 이화 씨하고 인사해라. 우리 잡지에 새로 입사한 신참 기자야. 너한테 아마 누나뻘이 될걸."

박양희는 그러며 청년의 어깨에 자연스레 한 손을 올려놓았다.

그러자 청년이 고개를 꾸벅해 보이며 인사해 왔다.

"안녕하십니까?"

“안녕하세요?”

이화도 마주 고개를 숙여 인사했다. 박양희가 말했다.

“길섭인 나 학교 신문 만들 땐 여기서 심부름이나 하고 그랬는데 지금은 어엿한 일류 숙련공예요. 그땐 빡빡머리 소년이었는데. 그렇지?”

“어? 누난 그때 학삐리 기자 아니었구?”

청년은 무슨 불공평한 소리냐는 듯 짐짓 항의하는 표정이었다.

“얘 좀 봐? 이젠 다 컸다고 아주 맞먹으려 들어? 예쁜 우리 이화 씨 앞에서 자존심이 상했다는 건가?”

그러며 박양희가 눈을 크게 뜨고 웃자 청년은 얼굴을 붉히며 잠시 시선 둘 바를 몰라 했다. 그리고 곧 머리를 긁적이는 시늉을 하며 말했다.

“어이 누나두. 무슨 말을 그렇게 하우?”

“왜, 내가 못 할 말 했니?”

“처음 보는 분 앞에서 그런 식으로 말하는 데가 어디 있수?”

“아주, 제법 어른 같은 소릴 다 하는데. 그래, 미안하다. 그건 그렇고 너 앞으로 혹시 우리 이화 씨 공장에 오게 되면 친절하게 잘해 줘야 한다. 이 누나 친구니까 말야. 알았니?”

“알았어요.”

청년은 맑은 눈길로 이화를 슬쩍 쳐다보며 대답했다.

“그럼 수고해라. 우리 활판실 쪽 한번 둘러보고 갈 테니까.”

그들은 곧 활판실 쪽으로 향했다.

활판실은 커다란 기계들과 그것을 조종하는 사람들이 있는 곳이었다. 그곳에서는 조판(組版)된 활자들에 의한 인쇄물들을 찍어 내고 있었다.

활판실을 둘러보고 마지막으로 교정실까지 둘러본 다음 그들이 다시 공장 바깥으로 나온 것은 그들이 그곳에 온 지 한 시간 남짓해서였다.

박양희가 물었다.

"어때요? 처음 들어갈 때 기분보다는 조금 나아졌죠?"

"……."

"누구나 처음 와 보면 마음이 언짢아져요. 나도 처음엔 그랬어요. 하지만 저이들은 또 저이들대로 보람을 느끼면서 일하고 있는 것 같아요. 일 자체에 대해서는. 일에 비해 보수가 너무 적고 작업 환경이 나쁘다는 점이 문제긴 하지만."

이화는 조용히 물었다.

"저분들 보수가 아주 적은가요?"

"하는 일에 비해 적다고 할 수 있죠. 길섭이 저 애만 해도 내가 받는 월급의 반이 채 될까 말까 한 모양이니까. 그래도 그 앤 아주 낙천적이에요. 더 어려서부터 봐 왔지만 짜증 한번 내는 걸 못 봤어요. 이화 씨 보기에도 착한 애 같아 보이죠?"

"네, 선량한 사람 같아요."

"착한 애예요. 저 애 중학교 3학년 땐가 아버지가 돌아가셨다는데 그때부터 고등학교 진학도 포기하고 집안을 돕고 있는 모양이에요.

어머니가 시장에서 무슨 조그만 노점 같은 걸 하고 있는 모양이고 저 애 밑에 동생들이 또 있는 모양이에요. 그래도 그런 내색 한번 한 적 없어요. 모두 같이 일하는 딴 사람한테 우연히 들은 거죠."

이화는 순간 그가 아까 자기를 쳐다봐 오던 맑은 눈길을 생각했다. 박양희가 계속해서 말했다.

"이화 씨도 앞으로 혹 공장에 오게 되는 일 있으면 길섭이 저 애 동생처럼 생각하고 다정하게 대해 주세요. 아마 잘 따를 거예요."

"……나이가 저보다 아랜가요?"

"이화 씨보다 아랠 거예요. 머리 저렇게 기른 지가 이삼 년밖에 안 됐으니까요. 아무튼 나 학교 신문 그만두게 된 뒤부터니까."

이화는 그때, 그녀가 자기를 이화 씨라고 부르는 데 대한 거북스러움을 해소할 기회는 이때라고 생각했다. 몇 번인가 그것에 대해 말하려 했으나 자연스런 기회를 얻지 못하고 있었던 것이다.

"저…… 저한테도 이제부터 그럼 동생처럼 대해 주세요. 자꾸 이화 씨, 이화 씨 하시니까 거북해 죽겠어요. 자꾸 그러시니까 언니라고 부를 수도 없게 되구요. 엄연한 선배 언니시잖아요?"

그러자 그녀는 약간 당황한 표정을 지었다.

"아니, 그 얘긴 또 왜 여기다 결부시켜요? 선배면 내가 얼마나 선배라구."

"아녜요. 그동안 저 거북해서 혼났어요. 다음부턴 제발 그냥 이화라거나 이화야 하고 불러 주세요. 저도 언니라고 부를게요. 말도 그냥 해라 하시구요. 그러셔야 절 보고 아까 그 사람 동생처럼 대해 주라는 말도 경우에 맞죠."

"글쎄, 무척 까다롭게 생각한 모양이네. 그럼 좋도록 하죠, 뭐. 언니 노릇 할 자신은 없지만."

그녀는 그러며 곧 선선히 웃어 보였다.

그 후로 이화는 박양희를 언니라고 불렀다. 그리고 그것은 그녀가 단순히 생물적인 연령이 위라거나 학교의 선배였다는 뜻에서만은 아니었다. 여러 면에서 그녀가 자기보다 세상의 더 많은 부분을 알고 있다는 사실에 대한 신뢰의 뜻도 포함된 것이었다.

그리고 이화가 편집장으로부터 최초의 취재 지시를 받은 것은 박양희와 함께 공장엘 다녀온 후로 이틀인가 지나서였다.

아침에 출근하고 나서 얼마 안 되었을 때 편집장이 그녀를 불렀다. 그리고 그녀가 자기의 테이블 앞으로 다가가자 말했다.

"어때요? 오늘 일거리를 하나 맡겨 볼까 하는데 한번 해 보겠어요?"

이화는 조금 긴장했으나 다소곳한 목소리로 대답했다.

"네, 시켜 주시면 해 보겠어요."

"처음 맡는 일거리로는 좀 벅찰는지 모르겠는데, 그래도 괜찮겠어요? 원래는 누구 고참 기자를 보낼까 했던 일인데 오히려 아주 미스 유(그는 이화를 그렇게 불렀다) 같은 신참을 보내 보는 게 더 효과적일는지 모른다는 생각이 나서."

"어딜 가야 하는 일인가요?"

"가는 것만으로 끝나는 게 아니고, 가서 보고, 듣고, 그리고 그걸 기사로 만들어야 하는 일이에요. 한마디로 르포라고 해도 좋고 탐방기래도 좋은데 갈 곳이 어디냐 하면 ㄱ공단, ㄱ공단 알아요?"

"영등포에 있는 공업 단지 말이죠?"

"옳아요. 그러니까 다시 말하면 바로 그 ㄱ공단에 가서, 그곳에서 일하고 있는 여공(女工)들의 실태를 르포로 한번 만들어 보라는 주문이에요. 해 보겠어요?"

"네, 능력껏 해 보겠어요."

"다만 한 가지 잊지 말 것은 우리 잡지가 여성지라는 점, 우리 잡지의 독자가 여성들이라는 사실을 염두에 두고 기사를 다뤄야 한다는 점이에요. 대상을 그래서 여공들로 정한 것이기도 하지만. 자, 그럼 한번 기대해 보겠어요. 사진부 미스터 김하고 같이 가도록 하세요."

"지금 갈까요?"

"되도록 점심시간 전에 그곳에 도착하는 게 좋을 거예요. 그래야 점심시간에 여공들하고 얘기도 좀 충분히 나눌 수 있을 테니까."

"알겠습니다. 그럼 다녀오겠습니다."

이화가 제자리로 돌아오자 박양희가 물었다.

"무슨 얘기야? 얼핏 들으니 ㄱ공단 어쩌고 하던데 벌써 취재 명령이야?"

"네, 르포를 쓰래요."

"르포?"

"네, ㄱ공단 여공들 실태에 대해서 쓰래요."

"그래? 그건 좀 심했는데. 댓바람에 르포라니. 이화 솜씨를 한번 테스트해 보자는 거겠군. 저 사람 본래 좀 짓궂은 데가 있으니까. 그래, 자신은 있어?"

"해 봐야죠, 뭐."

"그래. 한번 해 봐, 그럼. 이왕이면 한번 깜짝 놀라게 해 줘도 좋고. 그래 주면 내 체면은 아주 으쓱해지는 거지."

"아니, 그럼 나 자신 없어요."

"아냐, 아냐. 괜히 한번 해 본 소리야. 그냥 아무 부담 갖지 말고 한번 해 봐."

이화가 잡지사를 출발한 것은 오전 10시쯤이었다.

사진부의 김 기자와 함께 택시에 탔을 때 이화는 물었다.

"김 선생님은 ㄱ공단 가 본 적 있으세요?"

그러자 그는 사내에서 마주칠 때 서로 목례만 교환하던 때의 덤덤하던 표정과는 달리 매우 친숙한 표정을 지으며 대답했다.

"가 본 적이 있는 정도가 아니라 매일 가죠. 아니, 간다기보다 거기서 매일 출근하죠. 집이 바로 그 근처니까요."

이화는 순간 뜻밖의 힘센 후원자를 만난 듯 기뻤다.

"어마, 그럼 그곳 사정에 대해서 잘 아시겠네요?"

"지리, 풍속엔 소상하다고 할 수 있죠. 물론 공장들 내부의 자세한 사정은 잘 모르지만. 왜, 거기 처음 가시는 길인가요?"

"네, 전 처음이에요."

"아하, 그러고 보니 내가 안내자 역할까지 겸하게 된 셈이군요. 아무튼 잘됐습니다."

"네, 아주 다행이에요. 초행이라 걱정하고 있었는데."

"그럼 취재 끝나고 나서 나한테 한턱 쓰셔야겠습니다?"

"네, 쓰겠어요."

"하하, 이거 오늘 일진이 괜찮은데. 가만, 그런데 백 부장, 이 양반 나를 의도적으로 지명한 모양인데."

"의도적이라뇨?"

"사진만 찍으라고 수행을 시킨 게 아니라 안내까지 맡으라는. 그 양반 우리 집이 그 근처라는 걸 알고 있거든요."

"어마, 그랬군요."

"하, 이거 결국 부처님 손바닥 위의 손오공 격이 되고 말았는걸. 그 양반 꿍꿍이를 당해 낼 재간이 없단 말야……."

"그러니까 다 계산을 하시고 우리 두 사람을 같이 보내시는 거군요."

"그렇죠. 알고 보니 그런데요. 아무튼 빈틈없기로 우리 백 부장만한 사람은 잡지계에 아마 또 없을 겁니다. 알아줘야죠. 자, 그건 그렇고 이왕 안내까지 맡은 바에 그럼 ㄱ공단 부근의 풍속에 대한 오리엔테이션이나 미리 좀 해 드릴까요?"

"네, 수고스럽지만 좀……."

그가 들려준 얘기는 대강 다음과 같았다.

ㄱ공단의 각종 공장에서 일하고 있는 남녀 공원의 수는 정확한 것은 모르지만 거의 수만 명에 이르리라는 것, 그들의 대부분이 시골 각처에서 모여든 연소자들이며 반수 이상이 서울에 연고자가 없거

나 연고자가 있어도 도움을 별로 받지 못하는 스무 살 미만의 여공들이라는 것, 기숙사 시설을 갖춘 공장도 있지만 그렇지 못한 공장에 다니는 공원들은 근처의 월 육칠천 원씩이나 하는 거의 바라크나 다름없는 사글세 방을 얻어서 여럿이 함께 합숙하며 자취를 하고 있다는 것, 그런 사글세 방을 세놓고 있는 사람들이 아주 많다는 것, 남녀 공원들이 함께 합숙하는 경우나 아주 동거를 하는 경우도 드물지 않은데 그것은 다른 이유보다 생활비를 절약하기 위한 이유가 가장 큰 비중을 차지한다는 것, 그리고 여공들 가운데서는 자기 집안을 돕기 위해, 더 돈을 벌어 보려고 공장에 나가는 외에 밤에 술집 같은 데까지 나가는 일도 있다는 것 등등. 이화에게는 모두가 충격적인 얘기들이었다.

그러나 막상 ㄱ공단에 도착하여 잘 포장된 공단 내의 넓고 반듯한 도로들이나 미관을 살린 현대식 공장 건물들, 그리고 언뜻언뜻 내부가 들여다보이는 공장들 구내의, 공원처럼 잘 가꿔진 잔디밭 따위를 보게 됐을 때 이화는 그로부터 들은 얘기들이 조금도 실감이 나지 않았다.

그의 얘기를 듣는 순간 받았던 어둡고 음산하던 인상과는 현지의 분위기가 너무나 달랐던 것이다. 적어도 외관으로는 그곳은 너무도 밝고 평화로워 보였으며 서울의 다른 어느 지역보다도 말쑥하게 단장되어 있었다.

구내의 잘 가꿔진 잔디밭이 들여다보이는 한 공장의 쇠그물 모양의 담장 옆을 걸으며 이화는 물었다.

"아까 하신 말씀 모두 정말이세요? 말씀으로 듣던 인상하고는 전혀 다른 것 같은데요. 우선 겉보기만으로는요."

그러자 김 기자는 어깨에 멘, 사진도구들이 든 가방을 고쳐 메며 빙긋 웃었다.

"아직 기자의 자격이 없으시군. 외관만 보고 성급한 판단을 하시는 걸 보니. 아무튼 이제 현장에 오셨으니 직접 보고 듣고, 취재하십시오. 난 사진만 몇 장 찍으면 그만이니까요. 하긴 내가 오리엔테이션을 괜히 해 드렸는지도 모르죠. 선입관 없이 보시는 게 옳을 테니까."

"그런 뜻이 아니라 여기 분위기가 말씀 듣던 것하고는 우선 너무 다르다는 뜻이죠, 뭐. 밝고 평화로워 보이고 또 아주 잘 정돈돼 있고."

"아무튼 이제부터 직접 취재하십시오. 난 안내자 노릇과 사진 찍는 일만 맡을 테니까."

그러며 그는 다시 격려한다는 듯 싱긋 웃었다.

그들은 비교적 규모가 커 보이는 한 가발공장으로 찾아 들어갔다. 정문의 수위에게 잡지사에서 왔다는 것을 밝히고 공장 안의 일하는 모습을 보고 싶다고 말하자 수위는 어딘가로 전화를 걸어 다른 사람을 불러내었다. 전화를 받고 나온 사람은 관리부 직원이라고 자기소개를 하면서 그들에게 따라오라고 말했다. 그리고 그는 덧붙였다. 작업 시간 중엔 일반인의 면회 같은 건 허용하지 않고 있지만 잡지사에서 취재 나오셨다니까 특별히 편의를 봐드리는 것이라고.

공장 구내로 따라 들어가서 '생산부'라고 적힌 한 건물 안으로 들어섰을 때, 그리고 거기서 수백 명의 자기보다 어린 나이의 소녀들이 일하고 있는 모습을 목격했을 때 이화는 어떤, 마음이 아픈 듯한 감명을 받았다. 그것은 어떤 아름다운 것을 목격했을 때의 마음 아픔 같은 것이었다. 많은 사람들이 어떤 한 가지 일을 위해 정연히 움직이고 있는 모습의 아름다움. 이를테면 매스 게임 같은 것의 아름다움에 비교될 수 있는 것이었으나 그보다 한층 진한 아름다움이었다고나 할까.

그리고 공단에 도착해서 받은 인상은 그곳에서도 크게 달라지지 않았다. 작업실 내의 밝은 조명, 소녀들이 입은 부드러운 색상의 작업복, 일하고 있는 소녀들의 열중한 표정, 반듯하고 드높은 천장과 깨끗한 바닥, 그 모든 것들이 주는 인상은 공단의 외관에서 받은 인상과 별다른 차이가 없었던 것이다.

그리고 그것은 그녀가 잠시 후 다른 공장에 가 봤을 때도 마찬가지였다.

그 가발공장에서 나와 한 봉제공장(縫製工場)을 찾아갔을 때도 사정은 비슷했던 것이다. 그 봉제공장에서는 여공들의 기숙사도 둘러볼 수 있었는데 기숙사 역시 깨끗하고 궁색해 보이지 않았다.

그러나 점심시간이 되어, 식당에서 점심을 먹고 나와 벤치에서 쉬고 있는 한 소녀를 만났을 때 이화는 비로소 외관으로는 볼 수 없었던 것을 볼 수 있었다.

이화가 다가가 옆에 앉자 소녀는 경계의 눈빛으로 그녀를 힐끗 쳐다보았다.

“미안해요. 쉬고 있는데. 얘기 좀 나누고 싶어서 그래요.”

"무슨 얘긴데요?"

그러며 소녀는 다시 한번 그녀를 힐끗 쳐다보고는 곧 저쪽 배구 코트로 눈길을 옮겼다. 거기서는 다른 소녀들이 둘러서서 토스를 하고 있었다. 김 기자가 그들 가까이에 쭈그리고 앉아서 카메라를 들이대고 있었다.

이화는 상냥한 목소리로 말했다.

"특별한 얘기는 아녜요. 그냥 아무 얘기나 좀 나누고 싶어서요."

그러자 소녀는 잠시 아무 대답이 없더니 고개를 돌려 그녀를 빤히 쳐다보았다. 그리고 다 안다는 듯이 물었다.

"잡지사에서 오셨죠?"

"네. 그런데 그걸 어떻게 아셨죠?"

"보면 알아요. 저기 저분도 같이 오신 분이죠? 아까 공장에 들어오신 거 봤어요. 전에도 잡지사에서 오신 분들이 있었어요."

"아, 그랬군요."

"뭐 물어보실 거 있음 물어보세요. 나이 가르쳐 드릴까요?"

"……."

"언니는 깍쟁이처럼 안 생겨서 거짓말 안 하고 대답할게요. 나 열일곱 살이에요. 동생은 넷, 오빠는 없구, 엄마뿐이에요. 여기서 받는 월급은 만 이천 원이구요. 나보다 더 받는 언니두 있구 덜 받는 애들두 있어요. 이런 거 물어볼려구 오신 거죠?"

"전에 왔었다는 잡지사 분들이 그런 걸 물었나요?"

"네, 그런 게 알고 싶은 모양이데요. 저번에두 내가 붙잡혀 가지구…….”

“어마, 그랬어요? 미안해서 어떡하죠? 저번에도 그랬는데 내가 또 귀찮게 굴어서.”

“괜찮아요. 언니는 마음이 좋게 생겼어요. 그래서 모두 솔직하게 얘기한 거예요.”

그러며 소녀는 조금 웃어 보이기까지 했다. 웃는 얼굴이 무척 앳되어 보였고 이쪽을 신뢰하는 눈빛이었다.

“고마워요. 처음엔 날 미워하는 줄 알고 걱정했어요.”

“미워하진 않았어요. 전에 온 사람들처럼 생각하고 싫게 느꼈어요. 하지만 그렇지 않다는 걸 금방 알았어요. 물어보실 거 있음 뭐든지 물어보세요.”

“아니, 난 뭐 꼭 무얼 물어보려던 건 아녜요. 그냥 같이 얘기나 좀 나눴으면 한 거지.”

“그래도 잡지에 쓰실려면 물어보셔야잖아요?”

“그냥 얘기하다가도 쓸 자료가 생기면 쓸 수 있어요. 그보다도 난 우리가 먼저 친구가 됐음 좋겠어요.”

“저랑요?”

“네. 내 이름은 이화라고 해요. 거기 이름은 뭐죠?”

소녀는 맑은 눈을 치떠 잠시 이화를 쳐다보고 나서 가만히 눈길을 내리깔며 대답했다.

“옥자라구 해요. 박옥자. 하지만 언니 같은 분하구 저 같은 애하구 어떻게 친구가 되겠어요.”

이화는 부드럽게 말했다.

"왜 못 되나요. 서로 믿고 사귀면 친구가 되는 거죠. 난 마음만 터놓으면 누구하고나 친구가 될 수 있다고 생각해요."

"그렇지만 언니는 우리 같은 애들하군 다르잖아요. 언니는 잡지사 같은 데 다니는 분이구 우린 공순인걸요."

"공순이라뇨? 그게 무슨 소리죠?"

"모르세요? 다들 그렇게 부르는데. 공장에 다니는 계집애들이라구 공순이라구 불러요. 남자애들은 공돌이라구 하구요."

"좋은 호칭이 아니네요. 그리고 그런 좋지 않은 호칭을 스스로 불러선 안 되죠. 그건 자기 자신을 나쁘게 하는 일예요. 남들이 그렇게 부를 땐 따지고 항의해야죠. 그리고 잡지사에 다니는 나하고 공장에서 일하는 옥자 씨가 무엇이 다르다는 거예요?"

"언니는 그럼 같다구 생각하세요?"

"서로 하는 일이 다를 뿐이죠. 그 밖에야 다른 게 뭐가 있겠어요."

"그렇지 않아요. 밖에 나가면 사람들이 쳐다보는 눈길부터가 다른걸요. 대뜸 아, 공순이로구나 하는 표정이 얼굴에 쓰여 있어요. 대하는 말씨두 다르구요. 그리구 우리가 생각해두 우린 어딘지 표가 나는 것 같아요. 우리가 봐두 우리 같은 공순인 어디서나 금방 알아볼 수 있거든요. 아무리 자기 딴엔 옷을 세련되게 입은 애두 마찬가지예요."

"그건 옳지 않은 생각 같아요. 만일 사람들이 그런 눈길로 쳐다본다면 그건 그 사람들의 잘못이에요. 그리고 스스로 무슨 특징이라도 있는 것처럼 생각하는 건 떳떳지 못한 생각 같아요. 혹시 무슨 특징 같은 게 나타난다 하더라도 그건 조금도 부끄러워할 일은 아니잖아요. 사실은 직업에 따라서 특징이 생길 수도 있는 거니까요. 중요한 건 사람과 사람 사이에 근본적인 차이는 없다는 점이에요. 옥자 씨하고 나하고도 마찬가지고. 서로 친구가 못 될 이유라곤 조금도 없는 거예요."

"언니는 참 좋은 분 같아요. 하지만 세상 사람들이 어디 모두 언니처럼 생각해 주나요."

"세상 사람들이 만일 잘못 생각하고 있다면 바로잡아 줘야죠. 잡지는 그런 책임도 있는 거예요."

"그런 얘기 잡지에 써 주시겠어요?"

"쓰고말고요."

옥자는 완연히 이쪽을 신뢰하는 태도가 되었다. 그리고 다시 작업 시작을 알리는 차임벨 소리가 들릴 때까지 이화에게 여러 가지 얘기를 들려주었다.

작업 환경이나 기숙사 시설 같은 외부의 눈에 띄는 조건은 전보다 많이 좋아졌지만 정작 중요한 노동시간이나 임금 같은 면에선 이렇다 하게 좋아진 점이 아무것도 없다는 것, 상해보상이나 퇴직금 제도 같은 것도 전혀 제대로 되어 있지 않다는 것, 노조가 있긴 하지만 노조 간부는 공원들보다 경영주 측에 더 밀착해 있다는 것, 그리고 자기는 집이 가난해서 초등학교밖에 다니지 못했으며 그것도 그때까지 아버지가 살아 계셨기 때문이라는 것, 대부분의 공원들이 자기 비슷한 처지라는 것 등등.

이화는 외관에 가려 보지 못한 것들을 비로소 본 듯한 느낌이었다. 그리고 마음은 어둡게 흐려져 왔다.

그렇게 어두운 마음으로 이화는 벤치에서 일어서는 옥자에게 잡지사 전화번호를 적어 주며 말했다.

"혹시 무슨 어려운 일이라도 생기면 이리로 전화해 줘요. 친구로 생각하고."

그러자 옥자는 전화번호가 적힌 쪽지를 받아쥐고 잠시 말없이 이화를 바라본 다음 무언가를 감추듯 황망히 고개 숙여 인사했다.

"안녕히 가세요. 언니."

그리고는 빠른 걸음으로 자기 동료들이 몰려 들어가고 있는 작업실 쪽으로 향했다.

그때 김 기자가 벤치 쪽으로 다가왔다.

"어디, 기삿거리 될 만한 것 좀 들으셨습니까?"

이화는 그러나 말없이, 제 동료들 틈에 섞여 작업실 안으로 들어가고 있는 옥자의 뒷모습만 바라보고 있었다.

"무슨 일이 있었나요?"

"아녜요. 아무 일도."

이화는 그제야 그를 쳐다보며 조금 웃어 보였다.

"그 아가씨한테 무슨 언짢은 얘길 들으신 모양이군요. 자, 가시죠. 저 아가씨들 가운데 누굴 붙잡고 얘길 해 봐도 마찬가질 겁니다. 처음 들으면 누구나 속이 좀 언짢아지게 마련이죠. 하지만 세상이 다 그런 거 아닙니까."

"……세상이 다 그렇다뇨?"

"아, 세상엔 좀 덜 불행한 사람도 있고 좀 더 불행한 사람도 있고 그런 거 아닙니까? 세상이 어디 다 그렇게 공평한가요?"

"세상이 공평하지 않은 게 당연한 건 아니라고 생각해요. 전 지금 공평 불공평을 생각하고 있는 게 아녜요. 사람의 기본적인 권리를 생각하고 있는 거죠."

"하하, 이거 제가 잘못했습니다. 다만 너무 언짢아하시지 말라는 뜻으로……."

"……."

"자, 그만 가시죠. 어쨌든 그만하면 기삿거린 충분히 얻으신 것 같군요."

"자꾸 기삿거리 기삿거리 하시지 마세요. 저이들에겐 그게 남의 얘깃거리가 아니라 자신들의 삶이에요."

"하하, 이거 오늘 제가 단단히 꾸지람을 듣는데요. 용서하십시오. 저도 뭐 꼭 그런 뜻으로 한 얘긴 아닙니다. 여기 오신 일이 헛되지 않았다는 뜻으로 한 얘기죠. 너무 그렇게 면박만 주지 마십시오."

"죄송해요. 면박을 드린 건 아녜요. 언짢으셨으면 용서하세요."

"천만에요. 언짢긴요. 자, 그럼 몇 군데 좀 더 들러 보고 가시겠습니까?"

"네, 조금만 더 들러 봤음 좋겠어요."

"그럼 가시죠."

"네."

이화는 김 기자와 함께 두어 군데의 공장을 더 둘러보았다. 물론 여공들이 주로 일하고 있는 공장들이었다. 작업 환경이 앞의 두 공장과 비슷한 곳도 있었고 그보다 못한 곳도 있었다. 그러나 그곳들에서 일하고 있는 여공들의 모습을 바라보는 이화의 마음은 한결같이 어두웠다. 생긴 모습도 각각 다르고 작업의 내용도 달랐지만 그들 모두가 이화에게는 각각 다른 또 하나의 옥자처럼 여겨졌던 것이다.

공장들 둘러보기를 마친 이화는 공단 주변의 주택가를 대강 둘러본 다음 김 기자와 함께 곧 잡지사로 돌아왔다.

공단 주변의 주택가는 비교적 반듯반듯한 집들이 들어서 있는 골목도 있었고 지붕의 높이가 이화의 키와 맞먹을 정도의 옹색한 집들이 어깨를 맞대고 있는 골목도 있었는데 그중 한 골목에서 본 이동사진관이 인상적이었다. 사진의 배경이 될 호수와 산 그리고 서양식 별장 건물과 숲, 푸른 하늘과 흰 구름 따위가 그려진 간판 그림 같은 것을, 그 그림 앞에 고정된 의자와 함께 바퀴를 달아서 끌고 다니는 사진사가 있었다.

말하자면 움직이는 간이 사진관이었는데 그녀가 그것을 목격했을 때는 마침 골목의 한 주부가 아기를 안고 그림 앞에 앉아 사진을 찍고 있었다. 나이가 이화 또래밖에 안 되어 보이는 주부였고 가난의 흔적이 입술과 눈 주위에 역력했으나 사진기를 향해 웃고 있는 그녀의 표정은 더없이 자랑스럽고 행복해 보였다. 김 기자가 놓칠세라 카메라를 얼른 들이대었다.

그리고 잡지사로 돌아오는 차 안에서 김 기자는 말했다.

"잘하면 괜찮은 사진 한 장 나오겠는데요. 이걸로 전 오늘 한 건 올린 것 같습니다."

이화는 가만히 웃으며 대꾸했다.

"그저 직업의식뿐이시네요."

"하하, 그게 또 그렇게 됐나요? 역시 그건 그들의 삶이지 누구 껀수 올리라는 게 아니었다는 말씀이죠?"

"그럼요. 하지만 더 시비는 않겠어요. 좋은 사진은 타인의 삶 없인 불가능할 테니까요."

"하하, 이해해 주시는데요."

"아까 사진 찍던 모습이 무척 진지해 보이셨기 때문이에요."

"고맙습니다아."

잡지사에 돌아오자 박양희가 반색을 하며 물었다.

"뭘 그렇게 오래 있었어? 그래, 무사했어?"

"무사하지, 그럼 내가 어디 위험지구에라도 갔다 왔나요?"

"취재하는 데 무슨 불편은 없었느냐구. 그쪽 사람들이 비협조적으로 나온다든지 하는."

"그런 일 별로 없었어요."

"난 또 늦길래 무슨 일이 있나 했지. 그래, 취재는 잘됐어?"

"잘 모르겠어요."

"잘 모르다니 그게 무슨 소리야? 취재를 누가 갔다 왔는데."

"취재를 했다기보다 여태껏 내 의식 속에 없었던 사람들을 처음으로 만나 본 기분이에요. 꿈속에서 다녀온 것 같고 그래요. 너무 생각 잖았던 일들이 많아요."

"처음이니까 그럴 거야. 조금씩 정리를 해 봐. 원고가 그렇게 급한 건 아니니까 며칠 이내로 쓰면 될 거야. 너무 부담 갖지 말고."

"부끄러운 생각이 들어요."

"뭐가?"

"여태껏 자기 주변의 일 외엔 전혀 의식도 못 하고 지내 온 게요."

"별소릴 다 하네. 이화가 그랬을 리가 있어?"

"아녜요. 여지껏 그렇게 지내 왔어요, 전."

"별소릴. 아무튼 그럼 한번 잘 다녀왔어. 정리가 되면 한번 써 봐."

이화는 꼬박 사흘을 소비해서 ㄱ공단에 다녀온 르포를 썼다. 되도록 자기가 보고 확인한 것만 썼고 확인한 것에 대해서는 숨기지 않고 솔직하게 썼다. 그리고 공단 주변의 가난한 주택가 골목에서 본 그 움직이는 간이 사진관에 대해서도 썼다. 그것이 그 르포의 마무리 구실을 할 수 있을 것으로 생각되었기 때문이다.

원고를 받아 읽고 난 편집장은 흡족한 표정으로 그녀를 불러 칭찬했다.

"아주 훌륭해요. 첫 솜씨에 이런 정도의 원고가 나오리라곤 기대하지 못했어요. 솔직히 말해서 기대 이상입니다. 미스 유를 천거한 우리 미스 박의 눈이 역시 틀림없다는 걸 재삼 확인했어요. 특히 이 대목이 좋아요. '모든 것은 겉보기에 있지 않다'는 대목. 그리고 이 대목, '생긴 모습도 각각 다르고 작업의 종류도 달랐지만 그들 모두가 각각 다른 또 한 사람의 ㅇ양처럼 여겨졌다'는 대목. 결말 부분의 움직이는 간이 사진관 얘기도 일품이고, 아주 훌륭해요. 수고 많았어요. 앞으론 주로 이런 르포나 탐방기 같은 걸 맡아 줘야겠어요."

이화는 그 후 주로 그런 종류의 르포나 탐방기 같은 것을 많이 맡게 되었다. 그리고 그것은 그녀로서도 적극적으로 바라는 일이었다. 왜냐하면 그 일은 보다 많은 사람들의 삶과 직접 만날 수 있는 기회를 그녀에게 약속하고 있었기 때문이다.

그녀가 김광준(金光準)을 만난 것은 바로 그럴 즈음이었다. 몇 개의 르포와 탐방기를 더 써내고 잡지기자로서도 이제 얼마간 경력이 붙었다고 할 수 있을 무렵이었다. 물론 그사이에 수개월의 시간이 경과했다.

더위가 지나고 잡지사에서 선풍기의 모습이 보이지 않게 된 어느 날 오후 박양희가 짐짓 생색을 내려는 표정으로 말했다.

"내가 정보 하나 줄까?"

이화는 무슨 말을 하려나 싶어 그녀를 쳐다보았다.

"싫어?"

"무슨 정본데요? 언니."

"물론 말해 주면 이화가 나한테 고마워할 정보지."

"도대체 무슨 얘긴데 서두가 그렇게 어마어마해요?"

"실은 탐방기감 하나 줄까 하구. 이번 달 탐방기 아직 못 정했지?"

"부장님이 정해 줄 텐데요, 뭐."

"그래서 내 얘긴 흥미가 없다 이거야?"

"아니, 아녜요. 얘기해 줘요."

"그런 태도론 안 되겠는데. 좀 저자세로 나와 봐."

"그래요, 제발 좀 얘기해 줘요."

"좋아, 그럼 얘기해 주지. 이젠 부장이 정해 주기만 기다리지 말고 자기가 알아서 할 때도 됐다구. 알겠어?"

"네에, 알았어요. 어서 얘기나 해 봐요."

"어라? 또 고분고분하지 못하게시리."

"아녜요, 아녜요. 잘못했어요."

"좋아, 그럼 한 번만 더 봐주지. ㅁ동에 한번 가 보라구."

"ㅁ동이요?"

"그래, ㅁ동. 최근에 누구한테 들었는데 거기 근사한 친구가 하나 있대."

"사람 만나라는 거예요?"

"사람만이 아니라 그 친구가 하고 있는 일이 근사해."

박양희가 대강 일러 준 약도에 따라 이화가 ㅁ동 천변(川邊) 동네를 찾아 나선 것은 이튿날 오후였다.

버스에서 내려 포장된 길을 따라 조금 걷자 다리(橋) 비슷한 것이 나타났다.

다리 비슷한 것이라 함은 그것이 한쪽은 다리의 모양을 갖추고 있었으나 다른 한쪽은 넓은 광장 비슷한 곳으로 그대로 잇대어져 있었기 때문이다. 그러니까 한쪽은 평지에 이어져 있고 다른 한쪽은 난간이 설치된, 반쪽만의 다리라고 할 수 있었다.

나중에야 이화는 그것이 개천의 복개가 거기까지밖에 되어 있지 않은 데서 생긴 기이한 형상이라는 걸 알았다. 말하자면 기왕에 다리가 있던 곳까지만 복개가 되어 있었던 것이다. 난간이 그대로 남아 있는 쪽에는 상품광고가 그려진 커다란 입간판이 담장처럼 높이 세워져 있었고 그 너머 그리고 그 아래는 개천일 것으로 짐작되었다. 그 커다란 입간판의 용도는 따라서 상품선전에만 있는 것이 아니라 그 너머의 어떤 보이고 싶지 않은 것을 가리는 데에도 있는 것 같았다. 이를테면 개천 바닥을 가리는 데에도 목적이 있는 것 같았다고 할까.

그러나 그녀가 난간이 끝나는 곳에서 왼쪽으로 뚫린 골목 비슷한 길로 들어섰을 때 그녀는 그것이 개천 바닥만을 가리기 위한 것이 아니라는 걸 알았다. 개천 바닥만이 아니라 개천 좌우의 둑 위에 들어선 동네 전체를 가리는 역할을 그것은 하고 있었던 것이다.

적잖이 넓은 바닥의 한가운데로만 불결한 회색의 물이 흐르고 있는 개천 좌우, 서로 마주 보고 있는 두 개의 기다란 둑 전체가 개천 바닥을 흐르고 있는 물빛 비슷한 집들로 뒤덮여 있었던 것이다. 둑의 경사면, 그리고 거의 개천 바닥에 이르기까지.

모두 헝겊 지붕이나 종이 지붕 같은 것을 덮은 집들이었고 개중에는 집 전체의 높이가 그녀의 키보다 낮아 보이는 집들도 있었다.

그녀가 들어선 골목 비슷한 길은 그리고 둑의 상단 부분이 되는, 이를테면 둑길인 셈이었다. 둑길 좌우에는 역시 둑 전체를 덮고 있는 집들과 비슷한 규모와 형태의 집들이 조그만 상행위의 서투른 간판

들을 붙이고 있었고 둑의 경사면 쪽으로 내려가는 작은 비탈길들이 뚫려 있었다.

이화는 그 둑길로 들어서면서부터 거의 고통에 가까운 감정에 휩싸여 있었다. 그것은 그 낯선 세계가 그녀에게 안겨 준 참담한 영상과 준열한 문책에 말미암은 것이었다. 그리고 그것은 당장 육체적인 고통까지 수반했다. 그녀는 갑자기 숨이 막혀 오는 듯한 호흡의 압박을 느꼈고 전신이 미열에 뜬 듯한 현기증을 느꼈다.

그러나 그녀는 걷는 일을 멈추지 않았다.

둑길 저 앞에서 아이들 몇 명이 놀고 있는 모습이 보였다. 그녀는 아이들 앞으로 다가가서 물었다.

"저, 너희들 '도토리 이발소'라고 어딘지 아니?"

그러자 한 아이가 그녀를 쳐다보며 대답했다.

"네. '선생님 이발소' 말이죠?"

"응? 응, 그래."

"저 아래예요. 선생님 만나러 오셨나요?"

"그래."

"그럼 나랑 같이 가세요."

그리고 아이는 곧 무슨 자랑스런 일이라도 맡은 듯이 앞장서서 둑길을 조금 걸어가더니 개천 쪽으로 향한 조그만 비탈길을 내려가기 시작했다.

담도 울타리도 없는 잿빛 집들 사이로 꼬불꼬불 뚫린 길을 따라 내려가자 경사면이 끝나면서 마른 개천 바닥이 나타났다. 그리고 거기 천막 하나가 세워져 있는 모습이 보였다.

낡은 군용 천막 비슷한 것이었고 입구 우측에 먹글씨로 '도토리 이발소'라고 쓴 조그만 나무판자가 보였다.

"여기예요."

하고 아이는 천막을 가리킨 다음 다시 무슨 자랑스런 일을 마친 것처럼 온 길을 되돌아 뛰어갔다. 이화가 미처 고맙다는 인사를 할 겨를도 없이.

"고맙다아."

하고 이화는 겨우 아이의 뒷모습에다 대고 소리쳐 인사하는 수밖에 없었다. 그리고 그녀는 아이의 뛰어가는 모습을 잠시 지켜본 다음 곧 천막 쪽으로 몸을 돌이켰다.

"계세요?"

하고 그녀는 입구 쪽으로 다가가서 조심스레 물었다. 그러나 안에서는 아무 대꾸도 들려오지 않았다. 그녀는 재차, 이번에는 목소리를 조금 높여서 물었다.

"아무도 안 계신가요?"

그제야 안에서 누가 움직이는 듯한 소리에 이어 굵은 남자의 음성이 흘러나왔다.

"누구쇼?"

방금 잠에서 깨어난 듯한 사람의 음성이었다.

"저, 김광준 선생님 계신가요? 방해가 안 되신다면 몇 말씀 여쭤보러 왔는데요."

"김광준은 있는데 방해가 될지 안 될진 봐야 알겠는걸요."

하며 신발 끄는 듯한 소리가 나더니 곧 천막의 입구가 들쳐졌다. 그리고 상체를 구부린 한 남자의 모습이 나타났다. 염색한 군대 작업복을 아무렇게나 걸친 서른 살 안팎의, 쳐다봐 오는 시선이 굵고 뚜렷한 남자였다.

"내가 김광준인데요."

"아, 안녕하세요?"

"어떻게 오셨습니까? 이 동네 분이 아니신 건 분명하고……. 물론 이발을 하러 오신 건 아닐 테죠."

이화는 조금 웃어 보였다.

"여자도 이발시켜 주시나요?"

"빡빡머리로 해 달라는 여자분이 있다면 혹 모르죠. 하지만 아직 그런 일은 없었습니다. 어떻게 오셨습니까? 방금 뭘 물어보시겠다고 한 것 같은데."

"네, 지금 여쭤보고 있잖아요."

"아, 그럼 여자도 이발을 시켜 주는가를 물어보러 오신 겁니까?"

"그건 벌써 여쭤봤고 방해만 안 되신다면 몇 말씀 더 여쭤보려구요. 주무시고 계신 것 같았는데 깨워 드린 것만으로도 벌써 큰 방해가 돼 드리긴 했지만요."

"아시는군요. 방해를 하신 건 분명합니다. 난 지금 머리 깎으러 오는 아이들이 없어서 모처럼 낮잠을 한숨 자던 중이니까요. 그리고 이런 기회란 나한텐 아주 소중합니다. 자주 있는 일이 못 되니까요."

"그럼 다음에 다시 찾아뵐까요?"

"그럴 필욘 없습니다. 두 번씩이나 방해받고 싶은 생각은 없으니까. 혹 우리 도토리 이발소에 취직이 하고 싶다면 또 모르지만. 혹시 취직하러 오신 건 아니실 테죠?"

이화는 잠시 무어라고 대꾸해야 할지를 알지 못했다. 그는 분명 그녀의 방문을 달가워하는 태도가 아니었다. 그리고 그것을 노골적으로 나타내고 있다. 그러나 그렇다고 이대로 되돌아설 수도 없는 노릇이다. 이대로 그냥 되돌아선다는 건 아무도 만나지 않고 가는 것이나 다름없기 때문이다.

그녀가 얼른 대꾸를 못 하고 있자 그는 다시 입구 쪽으로 반쯤 몸을 돌이키려는 자세로 말했다.

"자, 난 그럼 이만 실례해야겠습니다. 더 이상 방해할 의사는 이제 없어지셨을 테니까. 물론 취직할 의사도 없으실 테구."

그리고 그는 더 이상 지체할 필요를 느끼지 않는다는 듯 몸을 돌이켜 천막 안으로 들어가 버리려고 했다.

이화는 황망히 말했다.

"저, 잠깐만요."

그러자 그는 고개만 이쪽으로 돌이켰다.

"뭡니까? 아직 뭐가 남았습니까?"

"저, 사람을 채용하긴 하실 건가요?"

"지원자만 있다면. 왜요? 갑자기 취직해 볼 생각이라도 나셨습니까? 댁은 이런 데 와서 일할 사람처럼은 생기질 않았는데."

"……해야 하는 일이 무언데요? 어려운 일인가요?"

"가만, 결국 이런 식으로 볼일을 다 보려는 작정이신 것 같은데? 보아하니 어디서 혹 무슨 뜬소문 같은 걸 듣고 온 거 아닙니까? 소문날 일도 별로 없긴 하지만."

"김 선생님을 한번 만나 뵈라는 어떤 분의 권유를 듣고 오긴 했지만 지금 그런 뜻에서 말씀드린 건 아녜요. 저 같은 여자애도 할 수 있는 일인가를 여쭤보고 있는 거죠."

"그럼 취직을 해 볼 생각이 없지도 않다, 이 말입니까? 그리고 어떤 분의 권유를 듣고 오다니, 그 어떤 분이 대체 누굽니까?"

"같은 직장에 있는 언니예요. 그 언니도 김 선생님을 만나 뵌 적은 없댔으니까, 아마 모르실 거예요. 박양희 씨라고요. 그리고 취직까진 모르지만 제가 할 수 있는 일이라면 직장 나가는 시간 외엔 와서 도와드릴 수 있어요. 퇴근 후나 일요일 같은 때라면."

"그 나가신다는 직장이 어딥니까?"

"잡지사예요. '현대여성'이라는."

"아, 그러니까 잡지사 기자시로구만. 그렇다면 잘못 오셨는데. 아마 무슨 기삿거리라도 있을 줄 알고 취재를 오신 게 틀림없는 모양인데 안됐지만 그럴 만한 게 여긴 없기도 할 뿐 아니라 있다고 해도 기사화되는 걸 난 원치 않습니다. 그리고 조수가 한 사람쯤 있었으면 하는 희망은 없지 않지만 댁 같은 사람을 원하는 건 아닙니다. 자, 그만 돌아가시죠."

"정 그러시다면 돌아가긴 하겠어요. 그 대신 한 가지만 더 대답해 주세요. 방금 기사화되는 걸 원치 않으신다고 하셨는데 그건 무슨 이유 때문에 그러시나요? 그리고 저 같은 사람을 원치 않으신다는 건 어떤 뜻에선가요?"

"그건 한 가지가 아니라 두 가지 질문인데요."

"죄송해요. 하지만 김 선생님도 한꺼번에 두 가지 일을 하고 계시잖아요. 선생님 노릇과 이발사 노릇."

그러자 그는 어이가 없다는 듯 이화를 쳐다보았다. 그리고 이제까지와는 다소 달라진 말투로 말했다.

"어지간히 끈질긴 아가씨로군. 그건 아가씨가 두 가지 질문을 한꺼번에 한 것과는 아무 상관도 없는 일 아니오. 그리고 그건 두 가지 일도 아니고 한 가지 일이오."

그는 조금 성이 난 듯해 보였다.

"죄송해요. 그렇지만 선생님 노릇과 이발사 노릇이 어떻게 한 가지 일이라고 할 수 있나요."

"이제 질문이 세 가지로 늘어났군. 이러다간 몇 가지가 될는지 모르겠는걸. 좋소. 아무튼 그럼 그 세 가지 질문에만 간단히 대답하겠소. 그러면 가겠소?"

"네, 가겠어요."

"질문 순서에 관계없이 대답하리다. 내가 여기서 뭘 하고 있는질 어디서 누구한테 듣고 왔는진 알 바 아니지만 내가 동네 아이들 머리 깎아 주는 일과 학교 못 다닌 아이들 모아서 저녁에 공부를 좀 시키고 있는 건 사실이오. 하지만 그건 두 가지 일이 아니라 한 가지 일이오.

머리 깎는 것도 공부하는 것도 사람이 다 해야 할 일이기 때문이오. 둘째, 이런 일이 잡지 같은 데 기사가 되어 나가는 걸 원치 않는다는 건 사람들의 뻔한 호기심의 대상이 되는 걸 원치 않기 때문이오. 사람들은 절대로 이런 일에 호기심 이상의 관심은 갖지 않소. 그렇다고 관심을 가져 달라는 얘기는 아니오. 셋째, 아가씨 같은 사람이 와서 도와주길 바라지 않는다는 건 미안하지만 이런 일에 어울리는 사람이 아니기 때문이오."

"어울리지 않는다는 건 자격이 없다는 뜻인가요?"

"네 번째 질문이오? 좋소. 약속은 틀리지만 그것까지만 대답하리다. 난 자격 유무를 말하지 않았소. 단지 어울리지 않는다는 얘길 했을 뿐이오. 더 이상 말하는 건 실례가 될 것 같아 그만두겠소. 자, 그럼 잘 가시오."

그리고 그는 더 이상 그녀가 뭐라고 말할 기회를 주지 않고 재빨리 천막 속으로 들어가 버리고 말았다.

이화는 잠시 어디선가 쫓겨난 사람처럼 그 자리에 멍하니 서 있었다. 뺨이 화끈화끈 달아오르는 느낌이었다. 더 이상 말하는 건 실례가 될 것 같아 그만둔다는 것은 무엇을 두고 하는 소린가. 내 어떤 점이 그로 하여금 그런 소리를 하게 만든 것일까.

그러나 그녀는 곧 마음을 가다듬어 천막 안쪽에 대고 인사했다.

"안녕히 계세요."

천막 안에서는 그러나 아무런 대꾸도 들려오지 않았다.

잡지사로 돌아오자 박양희가 물었다.

"만났어?"

이화는 애써 아무렇지 않게 대답했다.

"네, 만났어요."

"그래 어떤 친구야? 괜찮아?"

"잘 모르겠어요."

"시원찮아?"

"모르겠어요."

"무슨 대답이 그래? 만나 봤다면서."

"만나긴 했지만 못 만난 거나 다름없어요."

"무슨 소린지 모르겠네. 아무튼 시원찮은 친군가 보군그래."

박양희는 더 이상 묻지 않았다.

그리고 이화가 김광준을 다시 만나러 간 것은 이튿날 오전이었다. 도저히 그대로 아주 물러서 버리고 말 수는 없다는 생각에서였다.

편집부장과 박양희에게 ㅁ동엘 다시 한번 다녀오겠다는 얘기를 한 뒤 잡지사에서 나온 이화는 근처 문방구점에 들러 공책 오십 권과 연필 다섯 갑을 샀다. 지난달에 받은 월급에서 쓰고 남은 돈이 얼마간 있었기 때문이다.

연필과 공책을 포장해 준 꾸러미를 들고 그녀가 ㅁ동 김광준의 천막 앞에 도착했을 때는 11시쯤이었다. 동네 전체가, 정오가 멀잖은 가을 오전의 햇빛 아래 빈 동네처럼 조용해 보였고 김광준의 천막도 고즈넉이 맑은 햇살을 받고 있었다. 동네가 조용해 보이는 까닭은 대부분의 어른들과 아이들이 일터와 학교로 가 버린 뒤이기 때문일 것으로 여겨졌다.

그녀는 잠시 망설인 뒤에 천막의 입구 쪽으로 다가섰다. 그리고 조심스레 불렀다.

"계세요?"

천막 안에서는 아무 대꾸도 없었다. 그녀는 목소리를 조금 높여서 다시 한번 불렀다.

"저, 김 선생님 계세요?"

그러나 천막 안에서는 역시 아무런 대꾸도 인기척도 없었다. 그제야 그녀는 천막 안에 혹시 아무도 없을는지 모른다는 생각이 들었다. 그렇다면 헛걸음을 한 셈이 된다.

그녀는 다시 한번 불러 보았다.

"저, 김 선생님 안 계신가요?"

역시 아무런 대답도 인기척도 없었다. 천막 안에 아무도 없음이 분명한 것 같았다. 그가 안에 있으면서도 그렇게 모른 척하고 있으리라곤 생각되지 않았다.

그녀는 포장한 학용품 꾸러미가 갑자기 무거워 옴을 느끼며 어깨에서 힘이 빠지는 듯한 기분을 맛보았다.

그때 누군가가 이쪽으로 다가오는 인기척이 느껴졌다. 그녀는 거의 반사적으로 고개를 돌이켰다. 유행에 뒤진 것이긴 하지만 와이셔츠에 넥타이까지 맨 신사복 차림의 김광준이 한 손에 가방을 든 모습으로 다가오고 있었다. 비록 말쑥한 차림은 아니었지만, 염색한 군대 작업복을 걸쳤던 어제 오후의 모습과는 완연히 다른 모습이었다.

그녀를 이미 발견하고 있었던 모양으로 그는 그녀와 시선이 마주 쳤어도 별반 놀라는 표정을 짓지 않았다. 그리고 무뚝뚝하게 말했다.

"오늘은 또 뭐 때문에 이렇게 일찍 나타나셨소? 다신 안 올 줄 알았는데."

이화는 그러나 반색을 하다시피 말했다.

"어마, 어디 외출하셨다 돌아오시는군요. 전 헛걸음을 한 줄 알았어요."

"헛걸음을 한 편이 나한텐 편했을 걸 그랬소. 안됐지만."

"죄송해요. 성가시게 해 드려서. 하지만 오늘은 그렇게 쉽게 물러가지 않을 결심으로 왔어요."

"글쎄, 그래 보이니까 헛걸음을 한 편이 나한텐 편했겠다고 하지 않소? 내가 조금만 늦게 돌아왔더라면 됐을걸. 그래, 오늘은 또 무슨 용건을 가지고 왔소?"

"특별한 용건은 없어요. 그냥 만나 뵙고 싶어서 왔죠. 일찍 어디 다녀오시는 길이세요? 가방이랑 드시고."

"흠. 그게 오늘의 첫 질문이오? 돈 벌러 갔다 오는 길이오."

"돈을 버시러요?"

"그렇소. 이 '도토리 이발소'는 어디 경비 없이 맨손으로 운영이 되는 줄 아시오?"

"아이들한텐 그럼 이발 요금을 전혀 안 받으시나요?"

"차차 잡지기자로서의 능력을 발휘하기 시작하시는군. 이발 요금을 받는 이발소는 얼마든지 있소."

"들은 대로군요. 그러니까 지금 이발소 운영비를 버시러 다녀오는 길이시군요?"

"그 정도로 해 둡시다. 더 이상 길게 나가다간 결국 내가 무슨 생색이나 내려는 셈이 되고 말 테니까. 그럴 작정이었으면 어제 내가 아가씨를 그렇게 푸대접해 보내지도 않았을 테고."

"김 선생님은 사람을 만나실 때 그 사람이 다니는 직장만 가지고 판단하시나 보죠?"

"그건 또 무슨 소리요?"

"절 잡지사 기자 이외로는 전혀 상대를 안 해 주시니 말예요. 전 잡지사 기자이기 이전에 명백한 한 개인인데도요."

"역습을 해 보시려는 것 같은데 쉽게 안 될 거요."

그리고 그는 처음으로 조금 웃어 보였다.

"왜냐하면 아가씨가 날 찾아온 것은 어디까지나 잡지기자의 자격으로서지 개인 자격으로서가 아님을 부인하지 못할 테니 말이오."

"하지만 오늘은 순수한 개인 자격으로 온걸요."

"거짓말일 거요. 난 아직 순수한 개인 자격으로 날 찾아온 사람을 만나 본 적이 없소."

"그렇다면 제가 처음이 되겠네요. 전 오늘만은 순수한 개인 자격으로 온 거니까요."

"정말이오?"

"두고 보심 아실 거예요. 제가 오늘 김 선생님한테 무슨 얘기를 듣건 어떤 일을 보건 절대로 그걸 잡지에다 쓰는 따위 일은 없을 테니까요."

그러자 그는 잠시 멀뚱히 그녀를 쳐다보았다.

"그렇다면 개인 자격으로 날 찾아온 용건은 뭐요?"

"조금 전에 말씀드렸잖아요, 그냥 만나 뵙고 싶어서 왔다고요. 사람끼리 만나는 데 꼭 무슨 용건이 있어야만 하나요? 참, 그리고 이건 혹시 조금이라도 도움이 되셨으면 해서 가져왔는데 받아 주시겠어요?"

그러며 이화는 들고 있던 학용품 꾸러미를 그에게 내밀었다. 그러나 그는 선뜻 그것을 받으려 들지 않았다.

"뭐요? 혹시 뇌물 같은 것 아니오?"

이화는 웃었다.

"아녜요, 공책하고 연필 조금 사 왔어요. 아이들한테 한 개씩이라도 돌아갈 수 있음 해서요."

"역시 뇌물임엔 틀림없는데 뇌물치곤 기특한 뇌물에 속하는군. 고맙게 받겠소, 그럼."

그는 손을 내밀어 그녀가 내미는 학용품 꾸러미를 받아 들었다. 그리고 다소 누그러진 표정으로 말했다.

"자, 그럼 누추하지만 잠깐 들어와 보시겠소? 그렇다고 물론 뇌물의 효과라곤 생각하지 마시고."

"정말 들어가도 되나요?"

"들어오시오."

그를 따라 천막 안으로 들어서자 이화는 잠시 어둠에 눈을 익혀야

했다.

천막의 양쪽에 빛을 받아들이기 위한 창구멍 비슷한 것이 있었으나 그리고 그곳을 통해 빛이 새어 들고는 있었으나 방금 환한 가을 햇빛 아래 서 있었던 그녀에게는 천막 속은 마치 동굴 속처럼 어두웠던 것이다.

그러나 그가 곧 입구의 휘장을 젖혀 한쪽으로 고정시켜 놓았다. 그러자 천막 속은 한결 밝아졌다.

천막 안의 풍경이 뚜렷이 드러났다. 흙바닥 위에 등받이가 없는 긴 나무걸상 몇 줄이 안쪽을 향해 가지런히 늘어놓인 모습이 우선 눈에 띄었고 걸상들의 앞쪽에는 받침대에 받쳐 세워진 흑판 하나가 보였다. 그리고 흑판 뒤쪽, 천막의 맨 안쪽이 되는 부분에 X자형 나무다리가 달린 야전용 침대 하나가 보였고 침대를 중심으로 오른쪽 구석에 폭이 좁은 철제 캐비닛이 하나, 왼쪽 구석엔 아무렇게나 쌓아 둔 취사도구 같은 것들이 보였다. 취사도 그곳에서 직접 하고 있는 모양이었다. 그리고는 어떻게 가설했는지 알 수 없는, 천막 한가운데 매달린 백열전구 하나. 그뿐이었다.

따로 그곳이 이발소라는 느낌을 갖게 하는 시설이나 도구라곤 조금도 눈에 띄지 않았다.

그가 그녀로부터 받아 든 학용품 꾸러미와 가방을 가까운 걸상 위에 내려놓으며 말했다.

"불편하겠지만 좀 앉으시죠. 걸상이 좀 딱딱하겠지만."

이화는 얌전히 그의 말에 따랐다. 그리고 다시 한번 주위를 둘러보는 시늉으로 말했다.

"이발소 같은 느낌은 조금도 없고 교실 같은 인상뿐이네요. 아이들 이발은 어디서 시켜 주세요?"

그러자 그는 선 채로 그녀를 내려다보며 빙긋 웃어 보였다.

"아가씨가 앉은 그 걸상이 바로 이발 걸상도 되죠. 이발소라고 해서 무슨 특별한 시설이라도 있는 줄 알았소? 거기 그렇게 앉아서 머리칼받이 보자기만 하나 둘러쓰면 이발 준빈 다 된 거요."

"어마, 그렇군요."

"왜, 우습소?"

"아뇨. 전 이발소라고 하면 의자도 따로 있고 거울 같은 것도 걸려 있는 그런 모습을 상상했거든요."

"형편이 나아지면 갖출 생각이오. 하지만 지금은 이대로 하는 수밖에 없소. 아이들도 불평 없이 잘 참아 주고 있고."

"아이들이 김 선생님을 무척 따르나 보죠?"

"잘 모르겠소. 아이들이 날 따르는 건지 내가 아이들을 따르는 건지, 아무튼 고맙게도 날 싫어하는 눈치들은 아니오."

"참, '도토리 이발소'라는 이름은 김 선생님이 붙이신 건가요?"

"재미있소?"

"네, 아주 재미난 이름이에요."

"머리를 깎아 주면서 아이들 머리통을 만지고 있으면 꼭 도토리들 같은 느낌이 들어서 붙여 본 이름이오. 아이들 머리통을 만지고 있을 때처럼 기분 좋은 땐 별로 없소. 도토리들처럼 단단하고 귀엽고."

"듣고 보니 더욱 재미난 이름이네요."

"고맙소."

"그리고 참, 저보고 어저께 더 이상 말하는 건 실례가 될 것 같아서 그만둔다고 하신 건 무슨 뜻이었나요? 말씀해 주실 수 없나요?"

그러자 그는 잠시 표정이 굳어졌다. 그리고 잠시 입을 다물었다가 천천히 굳어진 표정이 풀리며 한결 부드러워진 억양으로 말했다.

"아가씬 좀 이상한 데가 있는 것 같소. 도무지 화 같은 건 내 본 적이라곤 없는 사람 같은. 아까 아가씨를 발견하고 난 실은 좀 놀랐소. 어제 그 정도의 모욕적인 대접을 받고도 또 날 찾아오리라곤 미처 생각지 못했기 때문이오. 어젠 내가 좀 과했던 것 같소. 일종의 편견이었다고 할까. 아가씨처럼 고운 옷 입고 손이 고운 여자들에 대해 평소에 품고 있던."

"그래서 절 어울리지 않는다고 하셨군요?"

"병폐인 줄은 알면서도 쉽게 고쳐지지 않는 편견이오. 이따금 그게 그런 못난 짓으로 나타나기도 하고. 아마 어제 더 이상 성가시게 굴었으면 내 입에선 욕이 나갔을 거요."

"이를테면요?"

"화내지 않겠소?"

"절대로요."

"아마, 이쯤 했을 거요. 그런 고운 옷 입고 고운 손가락 갖고 가서 돈 많은 놈들 노리개나 되라고."

"어마, 그건 정말 심하신 욕이네요. 안 듣길 다행이에요."

"나도 그런 소리까진 안 하게 된 걸 다행으로 생각하고 있소. 하지만 내 편견에도 일리는 있소. 게다가 난 잡지사에서 왔다는 바람에 더 정나미가 떨어졌던 거요."

"참, 전에도 누가 잡지사에서 온 사람이 있었나요?"

"있었소. 아가씨처럼 고운 옷 입고 고운 손 가진 여자였는데 이건 숫제 무슨 신기한 동물 사는 델 구경 온 표정이었소. 마치 무슨 진기한 동물의 생태라도 취재하러 온 듯한. 문밖에서 쫓아 버리고 말았지만 그때의 불쾌했던 기분이 아가씨한테까지 아마 연장이 되었던 모양이오. 그 뒤에 또 어디선가 한 사람 왔었는데 역시 마찬가지였으니까."

"그랬군요."

"그런데 아가씬 좀 다른 것 같소."

"어떤 점에서요?"

"뭐랄까, 눈에 탐욕이 없어 보인다고 할까."

"저 아주 욕심쟁인 걸요."

"아니, 달라요. 아가씬 적어도 날 무슨 재료로 써먹으려는 것 같진 않으니까."

"어마, 제가 김 선생님 만난 얘길 잡지에다 쓸까 봐 미리 예방주사를 놔 주시는 거군요?"

"예방주사? 하하, 그거 재미있는 말인데. 그런 뜻 아니오. 그건 아까 약속을 하지 않았소? 잡지에다 쓰거나 하지 않겠다고. 그건 그렇고 날더러 자꾸 김 선생님 김 선생님 하는데 듣기가 좀 근질근질한 기분이오. 호칭 좀 바꿔 줄 수 없겠소?"

"뭐라구요?"

"글쎄, 뭐 김 형이라든지……."

"김 형이요? 그건 남자들끼리 부르는 호칭 아녜요?"

"어떻소? 친구 같고 좋지 않소? 텁텁하고. 그보다 난 아직 아가씨의 이름도 모르고 있소."

"이화라고 해요. 유이화."

"이화라, 좀 사치스런 이름이로군. 아, 이건 또 편견이고, 물론."

그러며 그는 짐짓 장난스런 미소를 지어 보였다. 방금 한 말이 농담임을 분명히 해 두기라도 하려는 듯. 그리고 그는 곧 무슨 선심이라도 쓰듯 주먹으로 손바닥을 탁 치며 말했다.

"좋소, 아무튼 앞으로 사귀어 봅시다. 죽이 되든 밥이 되든. 이화 형이 오늘 나한테 온 게 순수한 개인 자격이라는 걸 꽉 믿기로 하고."

이화는 놀람 반 기쁨 반을 섞어 말했다.

"어마, 정말이세요? 왠지 부러 그러시는 것 같아요."

"아니, 부러 그러는 거 아니오. 정말이오. 이화 형은 그 뭐랄까, 사람을 묘하게 안심시키는 힘이 있는 것 같소. 내가 아마 그 힘에 감화가 된 모양이오. 아니면 역시 뇌물에 마음이 흔들렸거나."

그러며 그는 다시 장난스런 표정으로 학용품 꾸러미를 가리켜 보였다.

이화는 기뻤다. 그가 무슨 이유로 그렇듯 거의 돌변한 태도를 보이는지는 잘 알 수 없는 대로 어쨌든 그가 이제 적어도 자기를 적대시하지 않는다는 사실만이 기뻤다. 그 원인이 그의 말대로 이화 자기에게 있는 것이든 또는 그 자신의 어떤 심경 변화에 말미암은 것이든 그것은 그의 돌변하다시피 한 태도에 비하면 아무런 중요성도 없는 일이었다. 그리고 그가 '이화 형'이라는 분명 낯선 호칭을 사용하고 있음에도 불구하고 그녀는 그것이 이상하게 조금도 낯설거나 어색하게 느껴지지 않았다. 이화는 기쁨을 감추며 가만히 물었다.

"저 이제 그럼 앞으로 자주 와도 되나요?"

"도울 생각이 있으면 물론 그래도 좋소. 이화 형 직장에 지장이 없는 범위 안에서. 도와주겠소?"

"네, 제가 할 수 있는 일이라면 뭐든 돕겠어요. 제가 할 수 있는 일이 있을까요?"

"물론 있소. 아이들 머리 깎는 일은 나 혼자서도 충분하지만 저녁에 공부 도와주는 일이 좀 벅차요. 이화 형 무슨 과 나왔소?"

"사학과 다녔어요."

"그럼 역사하고 국어 좀 나눠 맡아 주겠소? 보수는 물론 없소."

"초등학교 과정인가요?"

"아니, 중학교 과정이오, 초등학교는 대개 나온 아이들인데 중학 과정서부터 대개 못 배운 아이들이니까."

"그럼?"

"아, 좀 큰 아이들이오. 머리 깎으러 오는 아이들의 누나나 형뻘이 되는 아이들이오. 낮에는 여기저기 일터에 나가서 벌이들을 하고 저녁에 피곤을 무릅쓰고 고맙게도 뭘 좀 배워 보려고 와 주는 아이들이오. 공장에 다니는 아이도 있고 구두 닦는 아이도 있고……."

"몇 명쯤이나 되는데요?"

"밤늦게까지 일하게 되는 날은 빠지는 아이도 있고 하지만 대충 한 30명쯤 돼요."

"그렇군요. 저 그럼 내일 저녁부터라도 와 볼까요? 잘 가르칠 자신은 없지만."

"그래 주겠소?"

"그리고 저 앞으론 아이들하고 함께 있을 때만 김 선생님이라고 부를게요."

"다른 때는 그럼 뭐라고 부르겠소?"

"저도 광준 형이라고 부르죠, 뭐."

"아, 그거 좋소."

김광준이 천막을 비워 두고 오전에 어디를 다녀왔는지 알게 된 것은 조금 뒤였다.

그는 곧 점심 대접을 하겠다면서

"따로 솜씨가 필요 없는 요리 한 가지를 대접할까 하는데 같이 들겠소?"

하고 물었는데 그녀는 그것이 라면이라는 걸 짐작하고 걸상에서 일어서며 말했다.

"라면 말씀이군요. 네, 좋아요. 하지만 끓이는 건 제가 할게요."

그러자 그는 머리를 긁적이는 시늉을 했다.

"그렇게 무안을 주는 법이 어디 있소? 모처럼 생색을 좀 내렸더니."

"왜, 라면으로는 생색이 안 나는 건가요, 뭐?"

그리고 그녀는 물었다.

"참, 아까 돈 벌러 갔다 오는 길이라고 하셨는데 뭘 해서 돈을 버세요? 라면도 사시고 아까 말씀대로 '도토리 이발소'도 운영하고 하시려면 돈이 들 텐데요."

그러자 그는 가볍게 대꾸했다.

"왜, 염려스럽소? 많은 돈이 필요한 건 아니지만 그렇다고 전혀 안 드는 건 아니어서 내가 조금씩 벌고 있소. 우선 나 하나 먹고 입는 데만도 돈은 드니까. 물론 자질구레한 이발용품이나 헌 교과서 따윌 구입하는 데도 돈이 조금씩 들지만. 아침에 조그만 학원 한 군델 나가고 있소."

"학원에요? 그럼 학원 강사세요?"

"아는 선배가 하고 있는 조그만 학원이오. 아침 두어 시간 해 주고 몇 푼씩 받고 있소. 일류학원도 아니고 또 명강사도 못 되니까 좋은 대우는 못 받지만 그런 대로 견뎌 낼 만큼은 돼요."

"무슨 과목을 가르치시는데요?"

"수학이오. 수학과를 다녔으니까. 아무튼 이런 걸 한답시고 친구들이나 선배들 찾아다니며 손 내미는 것보단 낫다고 생각했소."

"가족은 없으세요?"

"왜, 있어요. 있지만 날 버린 자식 취급하고 있죠. 당신네들이 바라는 일을 하고 있지 않으니까."

"……여기 오신 지 그럼 오래되셨나요?"

"1년 남짓밖에 안 됐어요. 군대 제대하고 얼마 안 돼서니까. 자, 그만하고 우리 라면이나 끓입시다. 아이들 밀어닥치기 전에."

"네, 제가 끓일게요."

"아니, 내가 끓이겠소. 내가 주인이니까. 이화 형은 오늘 손님이오."

그리고 그는 취사도구들이 있는 곳으로 걸어갔다. 이화는 더 나서 보아야 그가 양보할 기색이 아님을 알고 잠자코 다시 걸상 위에 앉았다. 그리고 그가 석유풍로에 불을 당기는 모습을 바라보았다. 무척 익숙한 동작이었다.

시간은 어느새 오후로 접어들고 있었다.

라면이 끓는 데는 그리고 그다지 오랜 시간이 걸리지 않았다. 그가 곧 두 개의 그릇에 나눠 담은 라면을, 그녀가 앉아 있는 걸상 쪽으로 날라 왔다.

그리고 등받이가 없는 그 나무걸상에 비스듬히 마주 앉은 채 그 간편한 점심을 마쳤을 때 그가 말했다.

"자, 그럼 내일 저녁에 다시 만납시다. 곧 아이들이 오기 시작할 테니까."

동행

이화가 퇴근 후의 두어 시간씩과 일요일의 대부분을 김광준의 천막교실에서 보내게 되면서부터 그녀는 차츰 그의 진면목을 보게 되었다.

그녀는 퇴근 후의 두어 시간씩을 쪼개어 여지껏 그 혼자서 맡고 있던 여러 과목들 중 역사와 국어를 분담해 가르쳤고 일요일에는 그가 아이들의 머리를 깎고 있는 동안 옆에서 심부름도 해 주고 조금씩 이발하는 요령도 배우곤 했는데 그가 수업하고 있는 모습을 지켜볼 때나 아이들의 머리를 깎고 있는 모습을 바라볼 때마다 그녀는 형언키 어려운 감명을 받곤 했다.

그녀는 일찍이 어떤 교사에게서도 그처럼 전력을 다하는 수업을 본 적이 없었으며 어떤 일에 종사하는 사람한테서도 그가 아이들의 머리를 깎고 있는 동안에 나타내는 것과 같은 아름다운 표정을 본 적이 없었던 것이다.

그는 거의 학생들과 한 몸이 되어 수업을 이끌어가는 것 같았고 아이들의 머리통을 마치 자신의 신체의 일부처럼 여기고 있는 것 같았다.

특히 아이들의 머리통들을 만지고 있을 때의 그의 표정은 아이들에 대한 우정과 사랑이 숨김없이 드러나는 그의 여러 표정 가운데서도 가장 아름다운 것의 하나였다. 요컨대 그에게서는 아이들에게 자기가 조금이라도 희생하고 있다는 생각은 찾아볼 길이 없었다.

때로 그는 아이들의 머리통을 잡고 이발기계를 놀리면서 농담을 하기도 했다.

"너희들 인마, 나중에 이 머리통 어디다 써먹을래? 김일이처럼 박치기하는 데 써먹을래?"

또는

"너희들 중에 누가 인마 나중에 대통령 되면 날 꼭 이발사로 써 줘야 한다아. 알겠니?"

그리고 그는 이따금 일요일을 택해 좀 떨어져 있는 초등학교 운동장으로 아이들을 데리고 가서 축구시합을 시키기도 하였다. 전에는 그 혼자서 심판을 맡은 모양이지만 이화가 간 뒤부터는 자신은 주심을 그리고 이화에게는 선심을 맡아 보게 하였다.

그는 항상 공정하게 심판했고 아이들과 함께 잠시도 쉬지 않고 뛰어다니며 심판했다. 그리고 판정을 내릴 때의 그의 표정은 우스꽝스러울 정도로 진지했다. 때로는 그가 미처 모르는 규칙을 아이들이 알고 있는 경우도 있었는데 그럴 경우 그는 매우 부끄러운 태도로 자신의 잘못을 사과하고 순순히 아이들의 의견을 좇았다. 그러나 결코 한 번 내린 판정을 번복하는 일은 없었다. 심판의 권위를 세우기 위함인 모양이었다.

새로이 인정된 규칙은 잘못된 규칙에 의해 손해를 본 편에게 같은 규칙에 의해 그 손해를 만회할 기회를 준 뒤부터 적용하였다. 그리고 같은 실수를 두 번 다시 되풀이하는 일은 없었다.

그는 또한 항상 쾌활한 표정을 하고 있었고 아이들 앞에서 우울한 표정을 짓는 일은 극히 드물었으며 언제나 대범한 말투를 사용하였다.

"야, 이 녀석들아, 이발소 안에서 너무 떠들면 천막이 날아가. 그러면 난 한데서 자야 돼."

하는 식이었다. 그러나 그는 결코 아이들이 떠들어 대는 것을 싫어하는 눈치는 아니었다.

이화는 차츰 그에게 마음으로부터의 우정을 느끼기 시작했다.

그렇게 한 달쯤 지난 어느 날 그가 이화에게 하지 않던 질문을 했다. 수업이 다 끝난 뒤였고 그녀를 버스 정류장까지 배웅해 주기 위해 함께 어두운 둑길을 걷고 있을 때였다. 그가 문득 지나가는 말처럼 물었다.

"이화 형은 아직 애인도 없소?"

이화는 예상 밖의 질문에 잠시 대답을 못 하고 있다가 그렇게 보이느냐고 되물었다. 그러자 그는 어둠 속에서도 분명 웃는 얼굴로 대답했다.

“그렇지 않다면 이렇게 예쁜 애인을 한 달씩이나 안 보고 배겨 낼 장사가 세상에 어디 있겠소? 지난 한 달 동안 이화 형은 일요일도 빼놓지 않고 개근을 했는데.”

이화도 웃어 보였다.

“광준 형도 그럼 애인이 없으신가 보죠?”

“왜요?”

“애인이 있으심 한 달 동안에 한 번도 안 찾아오실 리가 없잖아요?”

“그야 낮에 잠깐 다녀갈 수도 있지 않소?”

“그럼 저도 낮에 잡지사로 와서 잠깐 보고 가는지도 모르잖아요?”

“그야 어디 말이 그렇지, 그럴 수가 있나.”

“광준 형도 그럼 마찬가지죠, 뭐.”

“하하, 못 당하겠는걸. 결국 그래 있다는 거요, 없다는 거요?”

“광준 형은요?”

“순서를 따를 줄 아는 미덕을 가지시오. 내가 먼저 물었으니 먼저 대답을 해야 옳은 순서가 아니오?”

“차례를 양보할 줄 아는 겸손을 배우세요. 어떻게 먼저 물으셨다고 대답도 꼭 먼저 들으시려고만 하세요?”

그러자 그는 걸음을 멈추고 이화의 얼굴을 자세히 바라보는 시늉을 했다.

“왜 그러세요?”

이화도 걸음을 멈추듯 하며 물었다. 그러자 그는 다시 걸음을 옮겨 놓으며 말했다.

"이화 형이 갑자기 귀엽다는 생각이 들었소."

"어마, 그건 반칙이에요. 토론 중에 인신공격이나 다름없지 뭐예요? 그런 모욕적인 언사를 쓰는 데가 어디 있어요?"

"이상하군. 칭찬하는 말을 모욕으로 듣다니."

"성인에게 어린애한테나 쓰는 말을 사용하는 게 모욕이 아니고 그럼 뭐예요? 제가 광준 형을 귀엽다고 하면 그걸 칭찬으로 들으시겠어요?"

"말로는 도저히 못 당하겠으나 아무튼 귀엽소."

"어마, 또."

"그래, 있소? 없소?"

"광준 형은 있으세요? 없으세요?"

"보다시피 난 없소."

"전 있어요. 있어도 아주 많아요. 전 우선은 우리나라 남자들은 모두 애인으로 생각하고 있거든요. 남의 희생을 딛고 사는 사람들 외에는요."

"호오, 그거 아주 엄청난 생각이시구먼. 언젠가 자신을 욕심쟁이라고 한 말이 이제야 실감 나는데. 결국 고정된 애인은 없다는 얘기가 되지만."

"그런데 그건 왜 물으시죠?"

"글쎄, 조수의 신상을 좀 파악해 둘 필요가 있어서라고나 할까."

그리고 그는 슬쩍 덧붙였다.

"만일에 힘센 애인이라도 있다면 내가 혹 테러를 당할는지도 모르는 일이니 말이오."

"테러를 당하시다뇨?"

"자칫 애인을 가로챈 걸로 오해를 하면 날 가만두겠소? 그럴 염려 이제 없어졌지만."

"어마, 알고 보니 아주 겁쟁이시네요."

"하하, 그렇소. 난 아주 겁쟁이요. 내가 세상에서 제일 무서워하는 건 물리적인 힘이오. 물리적인 힘에는 더 큰 물리적인 힘으로 맞서야만 이겨 낼 수가 있는 법인데 보다시피 난 이렇다 할 물리적인 힘을 가진 게 없기 때문이오. 고작 신장 1미터 70 남짓에 체중 60킬로가 채 못 되는 이 보잘것없는 몸뚱이 하나뿐이니 말이오. 이게 물리적인 힘을 가졌댔자 얼마나 가졌겠소?"

"무슨 딴 얘길 하고 계신 것 같아요. 설사 누가 광준 형을 테러하러 온다고 하더라도 설마 탱크를 앞세우고 오기야 하겠어요?"

"하하, 이화 형은 눈치가 빠르군. 겁쟁이라는 말이 나온 김에 인간의 육체가 물리적 힘 앞에 얼마나 보잘것없고 연약한 존재인가 하는 점을 말해 봤을 뿐이요. 이를테면 인간의 육체란 물리적 존재로서는 지극히 열등한 존재에 지나지 않는다는 얘기요. 다치기 쉽고 망가뜨리기도 쉽고. 어찌 겁쟁이가 되지 않을 수 있겠소?"

"무슨 말인지 잘 모르겠어요. 저한테 괜히 엄살을 부리시는 것 같아요. 사람이 단지 물리적 존재인 것만은 아니잖아요?"

"난 사람을 물리적 존재라고는 하지 않았소. 사람의 육체는 적어도 물리적인 존재라는 얘길 했을 뿐이지."

"그러니까 말예요. 사람이 단순한 물리적 존재만은 아닌 이상 설사 어떤 물리적 힘이 사람을 해치려 드는 경우가 있다 해도 사람은 물리적 힘이 아닌 어떤 다른 힘으로 대항할 수도 있다고 생각해요."

"이를테면 어떤 힘 말이오?"

"글쎄, 그게 어떤 힘일진 잘 모르지만 어쨌든 물리적인 힘과는 다른 힘이 사람한텐 있다고 생각해요. 더구나 물리적인 힘이 모자란다고 해서 겁쟁이가 된다는 건 말도 안 돼요. 그러면 키 작고 몸무게 적은 사람은 모두가 겁쟁이게요? 키 크고 체중 많이 나가는 사람은 모두가 용기 있는 사람이구요."

"물리적인 힘이란 속도까지를 포함하는 거요. 하지만 어쨌든 용기 얘기가 나온 건 잘된 것 같소. 용기를 가지고 이겨 낼 수 있는 건 고작 제힘의 두 배쯤 되는 것에 국한해요. 만일 제힘의 천 배나 만 배쯤 되는 힘 앞이라면 용기가 무슨 소용이 있겠소. 세상엔 인간의 힘보다 수천, 수만, 아니 수억 배의 힘을 가진 것들이 얼마든지 있소. 사람을 대량으로 살해할 수 있는 무기나 군대조직 같은 것이 그런 것들이오."

"하지만 그런 것들은 사람들이 좋은 의견을 모아서 옳은 방향으로 해결해 가면 되잖아요?"

"영국의 러셀 같은 사람이 그런 일을 해 보려고 하다가 실패한 것으로 알고 있소. 요컨대 사람을 물리적 존재로 파악하는 사고방식이

세상에 존재한다는 게 문제요."

그들은 어느새 버스 정류장에 다 와 있었다.

누가 먼저랄 것도 없이 그들은 걸음을 멈췄다. 거기에 오면 누가 말하지 않아도 그렇게 멈추어 서는 것이 한 달 가까운 동안 그들의 다리에 생긴 습성이라고나 할까. 그들은 한 달 가까이나 매일 같은 길을 밟아 거기 버스 정류장에 오면 걸음을 멈추곤 했던 것이니까.

그는 잠시 입을 다물고 버스가 와야 할 방향을 힐끗 쳐다보았다. 그곳은 경유하는 노선이 많지 않은 정류장이었으므로 대체로 그렇듯이 지금도 도착해 있는 버스 한 대 없이 텅 비어 있었던 것이다. 그리고 아직 시야 속에 나타나는 버스도 없었다.

그는 그렇게 버스가 나타나야 할 방향을 힐끗 쳐다본 뒤 얼굴에 어떤 굵은 선을 떠올리며 한순간 자기 발치를 내려다보는 시늉을 했다.

그때 이화는 알 수 없게도 그에게서 문득 석기의 어느 일면을 보는 듯한 착각을 했다. 조금 전에 그가 한 얘기들이 풍긴 인상과 지금 다소 침울해 보이는 그의 표정이 겹쳐져서 그런 착각을 일으킨 것일까, 그러나 그것은 잠깐이었다.

그가 곧, 얼굴에 떠올랐던 굵은 선을 지워 없애고 쾌활한 표정으로 다시 입을 열었던 것이다.

"자, 아무튼 이제 안심이오. 이화 형 때문에 테러를 당하는 일은 없을 것이라는 점이 분명해졌으니."

그리고 그는 그녀를 향해 싱긋 웃어 보이기까지 했다.

이화는 조용히 마주 웃어 보이며 말했다.

"그러니까 광준 형이 겁쟁이라고 하신 건 결국 정말 겁쟁이어서라기보다 그런 사고방식, 사람을 물리적 존재로 파악하는 사고방식에 대한 우려를 강조하기 위해서 자기 자신의 몸을 예로 드신 셈이군요?"

"아무튼 난 겁쟁이요. 겁쟁이란 다름 아닌 바로 두려워하는 자의 이름이니 말이오. 하지만 지금만은 겁쟁이가 아니오. 이화 형 때문에 테러당할 두려움은 이제 없으니까."

그리고 그는 다시 한번 싱긋 웃어 보이고는 팔목시계를 들여다보았다. 그녀의 귀가가 늦어질 것을 염려하는 눈치였다.

그때 버스 한 대가 도착했다. 그녀가 타야 할 노선의 버스였다. 그가 그녀를 쳐다보았다. 타야 하지 않겠느냐는 눈길이었다.

버스 안내양도 한 손으로 문을 밀친 채 그들의 눈치를 살폈다. 그러나 그녀는 버스에 타지 않았다. 그리고 말했다.

"다음 차 탈래요, 저."

그러자 그는 눈을 둥그렇게 했다.

"아니, 왜? 늦었는데. 10시가 가까웠소."

"조금 늦어도 돼요. 그보다 저 차 한잔 안 사 주실래요?"

"별안간 그건 또 무슨 얘기요?"

"왜요? 싫으세요?"

"글쎄, 싫구 뭐구 별안간……."

버스는 더 이상 기다릴 순 없다고 생각했는지 그대로 문을 닫고 떠나 버렸다. 이화가 말했다.

"저 광준 형 조수가 된 지 한 달이나 됐는데 그동안 저 차 한잔 사 줘 보셨어요?"

그러자 그는 웃었다.

"그렇게 됐나. 그렇더라도 그렇지 나한테 차 얻어 마시기 위해 조수가 된 건 아니잖소? 더구나 지금은 시간도 늦었는데."

"어마, 제가 언제 차 얻어 마시기 위해 조수가 됐다고 그랬나요? 저한테 차 한잔 사 주는 성의도 안 보이셨다는 거죠. 그리고 차 한잔 마시는 데 시간이 뭐 몇 시간씩 걸리나요?"

"하하, 그렇다면 한잔 삽시다. 차 한잔 때문에 모처럼 생긴 조수를 잃어버려서도 안 될 테니."

"어마, 차 안 사 주신다고 제가 언제 도망간다고 그랬나요, 뭐?"

"삐치면 그럴는지 또 누가 알아요?"

"어마, 또."

"또라니?"

"또 절 어린애 취급 하시기예요? 아깐 귀엽다고 하시더니 이번엔 또 삐치는 게 뭐예요, 삐치는 게……."

"하하, 삐치는 걸 그럼 점잖은 말로 하면 뭐가 되오?"

"아이, 모르겠어요."

"정말 삐칠 모양인데. 아니 노여움을 타실 모양인데. 자, 갑시다, 그럼. 다방을 아직 하는지 모르겠군."

"안 갈래요, 저."

"왜, 정말 삐쳤소?"

"네, 자존심이 상했어요."

"하하, 이거 야단인걸. 내 사과하리다, 그럼."

"정말 사과하시겠어요?"

"사과하리다. 단 삐친다는 말을 사용한 데 대해."

"좋아요, 그럼 사 주세요."

"하, 이런. 사과하고 차 사고."

"싫으심 그만두세요."

"아, 아니, 갑시다."

그들이 찾아간 다방은 버스 정류장에서 얼마 안 떨어진 곳에 있는 2층의 조그만 다방이었다. 문 닫을 시간이 다 되어선지 딴 손님의 모습은 보이지 않았고 레지 두 사람이 한가롭게 의자에 앉아 있는 모습만 보였다.

그들이 들어서자 레지 중 한 사람이

"어서 오세요."

하고 의자에서 일어섰다. 조금은 성가셔하는 태도가 몸짓에 나타나 있었다. 이화는 공연히 자기 때문에 한 사람을 성가시게 했구나 하는 후회가 들었으나 그렇다고 되돌아 나갈 수도 없는 일이었다.

그들은 입구 근처의 테이블을 사이에 두고 마주 앉았다. 그리고 차를 주문하고 났을 때 그가 말했다.

"우리가 마지막 손님인 모양이군."

"네, 제가 공연히 졸랐나 봐요."

"왜, 이제 후회가 생겨요? 집에 늦을까 봐."

"그런 게 아니라 저 때문에 공연히 한 사람 더 성가시게만 만들었잖아요."

"누구, 레지 말이오?"

"네."

"그야 무슨 상관이오. 그게 저 아가씨 일인걸."

"그래도요."

"이화 형은 그러고 보니 인정이 많구만, 그럼 차 가져오는 대로 얼른 마시고 갑시다."

"네, 그래요."

차는 금방 날라져 왔다.

그러나 차를 마시고 밖으로 나왔을 때 이번에는 그가 발길을 얼른 옮기려 하지 않았다. 그리고 말했다.

"그러고 보니 이번엔 내가 슬그머니 술 한잔 생각이 나는걸. 늦지 않겠으면 나 술 한잔할 테니 함께 가 주겠소?"

이화는 거의 반색을 하며 대꾸했다.

"어마, 웬일이세요? 광준 형이 술을 다 드시겠다고 하구."

그녀는 그가 술 취한 모습이나 술 마시는 모습을 여지껏 본 적이 없었던 것이다.

"글쎄, 오늘 내가 어디가 허한 모양이오. 안 나던 술 생각이 다 나는 걸 보니. 오랜만에 얘기를 좀 했더니 그런 모양인가. 늦지 않겠소?"

"네, 11시까진 차가 있을 거예요. 제가 사 드릴게요."

"아, 사 주기까지 하겠소? 그건 너무 과분하고."

"아녜요. 차는 광준 형이 사셨으니까 술은 제가 사 드릴게요. 아까 삐칠까 봐 차 사 주신다고 하셨는데 전 쫓아내지 말아 달라는 뜻으로요."

"하하, 이건 보복인지 보은인지 분간이 안 가는걸."

"요샌 원수 갚는 걸 은혜 갚는다고도 하잖아요? 그 반대로도 말하지만."

"그러니 말이오."

"하지만 저 원수 갚는 거 아녜요."

"그건 은혜 갚는 게 아니라는 말도 되잖소?"

"은혜 갚는 거예요."

"그건 또 원수 갚는다는 소리도 되고."

"몰라요. 둘 다예요, 그럼. 아무튼 제가 사 드릴게요. 무슨 술로 하시겠어요?"

"난 막걸리나 소주면 돼요. 하지만 좀 찜찜한데. 원수 갚는 뜻의 술을 얻어먹게 될는지도 모르니."

"은혜 갚는 뜻의 술이라고 생각하심 되잖아요?"

"그래도 찜찜하고."

"왜요?"

"말이 뒤죽박죽이 돼 버렸으니 이렇게 생각하나 저렇게 생각하나 한 가지로 귀결이 될 수 있으니 말이오."

"그건 광준 형 책임이죠, 뭐. 먼저 혼란을 자초하셨으니까. 보복이니 보은이니 하고."

"그런 셈이 됐나."

"가세요, 아무튼."

"갑시다, 아무튼."

멀지 않은 곳에 빈대떡 냄새가 바깥까지 풍기는 대폿집 하나가 있었다. 서툰 솜씨로 '돼지집'이라고 쓴 간판이 허술하게 매달린 집이었다.

그리고 그곳은 다방과는 달리 술 마시는 사람들로 가득 차 있었다. 월급쟁이 차림의 사람들도 있었고 노동자 차림의 사람들도 있었다.

두 사람은 방금 일어선 사람들이 비운 탁자 하나를 간신히 차지하고 마주 앉았다. 그가 막걸리 한 주전자와 빈대떡 한 접시를 주문했다. 그리고 주문한 것들이 날라져 왔을 때 그가 말했다.

"이화 형도 한잔하겠소?"

이화는 반문했다.

"해도 되나요?"

"아, 할 줄 알면 한잔해요. 사양 말고."

"그럼 한 잔 주세요."

그가 그녀 앞에 놓인 잔에 주전자를 기울여 술을 따랐다. 그리고 자기 잔에도 따랐다.

"자."

그가 잔을 집어 그녀 쪽으로 조금 들어 보였다. 그녀더러도 어서 집으라는 시늉이었다.

이화도 잔을 집어 그를 향해 조금 들어 보였다.

그리고 조금 수줍게 웃어 보였다.

그러자 그가 자기 잔의 가장자리를 그녀의 잔에 슬쩍 부딪치며 말했다.

"자, 우리의 우정을 위해서."

이화도 나직이 말했다.

"도토리 이발소를 위해서."

그리고 그들은 각기 술잔을 입으로 가져갔다. 그는 단숨에 술잔을 비우고 내려놓았고 이화는 한 모금만 마시고 내려놓았다. 그가 빈 자기 잔에 다시 주전자를 기울이며 말했다.

"그렇게 마시는 걸 가지고 그래 마시겠다고 그랬소?"

이화는 조용히 웃으며 대꾸했다.

"이렇게 마시는 건 마시는 게 아닌가요, 뭐?"

"그럴 땐 마신다고 하는 게 아니라 맛본다고 하는 거요."

"그럼 광준 형처럼 그렇게 한꺼번에 마셔야만 마시는 건가요?"

"적어도 반 잔쯤은 마시고 내려놔야지. 입만 댔다 떼지 않았소?"

"좋아요. 그럼."

하고 이화는 다시 잔을 집어 몇 모금 더 마시고 내려놓았다. 그러자 그는 칭찬 반 조롱 반의 표정이 되어 말했다.

"그렇지. 그 정도는 돼야지. 자, 이제 빈대떡 좀 집어요."

이화는 젓가락을 들어 빈대떡 접시로 가져가며 말했다.

"제가 강술 마시고 집에 못 갈까 봐 그러세요?"

"그보다 건강을 위해서 그러는 거요. 조수가 건강을 해치면 우선 나한테도 타격이 크니까."

"저 오기 전엔 조수 없이도 잘해 나가셨잖아요?"

"그건 그때고. 지금은 이화 형이 하루라도 빠지면 모든 게 엉망이 될 것 같은 기분이오. 비로소 말하는 거지만."

"어마, 정말이세요?"

"그렇다고 너무 자만하진 말아요."

그러며 그는 시선을 들어 그녀의 두 눈을 짐짓 힘주어 바라보았다. 이상하게 진지하고 강한 시선이었다. 묵직하게 가슴속까지 와 닿는 듯한 시선이었다.

이화는 순간 그 시선을 왠지 감당할 수 없었다.

"……."

"자."

그가 말했다.

"이화 형은 그 잔만 비워요. 나머진 나 혼자 마실 테니까."

그리고 그는 새로이 술이 가득 담긴 잔을 들어 다시 단숨에 마셔 버렸다. 그러나 폭음 같은 인상은 조금도 들지 않았다. 달게 마시는 모습이었다.

이화는 그러나 그가 조금 전에 보내온 시선이 아직도 가슴에 닿아 있는 느낌이었다. 눈길을 들어 가만히 그를 바라보며 말했다.

"저 자만하지 말라고 하신 뜻, 어떤 의미예요?"

"아, 그 소리가 마음에 걸렸드랬소? 일종의 투정에 불과했소. 열등한 인간이 우수한 인간 앞에서 흔히 해 보는."

이화는 나직이 항의했다.

"어마, 그런 말이 어딨어요? 광준 형이 그럼 저보다 열등하시단 말씀이세요?"

그는 그러나 천연스런 표정으로 계속했다.

"물론이오. 이화 형에 비하면 난 지극히 열등한 인간이오. 지난 한 달 동안 내가 깨달은 게 그거요. 뭐랄까, 이화 형은 나 따위에 비하면 천상의 인간에 가깝소."

"어마, 끝까지 그렇게 놀리시기예요?"

"절대로 놀리는 게 아니오. 사실은 이화 형을 만나기 전까진 내가 좀 자만하고 있었소. 한데 이화 형을 만나고 나서 그게 얼마나 쑥스러운 짓이었나 하는 걸 깨닫게 됐소, 그러니까 이화 형더러 자만하지 말라고 한 건 그런 뜻에서 나온 일종의 투정에 불과해요."

"저 그만 가겠어요."

"왜, 정말 자만심이 생겼소?"

"더 이상 놀림받고 싶지 않아요."

"하하, 이화 형은 그럼 이런 얘길 진지한 표정으로 하길 바라오?"

"어마!"

이화는 순간 얼굴이 빨개지는 것을 느꼈다. 이런 얘길 진지한 표정으로 하길 바라느냐는 것은 본래는 진지한 표정으로 할 얘기지만 그렇게 하지 않고 있을 뿐이라는 얘기가 아닌가. 그렇다면 그것은 더 큰 놀림에 지나지 않는다.

그러나 그때 그는 다시 아까와 같은 강한 시선으로 그녀를 쳐다봐 왔다. 역시 가슴속까지 와 닿는 듯한 시선이었다. 이화는 가슴속까지 빨개진 듯한 느낌이 들었다.

그가 나직이 말했다.

"난 지금 이화 형 앞에서 솔직하게 자백하고 있는 거요. 그동안 이화 형에 대해 내가 어떤 생각을 품어 왔는지에 대한. 난 이제 이화 형 없인 도토리 이발소를 운영해 갈 자신마저 없소."

그때 이화는 비로소 그의 얼굴을 똑바로 마주 쳐다보았다. 뺨이 여전히 화끈거리는 걸 의식한 채.

"설사 그렇더라도 절 천상의 인간에 가깝다느니 하신 건 너무하셨잖아요. 제가 광준 형한테 조금이라도 도움이 돼 드렸다면 그건 처음부터 제가 바란 일이니까 다행스런 일이라고 할 수 있지만요."

"나에 비하면 그렇다고 했소. 그리고 이화 형은 이제 도움을 주는 정도가 아니라 도토리 이발소의 막강한 힘이오. 없어서는 안 될."

"광준 형에 비해서라는 건 더욱 말도 안 돼요. 그리고 저까짓 게 무슨 그런 큰 힘이 되겠어요."

"그렇다면 좀 그런 줄 아시오. 그리고 삐치지나 마시오."

"어마, 또. 저 쫓아내지나 마세요."

그러자 그는 웃었다.

"하하, 이거 완전히 한 바퀴 돌아서 다시 제 자리에 온 셈이로군."

"그래요."

"하지만 어쨌든 무익한 말놀음만은 아니었을 거요. 아무튼 하고 싶은 얘기들을 한 셈이니까. 자, 그 잔 비우고 나 한 잔 권해 봐요."

"네."

이화는 반쯤 남은 술잔을 들어 마저 마셨다. 그리고 빈 잔을 그에게 주었다.

그들이 밖으로 나온 것은 11시가 가까워서였다.

이화는 그가 한 잔만 더 허용하겠노라면서 준 술 한 잔을 더 받아 마셨고 그는 나머지 한 주전자를 거의 혼자서 다 마셨다. 그러나 그는 조금도 취한 것 같지 않았다.

그는 아무 일 없었던 듯 그녀를 다시 버스 정류장까지 배웅해 주었고 막차임에 거의 틀림없는 버스에 그녀가 오를 때 다른 날과 다름없이 조심해 가라고 말해 주었다. 다만 버스에 오르고 나서 그녀가 차창으로 그를 내다봤을 때 그는 다시 한번 저 가슴속까지 와 닿는 듯한 강한 시선을 그녀에게 보내왔을 따름이었다.

곧 버스가 출발했으므로 그의 모습은 금방 볼 수 없게 되고 말았지만 그의 그 시선만은 쉽사리 지워지지 않고 그녀의 가슴속에 남았다.

술집에 마주 앉았을 때 받은 두 번의 비슷한 시선까지 합치면 세 번째 받는 비슷한 시선이었지만 앞의 두 번과는 달리 이번에는 이상한 아픔 비슷한 느낌을 가슴에 전해 주는 시선이었다.

그러나 그녀는 그 아픔의 정체는 아직 알지 못했다. 그와 한 달 가까이 지내는 동안 그녀는 그가 마음속에 어떤 고통을 감추고 있는 듯한 모습은 아직 한 번도 본 적이 없었기 때문이다. 그것이 자기를 갈망하는 그리고 그 갈망을 억제하려는 싸움에서 연유한 눈길이라는 것을 그녀는 미처 깨닫지 못하고 있었던 것이다.

그녀는 다만 그가 어떤 깊은 고통을 마음속에 지니고 있고 그것이 자기를 바라보는 시선 속에 응축되어 그렇게 강하게 나타났을 것이라고만 생각하였다. 그녀는 그가 자기를 조수 이상의 어떤 자격으로도 취급하고 있다고는 생각하지 못하고 있었던 것이다.

집에 돌아오자 어머니가 대문을 열어 주면서 말했다.

"요즘은 잡지사 일이 무척 바쁜 모양이로구나. 매일 10시가 넘어서야 돌아오더니 오늘은 11시가 훨씬 넘고. 그래서야 어디 몸이 견뎌내겠니?"

이화는 아직 광준의 천막교실에 가는 일은 말하지 않고 있었던 것이다.

"네, 늦었어요."

하고 그녀는 짤막하게 대꾸했다. 길게 대꾸하고 있다가는 그녀가 술 마셨다는 사실이 자칫 어머니에게 눈치채이게 될는지도 모른다고 생각했기 때문이다. 숨기려는 것보다 걱정을 끼치고 싶지 않아서였다.

그러나 어머니는 재차 물었다.

"잡지사 일이라는 게 그렇게도 바쁘니?"

이화는 얼른 제 방 쪽으로 향하며 대답했다.

"다음에 자세한 얘기 할게요, 엄마. 오늘은 좀 피곤해서 그냥 잘래요."

"온, 그렇게 피곤한 걸 굳이 나갈 게 뭐람. 아버지 월급이 아무리 넉넉진 않아도 저 하나 굶길까, 온."

어머니의 근심스런 목소리였다. 그러나 그녀는 더 이상 대꾸하지 않았다.

"안녕히 주무세요, 엄마."

하고 인사만 한 다음 곧 제 방으로 들어갔다.

어머니의 걱정이 방까지 뒤따라 들어오는 듯했다. 그러나 더 길게 대꾸했다간 한 가지 걱정을 더 첨가시키는 결과만 초래할 터이었다.

그때 이화의 눈은 문득 책상 위에서 멈추어졌다. 거기 편지 봉투 하나가 놓여 있는 모습이 눈에 띄었던 것이다.

책상 앞으로 다가가 편지 봉투를 집어 든 이화는 그것이 수환으로부터의 편지라는 걸 알았다. 오랜만에 받아 보는 수환으로부터의 편지였다. 봉투를 열자 다음과 같은 내용이 들어 있었다.

> 안부는 묻지 않겠습니다. 묻지 않아도 잘 계실 것이라고 믿고 있기 때문일 뿐만 아니라 최근에 저는 참으로 우연한 기회에 이화 씨의 안부와 근황을 알 수 있는 귀중한 정보 매체 한 가지를 발견하였기 때문입니다.
>
> 벌써 짐작이 가시겠지만 그 정보 매체가 무엇인지에 대해서 얘기하는 것은 잠시 뒤로 미루고 그동안 편지 쓰지 못한 이유부터 간단히 말씀드리겠습니다. 첫째 이유는 편지 쓰는 일이 고통스럽게 여겨졌기 때문입니다. 웬일인지 이화 씨에게 편지 쓰는 일은 제겐 고통을 수반하는 일입니다. 아직도 무언가 죄를 지었다는 느낌으로부터 벗어날 수가 없기 때문인지도 모르겠습니다. 둘째 이유는 뭐니 뭐니 해

도 게으름 탓이겠지요. 사람이란 눈앞의 일상에 자신도 모르는 사이에 길들여지는 속성을 지니고 있어서 그 일상 바깥의 일엔 흔히 게을러지기 쉬운 습성을 가지고 있으니까요. 앞의 이유는 따라서 그러한 게으름을 자가 변명하기 위한 한갓 핑계에 지나지 않는지도 모르겠습니다. 이런 솔직한(아니 뻔뻔함이겠지요) 얘기까지 쓸 수 있다는 것이 이화 씨를 알고 있다는 저의 자랑인 동시에 고통이라고 할 수 있겠습니다.

그러나 지금 제가 이화 씨에게 편지를 쓰고 있는 것은 그런 이유들이 없어져서가 아닙니다. 다만 저로서도 이화 씨를 조금이나마 도울 수 있다고 생각된 일 한 가지가 있어서입니다. 그리고 그건 제가 이화 씨의 안부와 근황을 알 수 있는 정보 매체를 발견했다는 사실과도 무관하지 않습니다.

그 정보 매체는 최근에 저희 부대로 배달돼 온 위문품들 속에 끼여 있었습니다. 이화 씨가 글을 쓰고 있는 잡지의 묵은 호가 그 위문품들 속에 끼여 있었지요. 거기서 이화 씨의 글을 발견하고 전 비로소 이화 씨가 잡지사에 나가고 있다는 걸 알 수 있었습니다. 이화 씨가 쓴 글은 ㄱ공단의 여공들 실태에 관한 것이었는데 전 반가움과 설렘 속에 그 글을 단숨에 읽었습니다. 그리고 곧 개인적인 친분을 떠나서도 도저히 지울 수 없는 감명을 그 글에서 받았습니다. 저는 바로 외출 허가를 얻어서 부대로부터 멀리 떨어져 있는 읍까지 나가 서점을 찾았습니다. 그리고 거기서 같은 잡지의 최근호를 펼쳐 보았지요. 역시 거기에도 이화 씨의 글은 있었습니다. 서점에 선 채로 단숨에 읽었지요. 어느 빈민구호단체를 찾은 글이었습니다.

그때 제 머리에 떠오른 것이 김광준이란 친구였습니다. 이 친구도 이화 씨가 한번 방문해 봄 직한 친구가 아닐까 하는 생각 때문이었습니다. 간단히 소개하면 다음과 같습니다. 직업은 무료 이발소 소장 겸 천막학교 교장. 나이는 젊습니다. 군에 오기 전에는 ㅊ동에선가 같은 일을 한 것으로 알고 있는데 지금은 ㅁ동에서 같은 일을 하고 있다고 듣고 있습니다. 한마디로 무서운 친구라고 할 수 있겠습니다. 저하곤 같은 부대에서 근무하던 고참병이었는데 제가 군대에서 사귄 친구로는 유일하게 존경하던 친구였습니다.

광준이 수환과 같은 부대에 근무했었다는 사실은 이화에게는 뜻밖의 일이 아닐 수 없었다. 왜냐하면 그것은 미처 생각도 못 해 봤던 일이었기 때문이다.

그리고 그가 ㅁ동 이전에 ㅊ동에서도 같은 일을 했다는 사실 역시 그녀로서는 처음 듣는 얘기였다.

이튿날 저녁 그를 만났을 때 이화는 수환의 얘기부터 물었다.

"광준 형 혹시 오수환 씨라고 아세요?"

그러자 그는 영문도 모르겠다는 표정을 지었다.

"아니, 이화 형이 어떻게 오수환이 이름을 알지?"

"아세요? 모르세요?"

"그 친구를 내가 왜 몰라요? 나하고 한 부대에 있던 친군데. 아마 아직 제대 못 했을걸. 그런데 이화 형은 도대체 그 친굴 어떻게 알아요?"

"전 광준 형을 알기 훨씬 전부터 수환 씰 알고 있는걸요."

"그래요? 그런데 나하고 그 친구하고 서로 아는 사이라는 건 또 어떻게 알았고?"

"궁금하세요?"

"글쎄, 궁금할밖에. 나타나자마자 갑자기 그 친구 얘기부터 물으니."

"사실은 어제 수환 씨한테서 편지가 왔거든요. 글쎄 제가 광준 형의 조수가 된 줄은 모르고 절더러 광준 형 취재를 해 보라는 거예요. 제가 잡지사에서 그런 일을 맡고 있다는 걸 알고서는요."

"그 친구하고 그럼 편지까지 주고받을 정도로 가까운 사이란 말이오?"

"광준 형도 뜻밖이시죠? 저도 광준 형하고 수환 씨하고 같은 부대에 근무했었다는 걸 알고 얼마나 재밌어했는지 몰라요. 인연이란 참 신기한 거로구나 하고. 진작 알았으면 제가 광준 형 조수가 되는 일은 훨씬 수월했을 거 아녜요?"

"그래 그 친구가 편지에다 뭐라고 했습니까?"

"광준 형을 무서운 사람이라고 그랬더군요. 자기가 군대에서 사귄 친구 가운데는 유일하게 존경하던 친구였다구요."

"별 우스운 친구 같으니라구. 존경은 무슨. 내가 몽둥이찜질을 안 했대서 그러나."

"어마, 그럼 같은 사병끼리 때리기도 하나요?"

"옛날얘기요. 그건 그렇고, 그 친구 그래 잘 있다고 합디까?"

"자기 안부는 하나도 안 썼어요. 광준 형 얘기만 하고. 참, 광준 형 여기 오시기 전에도, 그러니까 군대 가시기 전에도 ㅊ동에선가 여기 비슷한 일을 하셨다면서요?"

"그 친구가 그런 얘기도 썼습디까? 못된 친구 같으니라구. 학교 졸업하고 조금 해 보다 그만둔 걸 가지고 그러는 거요."

"왜 그땐 조금 해 보다 그만두셨어요?"

그러자 그는 잠시 표정이 굳어졌다. 무언가 돌이키기 싫은 생각을 하고 있는 표정이었다.

"……자의는 아니었소. ㅊ동 일대가 모두 철거를 당하는 바람에 그만두게 된 거요. 자, 그건 그렇고."

그리고 그는 짐짓 얼굴을 펴서 부러 장난스런 표정을 지었다.

"수환이란 친구, 그런데 혹시 없다던 이화 형 애인 아니오?"

이화는 천연스레 대답했다.

"네, 애인이에요."

그리고 그녀는 그가 미처 반문할 사이를 주지 않고 덧붙였다.

"수환 씨도 물론 우리나라 남자니까요."

그러자 그는 자기가 그만 깜빡 잊었었다는 표정을 지었다.

"아, 참 이화 형은 우리나라 남자 모두를 애인으로 생각한댔지, 난 또 정말 애인이라는 줄 알고 가슴이 뜨끔했소."

"어마, 그건 어째서요?"

"그야 물론 모처럼 테러는 면한 걸로 알고 있다가 느닷없이 아는 친구한테 당하게 됐구나 싶어서지 뭐겠소? 그것도 그야말로 군대에서 사귄 유일하게 쓸 만한 친구한테."

"어마, 또 그 테러 얘기."

"하하, 이젠 식상했소?"

"자꾸 들으니까 어쩐지 실감이 안 나요."

"하하, 내가 빈말을 하고 있는 것 같다 이 말이오? 하긴 그 친구가 설사 이화 형 애인이라 하더라도 나한테 설마 테러야 못 할 테지. 그러나 어쨌든 다행이오. 그 친구나 나나 별 다름없는 처지라는 게 확인됐으니."

"어마, 그건 또 무슨 소리예요?"

"요컨대 그 친구가 이화 형의 애인이 아니라는 사실이 다행이란 얘기요."

"그게 어째서 광준 형한테 다행이에요?"

"그렇게 물으면 갑자기 대답할 말이 없잖소? 테러 얘길 또 써먹을 수도 없게 됐고. 하지만 어쨌든 이화 형처럼 예쁜 아가씨한테 애인이 없길 바라는 건 남자들의 공통된 심리 아니겠소?"

"어마, 결국 절 놀리시느라고 그러셨군요?"

"아니 가만, 이렇게 대답하면 되겠군. 즉 그 친구가 이화 형의 애인이 아니라는 사실, 다시 말해서 그 친구나 나나 별다를 게 없는 처지라는 사실은 바꾸어 말하면 아까 이화 형이 그 친구를 애인이라고 말한 뜻에서는 나도 이화 형의 애인이 된다, 그런 의미에서 다행이다, 아니 영광이다……."

"순 궤변이에요. 그리고 그것도 결국 절 놀리시는 게 아니고 뭐예요?"

"하하, 자, 아무튼 그쯤 해 둡시다. 더 얘기해 봐야 다람쥐 흉내 내는 꼴밖에 안 되겠소. 어떻든 내가 이화 형의 애인이라는 사실이 노출됐다는 점만 기억하기로 하고."

"어마?"

"왜, 이의 있소? 아까 수환이 그 친군 애인이라고 하지 않았소? 나도 분명 대한민국 국적을 가진 사람이오. 더구나 혈통도 분명한 김씨인 데다가."

"광준 형답지 않아요. 순 말재간만 부리시고."

"하하, 왜 이 김광준은 말재간도 좀 부리지 못하란 법 있소?"

"몰라요."

"자, 아이들이 올 시간이오. 슬슬 준비합시다."

"네, 그래요."

그녀는 곧 그를 도와서, 이발하고 간 아이들이 남긴 머리카락 따위도 쓸고 이발기구도 챙기고 비뚤어진 걸상 따위도 바로 놓고 하였다.

얼마 안 있어 아이들은 오기 시작했다. 오늘은 첫째 시간이 그의 영어시간이었고 다음 시간이 그녀의 국어시간이었다. 시간이 되자 그는 곧 아무 일도 없었던 듯 수업에 들어갔다.

수업이 끝난 것은 그리고 9시가 넘어서였다.

아이들이 모두 돌아가고 두 사람만이 남았을 때 그가 말했다.

"아, 배고픈데. 이화 형은 시장하지 않소?"

그리고 그는 배를 어루만지는 시늉을 하며 이화를 쳐다보았다. 이화는 배시시 웃으며 대꾸했다.

"전 배고프지 않아요. 배고프면 또 이따 집에 가서 먹으면 되구요."

그러자 그는 실망한 표정을 지었다.

"그럼 나 혼자 해결하는 수밖에 없나. 이화 형도 같은 사정이면 라면이나 좀 끓여 달라고 부탁을 하렸더니."

"어마, 그럼 그렇게 말씀을 하시죠. 제가 끓여 드릴게요."

"아니오. 나 혼자 먹자고 끓여 달래고 싶진 않소."

"저도 먹을게요, 그럼."

"이화 형은 시장하지 않다고 하지 않았소?"

"배고프지 않다고 라면 한 그릇 못 먹을라구요, 뭐. 라면 얘길 들으니까 또 왠지 배가 고파진 것 같기도 하구요."

"정말이오?"

"네, 정말이에요. 끓일까요?"

"그럼 끓여 주겠소?"

"네, 끓일게요. 잠깐만 기다리세요."

이화는 곧 취사도구들이 놓여 있는 쪽으로 다가가 라면 두 개를 찾아서 끓이기 시작했다. 라면은 얼마 안 가서 끓여졌다. 그들은 언젠가처럼 라면 그릇을 걸상 위에 올려놓고 마주 걸터앉아서 먹기 시작했다. 그가 라면 가닥을 젓가락으로 집어 입으로 가져가면서 말했다.

"아, 이거 라면 맛이 라면 맛이 아니라 꿀맛이겠는데."

"어마, 라면 맛이 라면 맛이 아니고 꿀맛이면 어떡해요? 라면은 라면 맛이어야죠."

"아 참, 그렇지. 하지만 플러스 알파라는 게 있지 않소? 같은 음식을 끓여도 솜씨에 따라 맛이 변한다는 얘기 몰라요?"

"언젠가 라면을 솜씨가 따로 필요 없는 요리라고 하신 건 누군데요?"

"아, 또 그랬던가, 아무튼 그러나 보통 맛은 아닐 거요. 마음씨 착한 여자는 음식 맛도 훌륭한 법이라니까."

"그만 놀리시고 어서 드시기나 하세요. 그러다 다 식겠어요."

"식더라도 어디 끓인 사람의 정성까지야 식겠소?"

"어마, 또."

"하하, 자 그럼 맛있게 먹겠소, 이화 형도 어서 들어요."

"네."

그는 곧 라면 한 그릇을 게 눈 감추듯 다 먹어 치웠다. 그리고 국물까지를 맛있게 들이마신 다음 이화를 건너다보았다.

"그거 다 들 자신 있소?"

"어마, 왜요?"

"다 못 들겠으면 내가 좀 거들어 줄 수도 있소."

"어마, 은근히 욕심쟁이신가 봐요. 하지만 제가 먹던 건데 어떡해요?"

"무슨 상관있소. 자, 이화 형은 집에 가서 또 식사하면 되니까 내가 좀 나눠 가야겠소."

그리고 그는 자기의 빈 그릇에다 이화가 먹던 라면을 크게 한 젓가락 덜어 갔다. 그러고 나서 말했다.

"라면 맛이 어떻게나 꿀맛 같은지 이런 줄 알았으면 왜 진작 좀 부탁을 못 했을까 하고 후회가 될 지경이오."

이화는 웃었다.

"무척 시장하셨나 봐요. 아무튼 정 그러시다면 앞으론 그럼 매일 저녁 끓여 드리고 갈게요. 하지만 남이 먹던 걸 그렇게 가져가는 법이 어딨어요?"

"거듭 말하지만 그야 무슨 상관이오. 더군다나 우린 애인 사이인데."

"어마?"

"왜, 부인하고 싶소? 하지만 이화 형 자신의 입으로 말한 사실을 부인할 수야 없지 않겠소. 이화 형 자신의 입으로 명백히 우리나라 남자 모두를 애인으로 생각한댔으니까. 물론 나는 엄연한 대한민국 남자이고."

"어마, 그럼 우리나라 남자면 모두 제가 먹던 음식을 뺏어 가도 되겠네요?"

"논리상으론 그렇다고 할 수밖에. 단 그 실제의 특전을 누릴 수 있는 건 이렇게 이화 형하고 함께 음식 먹는 자리를 같이할 기회를 가진 사람에 한하지만."

"아이 몰라요. 어서 드시기나 하세요, 그럼. 설거지해 놓고 빨리 가게요."

"설거지까지 해 주겠소? 그렇다면 어서 먹어야지. 자, 이화 형도 어서 마저 들어요."

그리고 그는 이화의 그릇에서 가져간 라면을 거의 숨도 안 쉬고 후딱 먹어 치웠다. 이화도 그릇에 얼마 안 남은 라면을 마저 비웠다. 그리고 대강 설거지를 마치고 났을 때 그가 말했다.

"아, 이거 오늘은 호강을 한 기분인걸. 마치 가정이라도 생긴 것 같은 기분이군."

그때 이화는 문득 농담의 억양을 하고 있는 그의 말투 뒤에 숨겨진 어떤 그리움의 그림자 비슷한 것을 본 듯했다. 무어라고 할까. 오랫동안 집을 떠나서 살아온 남자의 어떤 쓸쓸한 그림자 같은 것이라고나 할까. 물론 순간적인 느낌이었다. 그리고 잘못된 느낌일는지도 몰랐다. 그는 대신 아이들과 교실을 갖고 있으니까.

그러나 일단 그런 느낌이 들자 그것은 금방 지워지지 않았다. 그의 모습이 여느 때와 다르게 몹시 외로워 보이는 걸 어쩔 수가 없었다. 그는 지금 분명 쾌활한 표정으로 농담을 하고 있음에도 불구하고.

그녀는 조용히 웃으며 말했다.

"광준 형도 틀림없이 욕심쟁이신가 봐요. 도토리 이발소에다 교실까지 갖고 계시면서 가정까지 바라시는 걸 보면."

그러자 그는 펄쩍 뛰는 시늉을 했다.

"아, 난 가정을 바란다고는 하지 않았소. 다만 오늘 저녁 이화 형 덕분에 가정 같은 분위기를 다 맛보고 호강한 기분이라고 했지."

"그게 결국은 가정을 바라는 게 아니고 뭐예요?"

"아, 천만에. 난 단지 이화 형하고 같이 있는 시간이 즐겁다는 뜻으로 그렇게 말한 것뿐이오."

"정말 저하고 같이 있는 시간이 즐거우세요?"

"물론. 이화 형은 내 애인이니까."

"그럼 저 오늘 여기서 광준 형하고 함께 있어도 되나요?"

그는 일순 표정이 굳어졌다. 그리고 갑자기 벙어리라도 된 듯 입을 다물었다. 미처 그로서는 예상하지 못한 질문이었던 모양이었다.

이화는 재차 물었다.

"네? 그래도 되나요?"

그러자 그는 어젯밤 같은 강한 시선으로 그녀를 바라보았다. 마치 이쪽의 가슴속까지 와 닿는 듯한.

그리고 천천히 입을 열었다.

"내가 그래 주길 바라는 것 같소?"

"저하고 함께 있는 시간이 즐겁다고 하셨잖아요?"

"이화 형은 나를 믿소?"

"그럼 그게 거짓말이세요?"

"아니, 그런 뜻이 아니라 내 행동을 믿느냔 말이오."

"절 설마 죽이시기야 하겠어요?"

"농담이 아니오. 내가 어떤 행동을 할지 모르는데 날 믿겠느냔 말이오."

"어떤 행동을 하셔도 좋아요. 광준 형 스스로가 자기 자신을 믿는다면요."

순간 그녀는 그가 자기 쪽으로 한 발짝 성큼 다가서는 것을 느꼈다.

그리고 자신의 몸이 그의 가슴속으로 힘차게 휩쓸려 안기는 것을 느꼈다. 그의 입김이 이마 위에 느껴졌다. 그리고 자기를 안은 그의 팔의 강한 힘이 느껴졌다.

그의 몸이 한순간 부르르 전율하는 듯했다. 그리고 그의 입술이 그녀의 입술 위에 겹쳐졌다. 뜨겁고 마른 입술이었다. 그녀는 다소곳이 그의 입술을 받았다.

그가 곧 그녀의 입술을 열었다. 그리고 목마른 듯한 그의 혀가 그녀의 혀에 닿았다. 그녀는 다소곳이 그의 혀를 맞아 주었다.

그의 몸은 차차 불덩이처럼 뜨거워 갔다. 그녀는 그 뜨거움이 자신을 갈망하는 것임을 알 수 있었다.

오랜 입맞춤 후 그들은 그의 간이침대로 갔다. 그가 말없이 그녀의 옷을 벗겼다. 그리고 잠시 후 그의 맨몸이 그녀의 몸에 닿았다.

뜨겁고 억센 몸이었다. 그녀는 커다란 슬픔이라도 껴안듯 그의 몸을 안았다. 한순간 석기의 모습이 떠올랐다. 이어 수환과 허민의 모습도 떠올랐다. 그리고 안세혁의 모습도 떠올랐다.

한결같이 슬픈 몸짓들을 하고 있는 모습이었다. 그녀는 그 모든 사람들을 껴안듯 그의 몸을 껴안았다.

그의 몸이 그녀의 몸 안으로 들어왔다. 동시에 커다란 슬픔의 물결도 그녀의 몸 안으로 들어왔다. 그가 서럽게 움직이고 있었다. 마치 끝없는 되풀이의 파도처럼. 그리고 한순간 그 파도가 높은 바위에 부딪쳐 공중에 머무는 순간 그녀의 몸은 마침내 슬픔으로 가득 찼다.

그의 몸이 조용히 그녀의 몸 위에 머물렀다. 그리고 그녀의 슬픔을 어루만지듯 가만히 그녀의 귓불에 입 맞추었다. 조용하고 잔잔한 파도 같은 입맞춤이었다.

그녀가 가만히 말했다.

"……이런 행동 하고 나심 후회 안 되세요?"

그가 나직이 대꾸했다.

"부끄럽지, 물론. 하지만 오늘은 조금도 부끄럽지 않아요."

"왜요?"

"글쎄, 왜 그런지 모르겠군. 뭐라고 할까. 이화 형은 사람을 부끄럽지 않게 하는 이상한 힘이 있는 것 같다고 할까."

그날 밤 이화는 그곳에서 잤다.

그가 그녀를 위해 침대를 양보해 주었고 자기는 걸상 몇 개를 이어 붙여 따로 잠자리를 만들었다. 그리고 각기 잘 채비에 들어가기 전에 그가 말했다.

"불편해서 잠이 제대로 올까. 이화 형은 이런 불편한 잠자리는 처음일 텐데."

이화는 조용히 웃으면서 대꾸했다.

"전 괜찮지만 광준 형이 불편하시겠어요. 저 때문에 침대도 빼앗기시고."

"침대라야 그게 어디 침대 같은 침대여야지. 땅바닥에서 자는 것만 면한다는 점에선 거기나 여기나 마찬가진걸."

"그래도 어쨌든 저 때문에 잠자리를 빼앗기신 것만은 틀림없잖아요?"

"그보단 이화 형이 나 때문에 편안한 잠자릴 놔두고 여기서 이런 불편한 잠자릴 감수하게 됐다는 사실을 더 중시해야지."

"전 별로 불편한 줄 모르겠는걸요."

"정말이오? 그렇다면 그에서 더 다행한 일은 없지만. 나도 여기서 자는 게 조금도 불편할 건 없소. 가능하다면 오히려 매일 이렇게 자게 됐으면 좋겠소."

"어마, 그건 저더러 매일 여기서 자라는 뜻 아녜요?"

"가능하다면이라고 말했소. 즉 내 희망사항일 뿐이오."

"저더런 방금 잠자리가 불편할 거라고 하시구서요?"

"한데 이화 형은 그 잠자릴 불편한 줄 모르겠다고 하지 않았소."

"그럼 저 매일 여기서 잘까요?"

"가능하지 않은 일일 거요."

"어째서요?"

"우선 집에다가 뭐라고 하겠소? 방범대원으로 취직했다고 하겠소?"

"여자 방범대원도 있나요?"

"그러니 말이오. 나한테 시집을 오기 전엔 불가능한 일일 거요. 나한테 시집오겠소?"

"어마, 저 시집은 안 가요."

"그건 또 무슨 말이오?"

"광준 형한테만이 아니라 누구한테도 전 시집은 안 가요."

"글쎄, 그게 무슨 소리요?"

"여자는 누구나 다 시집을 가야만 하는 건가요, 뭐? 시집 안 가고 살 수도 있죠."

"별 해괴한 소리 다 듣는군. 시집을 안 가다니, 이화 형처럼 예쁘고 또 과년한 처녀가."

"차차 아시게 될 거예요. 하지만 전 아무튼 시집은 안 가요. 아무한테두요. 물론 광준 형한테두요."

"혹시 잊지 못할 첫사랑의 애인이라도 있는 거 아뇨?"

"절대로 그런 뜻에선 아녜요. 차차 아시게 될 테지만. 하지만 광준 형이 원하신다면 매일 여기서 잘 순 있어요. 식사도 지어 드리고 빨래도 해 드릴 수 있어요."

"도시 뭐가 뭔지 알 수가 없군. 그러나 어쨌든 지금 말한 것들을 다 해 주려면 잡지사 나가기도 어려워질 텐데."

"정 양쪽 일을 다 하기가 어려우면 잡지사는 그만두죠, 뭐."

"집에다가는 그럼 뭐라고 하구?"

"독립하겠다고 하죠. 따로 나가서 지내 보겠다고요. 모든 걸 사실대로 말씀드리구요."

그녀는 정색하고 말했다.

"글쎄, 그게 잘될까?"

하고 그는 반신반의하는 표정이었으나 미상불 바라지 않는 바는 아니라는 듯,

"아무튼 그럼 나는 그렇게 해 주길 바란다고 해 두겠소."

했다.

이튿날 아침 잡지사에 출근한 이화는 박양희에게 말했다.

"언니, 나 여기 그만둘까 해요."

박양희는 깜짝 놀라 영문을 모르겠다는 표정을 지었다.

"아니, 그게 갑자기 무슨 소리지?"

이화는 미안한 표정으로 말했다.

"미안해요, 언니. 부장님한테 말씀 좀 해 주실래요?"

"글쎄, 그게 갑자기 무슨 소리야?"

"그럴 사정이 생겼어요. 잡지사 일을 더 계속해서 하기가 어려운."

"가만, 이화 혹시 시집가게 된 거 아냐?"

"아녜요. 저 시집 안 간다는 건 아시잖아요?"

"그럼 왜 그래? 설마 어디서 스카웃의 손길이 뻗친 것도 아닐 테고. 설사 그런 일이 있다 해도 이화가 의리 없이 굴 사람은 아닌데."

"저, 김광준 씨를 돕기로 했어요."

"그 친군 벌써부터 돕고 있잖아?"

"더 돕고 싶어서요."

"더 돕다니? 아주 그 친구하고 같이 기거라도 하겠단 말야?"

"네."

"뭐라구? 그럼 정말 그 친구하고 같이 지내겠단 말야?"

"네."

"이런 세상에. 그 친구가 그래 그런 뻔뻔한 부탁을 해?"

"부탁을 들어서가 아니라 제가 자청한 거예요."

"아니, 왜?"

"제가 돕고 싶어서요. 제 도움이 필요한 사람이에요."

"그렇더라도 그렇지. 잡지사를 그만두면서까지 도울 게 뭐가 있다고 그래?"

"많아요. 그 사람 혼자서 하고 있는 일이 너무 많아요. 제가 조금이라도 짐을 덜어 주려면 잡지사는 그만두는 수밖에 없을 것 같아요."

"가만, 이화 혹시 그 친구한테 단단히 반한 거 아냐? 그렇다면 내가 괜히 그 친굴 취재하라고 권해서 사람 하날 놓치는 셈이게?"

"반하긴, 언니도. 하지만 좋은 사람임엔 틀림없어요."

"그게 결국 반했다는 얘기가 아니고 뭐야? 아무튼 정 그렇다면 하는 수 없지 뭐. 고삐를 매 둘 수도 없는 일이고. 하지만 서운해서 어떡하지?"

"서운하긴요, 제가 뭐 외국에 이민이라도 가나요?"

"그래, 하긴. 그럼 아무튼 사표나 써 봐. 내가 부장한테 얘긴 해 볼 테니."

"네, 언니가 얘기 좀 해 주세요."

이화는 곧 사표를 썼다. 그리고 박양희와 함께 편집장의 테이블로 갔다. 박양희가, 집안 사정으로 이화가 잡지사를 그만두겠단다고 말하자 편집장은 매우 서운한 태도로 사표를 받았다. 그리고 사정이 괜찮아지면 다시 나와 달라고 말했다.

이화는 잡지사에서 나와 곧장 집으로 향했다. 대문을 열어 준 어머니가 깜짝 놀랐다.

"이렇게 일찍 웬일이니? 지난밤엔 어디서 잤구?"

이화는 열린 대문 안으로 들어서며 가볍게 대꾸했다.

"나 오늘부터 잡지사 그만뒀어요, 엄마."

어머니는 다시 한번 어리둥절한 표정을 지었다.

"뭐라구? 그게 정말이냐?"

"정말이에요, 엄마. 왜, 걱정되우?"

"걱정될 건 없다만 별안간 밑도 끝도 없이 잡지살 그만뒀다니 말이다. 잡지사에서 무슨 일이라도 있었니? 누구하고 혹 다투기라도 했니?"

"다투긴, 엄마. 아무 일도 없었어요."

"그럼 왜 별안간?"

"방으로 들어가서 얘기해요, 엄마."

그리고 그녀는 대문을 닫고 어머니의 팔을 가볍게 잡은 채 안방으로 들어갔다. 어머니는 여전히 영문을 모르겠다는 표정으로 따라 들어왔다.

어머니와 안에 마주 앉았을 때 그녀는 다소곳이 말했다.

"나 직장을 바꿔 보려고 그래요, 엄마. 실은 그래서 잡지사 그만뒀어요."

"직장을 바꾸다니? 그건 또 별안간 무슨 소리냐? 하긴 그 잡지사 일이라는 게 너무 고된 것 같긴 하더라만……. 어디, 딴 좋은 직장이라도 나섰단 말이냐?"

"네, 좋은 직장이에요, 엄마. 그 대신 월급은 안 주는 직장이에요."

"좋은 직장이라면서 월급을 안 주는 직장이 또 어디 있니?"

"그 대신 밥도 먹여 주고 잠도 재워 주는 직장이에요."

"아니, 그건 또 무슨 소리냐? 오늘은 도통 알아들을 수 없는 소리만 하는구나, 어디 가정부로라도 들어가겠단 말이냐?"

"그 비슷하다고 할 수 있어요, 엄마."

"뭐라구? 가만, 너 시집가려구 그러는 모양이로구나, 어디 괜찮은 신랑감이라도 나섰니?"

"엄마는? 나 시집 안 간다는 거 엄마 잘 아시잖아요."

"시집을 안 가긴. 그래 그건 아무래도 좋다 치고, 그럼 정말 가정부로라도 들어가겠단 말이냐? 그 비슷하다고 할 수 있다니?"

"밥도 짓고 빨래도 해야 하니까 가정부 비슷하다고 할 수 있어요. 그리고 거기서 대부분 먹고 자고 해야 하니까요."

"거기라는 데가 도대체 어디길래 그런 직장이 다 있단 말이냐? 게다가 월급도 안 준다면서. 그리고 그런 곳이 또 어째서 좋은 직장이란 말이냐? 속시원히 얘기나 좀 들어 보자꾸나."

"얘기하면 보내 줄래요, 엄마?"

"보내 주고 안 보내 주고는 둘째치고 또 그건 내 마음대로 결정할 수 있는 문제도 아니다만, 우선 얘기나 좀 시원스레 해 보려무나. 어떤 직장이 그런 직장이 세상에 다 있는지."

이화는 조금 망설이고 나서 거의 사실대로를 전부 얘기하였다. 최근 한 달 동안 매일 늦은 이유도 실은 그 때문이며 지난밤에 자고 온 곳도 그곳이라는 것까지. 그러나 물론 김광준과 잠자리를 함께했었다는 얘기는 하지 않았다. 그것을 어머니에게 납득시키기란 여간 어려운 일이 아니겠기 때문이었다.

애기를 다 듣고 난 어머니는 한동안 어이가 없다는 표정으로 그녀의 얼굴을 쳐다보았다. 그리고 기가 막힌다는 듯이 말했다.

"모르겠다, 난. 이따 아버지 돌아오시거든 말해 보렴."

그날 저녁 그녀의 집에서는 지난해 여름 이래 처음으로 다시 가족회의가 열렸다. 그녀는 광준의 천막에는 하루만 결근하기로 하고 가족회의에 참석하였다.

먼저 그녀가 김광준의 천막교실과 이발소에 대한 자세한 설명부터 하였다. 그리고 지난 한 달 동안 그곳에 다니며 조금씩 도와 왔다는 사실과 앞으로는 좀 더 적극적으로 돕기 위해 그곳에서 숙식까지 하고 싶다는 희망까지 모두 얘기하였다.

제일 먼저 반대를 하고 나선 것은 동식이었다.

"그건 말도 안 돼. 누나가 그 사람하고 결혼을 하겠다면 또 모르지만 단순히 그 사람의 일을 돕기 위해서라는 이유만으로 동거를 하다시피 하겠다는 건 말도 안 된다구. 상식적으로 판단해서 그게 될 법이나 한 소리야?"

어머니도 동식을 거들었다.

"나도 그건 동식이 말이 옳다고 생각한다. 그런 일이 세상에 또 어디 있니?"

이화는 동식을 바라보며 말했다.

"넌 뭐가 상식적으로 판단해서 안 된단 말이니? 상식이란 세상 사람들이 모두 고개를 끄덕이는 것만 가지고 상식이랄 수는 없어. 사람이 자기의 정직한 양심을 가지고 판단해서 옳다고, 또는 할 만하다고 생각하는 일을 하면 그건 상식에 어긋나는 일이라고 할 수가 없는 거야. 오히려 다른 사람들이 고개를 끄덕여 주지 않을까 봐 자기가 옳다고 믿는 일을 하지 못할 때 그게 상식을 갖추지 못한 사람의 태돌 거야. 난 지금 내 도움이 가장 필요한 사람을 도우려는 것뿐이야."

"누가 누나더러 그 사람을 돕지 말랬어? 돕는 방법이 문제라는 거지. 반드시 동거를 하다시피 해야만 그 사람을 도울 수 있는 건 아니잖아?"

"그 사람은 지금 혼자서 너무 많은 일을 하고 있어. 한 사람의 힘으론 도저히 감당할 수 없을 정도로. 물론 전엔 혼자서도 해 왔지. 하지만 혼자서도 해 나갈 수 있다고 해서 뻔히 혼자 감당하기엔 힘겨운 줄 알면서 여지껏 혼자 해 왔으니 앞으로도 혼자서 해 보라고 못 본 체할 수는 없어. 또 본래 당신 혼자서 하던 일이니 나는 조금만 도와도 될 게 아니냐는 식으로 생각할 수도 없고. 또 그런 사람 혼자서만 책임질 일이 아니란 말야. 우리 모두의 공동 책임이지. 내가 숙식을 같이하다시피 하면서 도와도 사실은 난 그 사람이 하는 일의 3분지 1도 덜어 주지 못하는 거야. 단지 내 최선을 다해서 돕고 싶다는 것뿐이지."

그때 묵묵히 듣고만 있던 아버지가 입을 열었다.

"네 생각은 충분히 알겠다. 허지만 숙식까지 하겠다는 덴 아무래도 문제가 좀 있는 것 같구나. 정 네 생각이 그렇다면 밤늦게라도 집에 돌아왔다가 새벽 일찍 다시 갈 수도 있지 않겠니?"

"아버지 말씀하시는 뜻 알겠어요. 남녀가 잠을 한곳에서 잔다는 사실이 염려스러우신 거죠? 그건 걱정 안 하셔도 돼요. 그 사람이나 저나 자기 행동에 책임을 질 만한 분별은 있으니까요. 그리고 저 이번 기회에 식구들하고 한번 떨어져 있어 보고 싶어요. 다시 말해서 독립을 한번 해 보고 싶어요, 아버지."

그리고 그녀는 덧붙였다.

"어차피 저 시집을 보내시게 되더라도 식구들하고 떨어져 살게 되잖아요? 시집 보내신 셈 치시면 되죠, 뭐."

그러자 어머니가 별 망측한 소리 다 듣겠다는 표정으로 말했다.

"그건 원 당치도 않은 소리다. 시집은 갈 생각도 않는 처녀앨 시집 보낸 셈을 치다니. 그리고 여자애가 독립은 다 무슨 독립이냐?"

"엄마도. 시집 보내긴 어렵지만 시집 보낸 셈 치는 거야 뭐가 어려워요? 그리고 독립은 왜 남자들만 하라는 법이 있어요? 남자나 여자나 마찬가지죠. 공부시켜서 다 키웠으면 누구나 독립할 수도 있고 또 독립을 해야죠."

그때 동식이 끼어들었다.

"누나 언제부터 여성운동가가 됐어?"

"여성운동가가 돼서가 아니야. 사람은 누구나 일정한 성장을 마치면 독립할 권리와 의무가 있다는 거지. 남녀에 상관없이 말이야."

"결국 여성운동가들 얘기하고 비슷한 얘기 아냐?"

"난 특별히 여성을 내세워서 하는 얘기가 아냐. 사람이면 누구나 공유하는 사실에 대해 말한 것뿐이지. 밥은 남자도 먹고 여자도 먹지 않니? 그런 얘기야."

"그게 바로 요즘 여성운동가 얘기라구."

"그렇다면 아무래도 좋아."

그때 아버지가 침울한 표정으로 다시 입을 열었다.

"어떻든 이번 일만은 아무래도 찬성을 할 수가 없구나."

이화는 긴장해서 물었다.

"왜요? 아버지."

"글쎄, 나도 확실한 이유는 모르겠다. 하지만 마음속에서 허락이 내리지 않는다. 논리적으론 네 얘기가 모두 옳은 것 같지만 그걸 마음이 납득하질 않는구나."

"그건 아버지 마음이 아직 닫혀 있기 때문일 거예요. 어딘가 열려 있지 않은 부분이 있어서일 거예요."

"글쎄, 그럴는지도 모르지. 하지만 이번 일만은 아무래도 선뜻 찬성할 수가 없구나. 도무지 마음이 납득하려 들질 않아."

어머니도 말했다.

"나도 반대다. 나도 이번 일만은 도저히 찬성 못 하겠다."

동식이도 분명한 어조로 말했다.

"나도 반대야, 누나. 난 관습도 중요한 거라고 생각해. 그렇게 쉽게 무너뜨릴 수 있는 거라곤 생각하지 않아. 오늘 얘긴 누나가 철회하는 게 좋을 것 같아."

이화는 잠시 입을 다물고 있었다. 식구들을 설득할 수 있는 힘이 자기에게 모자란다고 느껴졌다. 외로움 비슷한 감정이 엄습해 왔다.

식구들이 한순간 모두 멀고 먼 타인들처럼 여겨졌다.

그러나 그 일을 포기할 순 없다. 그녀가 만일 그 일을 포기한다면 그는 너무도 실망할 것이다. 처음부터 친구가 없는 외로움과 눈앞에 있던 친구가 없어진 뒤에 오는 외로움은 결코 그 정도에 있어 비교가 되지 않을 것이다.

그녀는 한동안 입술을 깨물고 있다가 말하였다.

"……저 그만 제 방으로 가 보겠어요. 그리고 다시 한번 생각해 보겠어요. 하지만 저 이번에 어쩐지 엄마 아버지 의견을 거역하게 될 것만 같아요."

그리고 그녀는 일어섰다. 왠지 눈물이 쏟아져 나올 것만 같아 입술을 꼭 깨물지 않으면 안 되었다.

식구들은 잠시 당황한 표정으로 그녀를 쳐다보았다. 그리고 그녀가 제 방 쪽을 향해 돌아섰을 때 등 뒤에서 곧 아버지의 음성이 부드럽게 들려왔다.

"아무튼 다시 한번 생각해 보렴."

"네, 아버지."

그녀는 돌아선 채 손으로 입을 막다시피 하고 그렇게 대답하였다. 자칫 울음이 새어 나갈 것 같은 위험을 느꼈기 때문이었다. 그리고 그녀는 곧 빠른 걸음으로 제 방으로 향했다.

제 방으로 돌아와 문을 닫고 선 그녀는 뺨 위로 눈물 한 방울이 굴러떨어지는 것을 느꼈다. 그러나 그녀는 얼른 손을 가져다가 그것을 닦았다. 그리고 책상머리로 다가가 의자에 앉지도 않은 채 잠시 서 있었다.

무언가 뛰어넘을 수 없는 벽 앞에 선 듯한 느낌이었다. 그러나 뛰어넘지 않으면 안 될 벽이었다. 알 수 없는 슬픔이 다시 전신으로 퍼져 갔다. 그 벽을 뛰어넘기엔 자신의 키가 너무 작은 것 같은 느낌이 들었다.

그때 방문이 열리면서 어머니가 들어오는 기척이 느껴졌다. 그리고 곧 어머니의 목소리가 등 뒤에서 났다.

"아니, 너 울고 있는 거 아니냐?"

이화는 재빨리 표정을 수습했다. 그리고 어머니 쪽을 돌아보았다. 되도록 아무렇지 않게 보이려고 애쓰면서.

"오, 울고 있는 건 아니었구나. 난 또 그렇게 돌아서 있길래 울고 있는 줄만 알았지. ……오늘 얘긴 없었던 걸로 하고 그만 일찍 자거라."

"……네, 엄마. 내 염려 말고 어서 주무세요."

"다신 그런 얘길랑은 꺼내지도 말고."

"……."

"정 네가 그 사람을 돕고 싶으면 낮시간에 가서도 얼마든지 도울 수 있지 않나? 제 고집만 가지고 세상을 제 고집에 맞추려고만 들어서야 쓰니? 요즘 세상이 어떤 세상인데 잘 좀 생각해 보렴."

"……."

이화는 어머니의 염려하는 마음을 속속들이 이해할 수 있었다. 어머니는 지금 그녀가 혹 상심하여 빗나가기라도 할까 봐 그것을 두려워하고 있음에 틀림없다. 그리고 어머니 나름으로는 그녀를 설득해 보려 하고 있음에 틀림없다. 거의 본능적으로 딸을 보호하려는 일념만으로.

그러나 그것은 어떤 의미로는 그녀에게 있어 또 하나의 뛰어넘어야 할 벽이었다. 그것을 뛰어넘지 못한다면 그녀는 영영 가족의 기반(羈絆) 밖으로는 뛰어나가지 못할 터이기 때문이었다.

그러나 어머니는 그녀의 다소곳한 모습에 얼마간 안심이 된 모양이었다.

"그럼 일찍 자거라. 행여 딴생각일랑 하지 말고."

이화는 어머니가 나간 뒤에도 한동안 그 자리에 서 있었다. 슬픔 가운데서도 한 가지 결심이 떠오르기 시작했다. 조용히 책상머리에 앉았다. 종이와 펜을 꺼내 들었다. 그리고 조용한 떨림 가운데서 쓰기 시작했다.

엄마 아버지께. 용서하세요. 처음으로 엄마 아버지의 의견을 거역합니다. 말씀으로 엄마 아버지를 알아들으시도록 하지 못해 몹시 괴롭고 부끄럽습니다. 하지만 제가 잘못을 저지르고 있다고는 생각하지 않아요. 전 사람을 도우러 가는 거예요. 나쁜 일을 위해서는, 제 머리카락 하나도 도움이 되도록은 하지 않겠어요.

전 엄마 아버지의 딸입니다. 그리고 그걸 자랑으로 여기고 있습니다. 하지만 전 엄마 아버지의 딸이라는 사실 이외에 또 다른 무엇이기도 합니다. 가령 엄마 아버지께서는 절 언젠가는 시집보낼 것으로 생각하고 계실 테지요. 그때 전 어떤 사람의 아내라는 역할을 맡게 됩니다. 이미 엄마 아버지의 딸만은 아니지요. 그 비슷한 경우로 생각해 주세요.

시집을 보낸 것은 아니지만 어떻든 스물네 살 먹은 아이가 제 할 일을 찾아서 식구들과 잠시 떨어져 가 있는 것으로 생각해 주세요. 남자아이들은 다 크면 군대에 가서 3년씩이나 식구들과 떨어져 있게 되지 않나요?

물론 그 일과 이 일은 다르다고 하시겠지만, 그리고 남자아이와 여자아이는 입장이 다르다고 하시겠지만, 전 여자아이로서 할 수 있는 일을 하러 갑니다. 무리하게 남자가 해야 할 일까지를 도맡으려는 게 아녜요. 하지만 제가 할 수 있고 제가 해야 할 일을 놔둔 채 못 본 체 할 수는 없습니다.

아무래도 마음이 놓이지 않으시겠지요. 위태위태하고 다칠 것만 같아 마음을 놓으실 수가 없겠지요. 어디 험한 곳에라도 자식을 보내 놓은 것 같으시겠지요. 그리고 그 밖에도 많은 염려가 엄마 아버지를 따르겠지요.

하지만 크게 염려하지 마세요, 엄마 아버지. 이화는 분별 있고 튼튼한 아이입니다. 잘못되진 않을 거예요. 이 점만은 분명히 약속드릴 수 있습니다.

가끔 짬을 내서 집에 들르겠어요. 절 찾아오지는 말아 주세요. 제가 집에 들를 테니까요. 엄마 아버지 뵙고 싶을 때마다 들르겠어요.

마음 아프시더라도 조금만 참아 주세요. 그리고 용서해 주세요. 이 글이 엄마 아버지의 염려를 조금이라도 덜어 드리는 것이 될 수 있다면 거기서 더 다행한 일은 없겠어요. 엄마 아버지의 건강하심을 기도 드리면서. 이화 올림.

편지 쓰기를 마치자 이화는 그것을 접어 봉투를 찾아 넣었다가 다시 한번 꺼내서 읽어 보고 다시 넣었다. 잠시 망설인 뒤에 그녀는 풀을 찾아 봉투를 붙였다. 그리고 봉투에다 집 주소를 썼다. 마음 한구석이 갈라져 나가는 듯 아팠다.

거의 뜬눈으로 밤을 새우고는 그녀는 이튿날 오전에 평상시의 외출 차림 그대로 집을 나섰다.

어머니가

"어디 다녀오련?"

하고 물었을 때 그녀는 마음이 찢어지는 듯 아팠으나 천연스레

"네, 친구 집에 좀 다녀오겠어요."

하고 대답했다. 이런 식의 거짓말은 그녀로서는 난생처음 하는 것이었다. 그녀는 곧장 우체국으로 향했다. 그리고 핸드백 속에 넣어 가지고 나온 편지를 속달로 부쳤다.

편지를 받아 보는 순간의 식구들의 표정이 커다랗게 확대되어 눈앞에 다가드는 듯했다. 하나같이 놀람과 낙담, 그리고 배신감으로 굳어진 얼굴들이었다.

그녀는 다시금 찢어지는 듯한 고통을 가슴 속에 느꼈다. 그러나 그것은 참아 내지 않으면 안 되는 고통이었다. 그리고 뛰어넘기 힘든 벽을 뛰어넘는 데 따르는 피할 수 없는 고통이었다.

그녀는 입술을 깨문 채 우체국을 나섰다. 그리고 버스 정류장을 향해 걸었다. 오가는 행인들의 모습이 문득문득 식구들의 모습으로 바뀌어 보이는 착각이 들었다. 그러나 그녀는 눈을 크게 뜨고 걸음을 빨리 해서 걸었다. 나는 결코 식구들을 배반한 것은 아니다, 힘이 모자라 식구들을 설득하지 못했을 뿐이다, 그리고 언젠가는 설득할 수 있는 날이 올 것이다, 라고 되뇌이면서.

그러나 주체할 길 없이 눈물이 자꾸 솟아오르려고 하고 있었다. 그녀는 더욱더 눈을 크게 뜨고 더욱더 걸음을 빨리 해서 걸었다.

눈물 한 줄기가 볼을 타고 흘러내렸으나 그녀는 얼른 손바닥으로 그것을 지워 버렸다. 그리고 그녀와 거의 동시에 정류장에 도착한 버스에 올라탔다.

출근시간이 훨씬 지난 뒤였으므로 좌석은 드문드문 비어 있었다. 그녀는 비어 있는 좌석으로 걸어가 앉았다. 그리고 외면하듯 창가 쪽으로 얼굴을 돌렸다. 눈물이 또 솟아오르려고 했기 때문이다.

그러나 이번에는 한 방울의 눈물도 그녀는 밖으로 흘려 내보내지 않았다.

버스는 곧 출발했다. 그리고 늦가을 오전 햇빛을 받고 있는 차도와 차도 위를 달리는 자동차의 물결이 달리는 차창 밖으로 스쳐 지나가기 시작했다.

그녀는 눈을 커다랗게 뜬 채 그것들을 바라보았다. 여느 날이나 다를 것 없는 풍경이었으나 오늘은 왠지 낯설고 공허한 풍경처럼 바라보였다. 자동차들은 마치 소리 없이 형체만 움직이고 있는 것 같았다.

그러나 그녀는 곧 자신을 꾸짖었다. 그리고 광준의 천막 일을 생각하기 시작했다. 그와 그에게 오는 아이들을 생각했다. 영양이 나쁜 아이들의 얼굴과 똑바르고 뚜렷한 광준의 눈길이 눈앞에 다가드는 듯했다.

차차 마음이 가라앉아 갔다. 부끄러움과 함께 그리고 비로소 자동차들이 소리를 내며 움직이고 있다는 사실이 또렷하게 알려졌다.

그때 누군가가 옆자리로 다가와 있는 기척이 느껴졌다. 그리고 그녀를 향한 것임에 분명한 소리가 들려왔다.

"저, 시계 가지고 계십니까?"

돌아보니 대학생 차림의 청년 한 사람이 그녀를 향해 웃어 보이고 있었다.

"네."

그녀는 상냥하게 대꾸하고 시계를 보고 나서 말했다.

"지금 11시 조금 지났네요."

그러자 청년은 조금 머뭇거리고 나서 다시 말했다.

"혹시 바쁘지 않으십니까? 바쁘지 않으시면 얘기를 좀 하고 싶은데요."

"네, 얘기하세요."

"아, 여기서가 아니라 잠깐 다방에라도 가서……."

이화는 상냥하게 웃어 보이며 대답했다.

"그건 좀 어렵네요. 제가 지금 어딜 가는 길이라서요."

"아, 그렇습니까."

하고 청년은 아쉬운 듯 입을 다물었다.

이화는 이제 완전히 마음이 가라앉아 있음을 느낄 수 있었다. 그리고 그녀가 광준의 천막에 도착했을 때 그녀는 광준을 향해 웃음을 지어 보일 수가 있었다.

그는 학원에서 마악 돌아온 참인 듯 넥타이를 풀고 있다가 그녀를 맞았다. 이화는 배시시 웃으며 말했다.

"어젠 죄송했어요. 무단결근을 해서."

그러자 그는 넥타이를 풀던 손을 멈추고 똑바른 시선으로 그녀를 쳐다봐 왔다.

"난 또 영영 다신 못 보게 되는 줄 알았소. 무슨 일이 있었던 것 아뇨?"

"있었어요. 자그마한 사건이."

"……."

그는 긴장한 표정이 되었다.

"어마, 그런 표정 지으심 제 사기가 저하되잖아요? 대단한 일은 아니었어요. 자, 저 환영해 주세요. 저 오늘부터 여기서 먹고 자고 하기로 했어요. 광준 형이 쫓아내지만 않으시면요, 환영해 주는 거죠?"

"정말이오?"

"왜, 믿어지지 않으세요?"

"믿어지지 않소. 한 번 보지도 못한 나 같은 놈에게 딸을 내맡길 부모가 어디 있겠소?"

"내맡기다뇨? 제가 어디 물건인가요? 제 발로 걸어 다니고 제 머리로 판단하는 사람인걸요. 그리고 엄마 아버진 반대하셨어요. 그래서 자그마한 사건이 있었다고 한 거예요."

"그럼 부모님들의 반대를 무릅쓰고 뛰쳐나왔단 말이오?"

"왜 그런 불량 소녀한테나 사용하는 언사를 쓰세요? 자기 조수에게. 뛰쳐나온 게 아니라 제 판단대로 행동했을 뿐예요. 부모님의 의견이라고 반드시 옳은 건 아니잖아요?"

"어쨌든 부모님들의 동의를 얻진 못했다는 얘기 아뇨?"

"네, 동의는 못 얻었어요. 제 설득력이 모자랐기 때문이에요. 하지만 제가 여기 광준 형하고 함께 있기로 한 건 누가 뭐래도 바꿀 수 없는 사실이에요. 동의를 얻었으면 더 좋았겠지만 그렇지 못했다고 해서 제 행동이 그릇된 건 아니잖아요. 전 자기 행동을 자기가 판단해서 정할 나이를 먹은걸요."

"하지만 부모님들에게 걱정을 끼쳐 드리는 건 나로선 찬성할 수가 없소. 여태껏 난 혼자서도 해 왔으니까."

"걱정하실 일이 아니라는 걸 곧 아시게 될 거예요. 우리 엄마 아버지가 그렇게 마음이 굳어 버린 분들은 아니니까요. 며칠 후에 찾아뵙고 다시 말씀드려 보겠어요. 자, 오늘은 잘했다고 칭찬해 주세요."

"칭찬하지 못하겠소. 이화 형 부모님들이 마음이 굳어 버린 분들이 아니라면 더욱 그렇소."

"어마, 절더러 그럼 다시 돌아가란 얘긴가요?"

"그렇다고 할 수밖에 없소. 아니면 나라도 가서 허락을 얻고 와야겠소, 함께 가서 허락을 얻든가."

"……."

"함께 가겠소?"

"……함께 가도 쉽게 허락하시진 않을 거예요. 우리가 결혼하겠다고 하지 않는 한."

"그건 더욱 좋은 일 아니오?"

이화는 그를 똑바로 쳐다보았다.

"어마, 그건 안 돼요. 제가 말씀드렸잖아요? 전 누구한테도 시집은 안 갈 거라구요. 전 친구로서 광준 형을 도우려는 거예요. 더구나 하지도 않을 결혼을 하겠다고 할 순 없어요."

그러자 그는 이번에야말로 그 이유를 알아야겠다는 듯 물었다.

"도대체 이화 형은 어째서 누구하고도 결혼은 안 하겠다는 거요? 그 이유 좀 들읍시다."

이화는 잠시 입을 다물었다가 말했다.

"……말하자면 이번에 우리 엄마 아버지가 보여 주신 태도 같은 게 그 이유예요. 엄마 아버진 절 가족의 구성원으로만 생각하고 자식에 대한 보호 본능에만 사로잡혀 있다시피 하시거든요. 가족의 범위를 벗어나는 문제 때문에 가족 중의 누가 만에 하나라도 다칠 우려가 있다고 생각되면 그 문제의 중요성 여부는 차치하고 우선 그 가족의 안위만을 생각하죠. 개인보다는 단위가 조금 큰 이기주의라고 할까요. 물론 그걸 애정이라고 할 수 있을지 모르지만 애정이라고 하더라도 그건 동물적인 자기애(自己愛)에 더 가깝다고 생각해요. 남의 가족에 대해서는 그만한 애정을 가지지 않거든요. 그게 가족의 어쩔 수 없는 한계랄까, 속성인 것 같아요. 그리고 결혼을 하게 되면 어쩔 수 없이 그런 가족의 생리랄까, 속성에 얽매이고 말게 될 거예요. 누구나. 물론 저두요. 전 그렇게 되고 싶지가 않아요."

언젠가 허민에게도 한 적이 있는 얘기였다.

그는 진지한 표정으로 그녀의 얘기를 듣고 나서 말했다.

"그럼 이화 형은 가족제도 자체를 부인하는 셈이오?"

"절대로 그렇진 않아요. 저한테 다른 대안이 없기 때문이에요. 그래서 전 누구보고도 결혼하지 말라고 권하진 못해요. 다만 사람들이 조금씩이라도 가족 이기주의에서 벗어나 주었으면 하는 바람은 갖고 있지만."

"하지만 이화 형은 처음부터 그런 가족 이기주의에 빠질 노릇은 아예 하지도 않겠단 얘기요?"

"네, 결혼을 하고서도 그렇게 되지 않을 자신은 없어요."

"이화 형은 아마 결혼을 하더라도 가장 그렇게 될 위험은 적겠소. 그 위험을 잘 알고 있으니까. 어쨌든 아주 중요한 얘기를 들은 것 같소. 미처 생각해 보지 못했던 일이오. 하지만 공감 가는 대목이 많소. 실은 나도 이화 형처럼 그렇게 분명하게 깨닫고 있진 못했지만 우리 가족에 대해서 비슷한 생각을 막연히 품고 있긴 했었소. 우리 가족은 이화 형 가족에 비하면 모리배나 다름없지만. 자, 그건 그렇고 그럼 어떻게 하겠소? 어쨌든 부모님들한테 허락을 얻고 와야 해요. 나랑 함께 가겠소? 아니면 혼자 가겠소?"

"만일 제가 혼자서 다시 가든 광준 형하고 함께 가든 허락을 안 하시면 어떡하시겠어요?"

"그땐 물론 도리 없소, 여태껏처럼 지내는 수밖에."

"전 잡지사도 그만둔걸요?"

"그건 잘했소. 어쨌든 시간은 좀 많아질 테니. 참, 그러면 굳이 기거를 같이해야 할 것도 없지 않소?"

"제가 그러고 싶은걸요."

"아무튼 그럼 한번 가 뵙고 봅시다. 허락을 하시든 안 하시든."

이화는 그의 고집에 지고 말았다. 하는 수 없이 그와 함께 아버지의 학교로 찾아갔다. 물론 학교까지 들어가진 않고 부근의 다방에서 전화를 걸었다.

마침 점심시간이었으므로 아버지는 곧 다방으로 나와 주었다.

이화는 두 사람을 인사부터 시키고 사실은 이러저러한 내용의 속달 편지를 집으로 부쳤다는 얘기와 광준의 고집에 져서 이렇게 함께 오게 되었다는 얘기, 그러나 제 생각에는 아직 아무런 변함이 없다는 얘기를 비교적 침착하게 할 수 있었다.

속달 편지를 부쳤다는 대목에서 아버지는 몹시 놀란 표정을 감추지 못했으나 대체로 신중하게 그녀의 얘기에 귀를 기울였다. 그러고 나서 잠시 사이를 두었다가 말했다.

"실은 나도 그 문제를 가지고 밤새 곰곰이 생각해 봤다. 헌데 뾰족한 결론은 아직 얻진 못했다. 허지만 네가 그런 식으로 집을 나왔다는 건 좀 뜻밖이구나. 칭찬할 수가 없다. 허나 어쨌든 네 의사는 이미 그렇게 굳어졌다니 지금 더 물어볼 필요는 없겠고, 여기 같이 오신 김 선생 의견이나 좀 들어 봤으면 좋겠구나. ……김 선생은 이 문젤 어떻게 생각하시오?"

그리고 아버지는 광준의 얼굴을 쳐다보았다. 부드럽고 진지한 시선이었다. 광준은 그 시선을 역시 진지하게 마주 받으며 대답했다.

"네, 전 이 문젠 따님의 판단에 맡기시는 것이 옳다고 생각합니다. 당사자의 의견을 반드시 더 존중해야 한다는 뜻에서라기보다 이 문제에 관한 한 따님이 더 많은 지식, 즉 판단자료를 갖고 있기 때문입니다. 저와 제 일에 관해서 더 많이 알고 있는 사람은 따님입니다."

"중요한 사실을 일깨워 주었소. 허지만 부모란 자식을 보호해야 하는 의무가 있소. 아마 본능이라고 하는 편이 옳을지 모르지만."

"그건 자식이 위험에 직면해 있거나 적어도 그럴 가능성 앞에 놓여 있다고 판단되는 경우라고 생각합니다. 선생님께서는 저나 제 일이 위험하다고 생각하십니까?"

"아니, 절대로 그런 뜻에서가 아니오. 더욱이 이렇게 김 선생을 만나 보고 나니 그런 염려는 조금도 할 필요가 없다는 걸 알겠소. 다만 내가 염려하는 것은……."

그리고 아버지는 잠시 말을 멈추고 무언가 망설이는 표정이 되었다가 다시 계속했다.

"……뭐라고 할까, 일반적인 윤리관에서 좀 벗어난다고 할까. 얘기하기가 좀 궁색하지만 혼인하지 않은 남녀가 같이 기거를 하게 된다는 그 점이오. 솔직히 말해서 그 점이 쉽사리 마음속에서 용납이 되질 않소그려."

광준은 순간 입을 다물고 잠시 눈길을 숙였다가 쳐들며 좀 어리광스런 표정이 되어 말했다.

"……그러면 그 윤리관에 어긋나지 않도록 하면 되지 않겠습니까?"

"어떻게 말이오?"

이화는 순간 그의 입을 주시하지 않을 수 없었다. 그가 무슨 대꾸를 하려는지가 궁금했기 때문이다. 그는 여전히 어리광스런 표정으로 말했다.

"저희가 결혼을 하면 되지 않겠습니까?"

이화는 어처구니가 없었다.

"어마, 제가 언제 광준 형하고 결혼을 한댔어요?"

하고 그녀는 얼굴이 빨개져서 힐난했다. 그러나 그는 여전히 그 어리광스런 표정을 바꾸지 않고 천천히 그녀를 돌아보며 말했다.

"세상에 처녀가 자기 입으로 시집가겠다는 사람이 어디 있어요?"

"어마?"

"그리고 어른께 여쭙고 있는데 그렇게 끼어드는 법이 어딨어요?"

"어마, 그건 나하고 직접 관계가 있는 얘긴데 어떻게 가만있어요? 난 광준 형한테 결혼해도 좋다고 얘기한 적은 없어요."

"물론 그래요. 뿐만 아니라 이화 형은 나하고건 누구하고건 숫제 결혼은 하지 않겠다고 분명히 말했어요. 하지만 그건 방금 내가 얘기했듯이 자기 입으로 시집가야겠다고 말하는 처녀는 없다는 점에서 양해될 수 있고 더욱이 난 지금 이화 형의 의사를 묻고 있는 게 아니라 아버님의 의사를 여쭙고 있는 거예요. 아버님께서는 혹시 우리가 결혼을 하겠다면 허락해 주실 의사가 있으신지, 그걸 여쭤보고 있는 거예요."

"어마, 그건 엉터리예요. 방금 그런 뜻으로 한 얘기 아니잖아요? 마치 우리끼리는 양해가 이미 다 돼 있는 것처럼 얘기하셨잖아요?"

"하, 이거, 이렇게 자중지란(自中之亂)을 일으키면 아버님께서 허락하실 의사가 계시다가도 철회를 하시겠는데."

그때 이화가 미처 뭐라고 대꾸할 겨를 없이 아버지가 껄껄 웃으며 말했다.

"그건 김 선생 말이 옳소. 그렇게 자중지란을 보여서야 난들 어디 마음이 놓여야 허락을 하든지 동의를 하든지 할 게 아니겠소?"

"그러게 말입니다. 일사불란한 행동통일을 보여 드려도 허락을 하실지 마실지 한 판국에 말입니다."

두 사람은 오랜 지기(知己)인 양 마주 보고 웃었다. 마치 자기들이 한편이 되고 이화는 그 권외의 인물로 돌리기라도 하듯. 아버지가 그에 관해 호감을 갖고 있음에 틀림없었다. 그리고 그 역시 아버지에 대해 호감을 갖고 있음이 분명했다.

그건 어쨌든 잘된 일 같았다.

이화는 뜻밖의 사태에 입을 다물고 흥미롭게 두 사람을 바라보았다. 아버지가 웃음기 있는 얼굴로 말했다.

"만일 자중지란만 보이지 않는다면 난 허락하겠소. 즉 김 선생이 조금 전에 말한 대로 두 사람이 결혼을 하겠다면 난 반대할 이유가 없소."

"즉 결혼은 허락하신다는 말씀이신가요?"

"그렇소. 허나 그 자중지란을 보이지 않는다는 전제 아래서요."

"고맙습니다."

"어마! 아버지, 저 결혼은 안 해요."

"허허, 이거 보시오. 김 선생은 날 설득하기 전에 먼저 자중지란부터 해결해 놓고 봐야겠소."

"그건 제게 시간을 주십시오. 조만간 제가 어떡해서든 자중지란은 수습을 해 보겠습니다."

"시간이 얼마나 걸리겠소?"

"넉넉잡고 이삼일만 주십시오."

"이삼일이면 되겠소?"

"어마! 아버지. 말도 안 돼요. 딸의 결혼문젤 딴 사람한테 떠맡기는 법이 어딨어요?"

이화는 펄쩍 뛰었다. 그러나 아버지는 빙그레 웃기만 했다. 그리고 재촉하듯 광준의 얼굴을 바라보았다.

"예, 자신 있습니다."

하고, 그 역시 짐짓 이화는 무시한 채 빙그레 웃으며 대답했다.

"그럼 기대해 보겠소. 그 대신 저녁엔 저 앨 집으로 돌려보내 줘야 하오."

"물론입니다."

이화는 어처구니가 없었다. 그러나 그들의 그러한 태도가 조금도 역겹게 느껴지지는 않았다. 무어라고 할까, 남자들끼리의 무슨 은밀한 우정의 교환을 보는 것 같았다고나 할까.

그러나 두 사람으로부터 무언지 배신을 당한 듯한 기분 또한 어쩔 수는 없었다.

"그렇게 두 분 마음대로 잘될 줄 아세요? 그렇게 호락호락하겐 잘 안될 테니 두고 보세요."

하고 그녀는 짐짓 뾰족한 소리로 말했다. 그러나 아버지는 여전히 그녀를 향해 빙그레 웃기만 하고 나서 그를 향해 말했다.

"자, 그럼 난 이만 실례하겠소. 잘 부탁하오."

그리고 아버지는 일어섰다. 그들도 함께 따라 일어섰다.

"곧 다시 뵙겠습니다."

하고, 밖으로 나왔을 때 그가 말했고 이화는 불만스런 표정으로 목례만 보냈다. 아버지는 다시 한번 빙그레 미소만 지어 보였다.

두 사람만이 남았을 때 그가 말했다.

"아버님하고 점심이나 같이하시자고 할 걸 그랬는데."

그녀가 대꾸했다.

"두 분이 아주 호흡이 맞으셨나 보죠? 하지만 아버진 외식은 안 하세요. 도시락을 꼭꼭 가지고 다니시니까요."

"그럼 우리라도 어디 가서 점심이나 합시다. 짜장면 좋아해요?"

"짜장면이고 뭐고 그런 법이 어딨어요? 아버지한테 엉뚱한 오해만 갖게 하실 애기만 하고."

"오해라니?"

"그럼 절 정말 이삼일 안에 설득이라도 하실 셈이세요?"
"해야지, 아버님께 약속을 드린 이상."
"어마, 저하고 그럼 정말 결혼을 하실 작정이란 말예요?"
"그럴 작정도 없이 그런 약속을 드릴 리가 있겠소."
"제가 그럼 결혼 안 하겠다는 이유를 설명할 때 수긍하는 태도를 취한 건 순전히 속임수였단 말예요?"
"결코. 난 이화 형이 결혼을 하지 않겠다는 사실 자체는 수긍한 적이 없소. 그 이유의 일부에 경청할 만한 대목이 있음을 인정했을 뿐이지."
"어마, 그럼 아버지한테 하신 말씀이 모두 정말이었단 말예요?"
"물론이지. 이화 형은 내가 그럼 어른을 속일 사람처럼 보아 왔소?"
"순 엉터리예요. 두고 보세요, 그럼. 그 약속을 이행할 수가 있게 되나."
"이행해 보이겠소."
"그렇겐 안 될걸요. 난 여러 번 얘기한 적이 있지만 결혼은 무슨 일이 있어도 안 할 거니까요."
"이삼일 안에 생각이 달라질 거요."
"천만에요."
"아무튼 어디 가서 점심이나 하고 갑시다."
"그래요."
그들은 근처에 보이는 중국음식점으로 들어가서 짜장면 한 그릇씩을 시켜 놓고 마주 앉았다. 그는 시종 즐거운 듯한 표정이었다.

"정말 설득 안 당할 자신이 있소?"

그가 쪼개서 쓰게 되어 있는 나무젓가락을 둘로 쪼개며 말했다.

"광준 형은 절 설득할 자신이 그렇게 만만하세요?"

이화도 젓가락을 포장한 종이를 벗겨 내고 맞붙은 부분을 양쪽으로 쪼개며 반문했다.

"물론이오. 이화 형이 결국 나한테 설득을 당하고 말리라는 건 이화 형이 지금 내 맞은편 의자에 앉아 있다는 사실만큼이나 확실해요."

"글쎄 그 반대가 아닐까요? 즉 광준 형이 절 설득하지 못하리라는 게 광준 형이 지금 중국음식점에 앉아서 짜장면 그릇을 앞에 놓고 있다는 사실만큼이나 확실하지 않을까요?"

"하하, 이화 형은 장기를 곧잘 두는데."

"장기를 곧잘 두다뇨?"

"장군을 곧잘 받는단 말요. 장군에 멍군이라는 말 듣지도 못했소?"

"피이, 왜 말머리를 딴 데로 돌리죠?"

"서두르지 않기 위해서요. 시간은 아직 넉넉하니까. 자, 어서 음식이나 듭시다."

"좋아요. 저야말로 서두를 필욘 없으니까."

그들은 곧 젓가락을 사용해서 그 중국식 국수를 먹기 시작했다.

그는 눈 깜짝할 사이에 자기 몫의 그릇을 비웠다. 그러고 나서 말했다.

"자, 그대로 식사를 계속하면서 들어요."

장난기가 가신, 한결 진지해진 표정이었다.

"사실 난 이화 형을 설득할 자신이 별로 없소. 따라서 아버님께 이삼일 안으로 설득할 자신이 있다고 한 건 나 나름대로 생각이 있어서였소."

이화는 젓가락을 짜장면 그릇 위에 멈춘 채 그를 쳐다보았다.

"그렇게 긴장할 필요는 없소, 그대로 식사를 계속하면서 들어요. 나 나름대로의 생각이라는 게 뭐 특별한 건 아니오. 이를테면 시간을 벌자는 거였소, 그렇다고 물론 어디로 도망칠 시간을 벌자는 건 아니었소. 다만 우리가 의논할 시간을 벌자는 거였소. 부모님들께 걱정을 끼쳐 드리지 않고 의논할 시간 말이오. 이화 형이 그런 식의 편지만 남기고 집을 나온 사실로 인해서 받을 부모님들의 충격을 얼마간이라도 미리 덜어 드려야 할 필요도 있었소. 아마 아버님께서도 내가 한 약속을 모두 정직하게만 받아들이진 않으셨을 거요. 그런 약속이 그렇게 쉽게 이행되리라곤 생각하지 않으실 테니까. 다만 우리 두 사람에 대해서 나쁜 느낌을 갖고 계시지 않은 것만은 분명한 것 같소. 그것만으로도 우리가 아버님을 만나 뵌 건 아주 잘한 일 같소. 그리고 우리가 결혼을 하겠다는 문제에 관해서라면 아버님은 쾌히 승낙하실 의사가 계시다는 걸 확인하게 된 점이 무엇보다 기뻐요. 할 수만 있다면 그리고 난 이화 형하고 결혼하고 싶소."

"결국 설득을 시작하신 셈이네요."

이화는 가만히 웃으며 말했다. 그러나 그는 웃지 않았다. 그리고 똑바로 그녀를 마주 보며 말했다.

"절대로 이화 형을 설득하겠다든지 하는 그런 주제넘은 생각은 해 본 적이 없소. 언젠가 얘기했듯이 이화 형은 나보다 훨씬 상급의 인간이기 때문이오. 쉬운 말로 하급생이 상급생을 설득하는 격인데 그게 어디 있을 법한 일이겠소? 난 다만 내 희망을 말했을 뿐이오. 그리고 겸해서 내 어리석은 생각도 말해 보고 싶을 뿐이오."

이화는 그의 상급 운운하는 말이 온당하다고는 생각하지 않았으나 그의 표정이 하도 진지했으므로 잠자코 다음 말을 기다렸다.

그가 계속했다.

"내 생각에는, 이화 형이 결혼을 하지 않겠다는 이유의 가장 핵심되는 부분은 역시 그 가족 이기주의에 대한 경계인 것 같소. 그리고 이화 형의 비범한 관찰에 나는 탄복한 바 있소. 그런데 내 어리석은 의견으로는 이화 형의 가족 이기주의에 대한 관찰은 아무래도 좀 너무 부정적인 측면으로만 기울어진 게 아닌가 하는 생각이오. 이를테면 가족의 긍정적인 측면은 간과해 버린. 가족제도는 내가 생각하기엔 개인이 존재할 가치가 있는 만큼은 존재할 가치가 있는 제도인 것 같소. 개인에게 선악(善惡)이 있듯이, 그리고 가족 단위에도 선악은 있을 수 있소. 가족 이기주의는 말하자면 그 선악에 있어서의 악의 측면이라고 생각해요. 그것은 개선해 나갈 수 있소. 아까 이기주의가 가족의 한 속성 내지는 생리라고 했는데 개인이 그것을 극복해 나갈 수 있듯이 또는 적어도 극복하려고 노력하듯이 가족도 그것을 극복하거나 극복하려는 노력을 할 수 있다고 생각해요. 물론 개인이 그것을 극복하기가 어려운 만큼은, 또는 그 이상 가족도 그것을 극복하기가 어려운 일일 거요. 하지만 그게 가족의 존립 자체를 위협한다고는 생각하지 않소. 물론 이화 형은 가족제도 자체를 부정한다고는 하지 않았소. 하지만 가족 이기주의라는 어쩔 수 없는 속성에 빠질 것이 두려워서 결혼을 하지 않겠다는 의미의 말을 했소. 그러나 내 생각은 달라요. 아까도 말했지만 이화 형은 그렇게 될 위험이 가장 적소. 그 위험을 잘 알고 있기 때문이오. 개인의 경우에 있어서 자기가 이기주의자가 될 것을 정말 두려워하는 사람 가운데 실제로 이기주의자가 되는 사람은 극히 드문 것과 같소. 다시 말하면 아름다운 개인이 얼마든지 있을 수 있듯이 아름다운 가족도 얼마든지 있을 수 있다는 게 내 생각이오. 그리고 이화 형은 바로 그 아름다운 가족의 중심인물이 될 수 있다고 나는 믿소."

그의 얼굴엔 엷은 흥분의 빛마저 떠올라 있었다. 이화는 잠자코 눈을 내리깔았다가 쳐들며 말했다.

"뭔지 착오가 좀 있었던 것 같아요. 전 가족 이기주의를 그런 제한된 뜻으로 얘기한 게 아니었어요. 이를테면 제가 만일 지금 누구하고 결혼을 한 상태라면 이렇게 자유롭게 광준 형을 만나고 또 광준 형 일을 도울 수가 있겠어요? 지금과 같은 정도로요."

"그건……."

그는 충격을 받은 모양이었다. 다음 말을 잇지 못했다.

"……그냥 자유롭게 광준 형을 돕게 해 주세요. 도울 수 있을 때까지요."

이화는 조용한 목소리로 말했다.

그들은 곧 그 중국음식점에서 나와 광준의 천막으로 향했다. 아이들이 머리를 깎으러 오기 시작할 시간이었기 때문이다.

그녀는 더 이상 말하지 않았으나 그는 그녀의 말뜻을 충분히 알아차린 표정이었다. 이를테면 그녀가 입 밖에 내어 말하지 않은 '내가 만일 지금 광준 형과 결혼한 상태라면, 즉 내가 광준 형의 아내라면 광준 형 아닌 어떤 사람을 내가 지금 광준 형에게 하고 있는 정도로 돕겠다고 하는 경우 그걸 마음속으로부터 허용할 수 있겠느냐'는 물음까지를 알아차린 표정이었다. 그리고 비로소 그녀가 결혼을 하지 않겠다는 이유의 참뜻을 알아차린 표정이 되었다.

버스 정류장을 향해 걸으면서 그가 말했다.

"아버님께 결국 거짓 약속을 드린 셈이 된 것 같소. 내가 지나친 욕심을 부렸던 모양이오. 이화 형을 충분히 이해하지도 못한 채."

이화는 조용히 대꾸했다.

"……광준 형 곁에 언제까지나 같이 있어 드리겠다곤 못 하겠어요. 하지만 광준 형보다 더 급하게 제 도움이 필요한 사람이나 그런 일이 나타날 때까지는 광준 형 곁에서 광준 형을 돕고 싶어요. 또는 저보다 광준 형을 더 잘 도울 분, 말하자면 광준 형의 신부가 돼 주실 분이 나타날 때까지는요. 물론 친구의 자격으로서예요. 아니, 조수의 자격으로서죠."

"알겠소. 이화 형한테도 이런 냉정한 일면이 있다는 건 처음 알았소. 하지만 이화 형 생각을 안 이상 더 욕심은 부리지 않겠소. 이화 형을 감히 독점해 보겠다고 생각한 내가 잘못이었소. 다만 아직도 버릴 수 없는 단 하나의 욕심은 이화 형한테 그런 일, 즉 나보다 더 도움이 필요하다고 인정되는 친구나 일거리가 나타나지 말아 주었으면 하는 것뿐이오."

"……."

"위로할 말을 찾느라고 애쓰지는 말아요. 지금만으로도 내겐 큰 행운이니까. 이화 형이 지금 당장은 내 곁에서 떠나 버리지 않으리라는 사실만으로도. 아니, 내가 이화 형을 만났다는 사실 그 자체만으로도."

"……."

"고맙다고 하지 않소? 이해해 주어서 고맙다고."

"……약속드릴 순 없지만 광준 형이 결혼하시게 될 때까진 광준 형 곁에 있어 드릴 수 있을 것 같아요."

"하하, 이화 형도 아주 큰 그릇은 못 되는구만. 끝내 위로의 말을 찾아내지 않고 못 배기는 걸 보니."

"……위로의 말 아녜요."

"아무튼 좋아요. 그 문젠 일단락된 걸로 합시다. 그리고 언제까지 함께 일하게 될는지는 모르지만 앞으로의 일이나 의논합시다. 우선 기거 문젠데 그건 부모님들의 의견대로 합시다. 출퇴근으로 해요. 아버님께 거짓 약속을 드린 셈이니 그것만은 부모님들 의사를 좇읍시다. 실은 잡지사 그만둔 것만도 내게는 과분해요."

"……정 원하신다면 그렇게 하겠어요. 하지만 이건 일시적인 후퇴

일 뿐이에요."

"아무튼 우선은 출퇴근으로 합시다. 아무리 생각해 봐도 그래야 마음이 우선 가볍겠소. 부모님들께 죄도 덜 짓는 게 될 테고. 자, 어서 가 봅시다. 아이들이 기다리겠소."

겨울

그 후로 이화는 매일 아침 6시에 광준의 천막으로 출근해서 밤 10시가 넘어서야 집으로 돌아오는 생활을 시작하였다. 식구들은 어느 정도 안도의 표정을 지었다.

그리고 광준은 전과 다름없는 태도로 다시 자기의 일에 몰두하였다. 아이들 머리 깎아 주기와 공부시키기, 그리고 일요일이면 축구시합 시키기, 경비 조달을 위한 학원 출강 등에 그는 전과 다름없이 자신의 모든 것을 경주하였다.

달라진 것이 있다면 한 가지 일이 그에게 더 늘었다는 사실뿐이었다. 그것은 이화가 졸라 댄 결과였지만 그녀에게 본격적으로 이발 기술을 가르치기 시작한 것이었다.

전에도 조금씩 어깨너머로 배우긴 했지만(아니, 그냥 견학하는 정도였다는 게 옳다) 차제에 그녀는 직접 아이들의 머리통을 잡고 실습을 겸하면서 배웠다. 어깨너머로 보기만 하던 때와는 달리 그리고 그것은 그다지 손쉬운 일이 아니었다. 이발기계를 조작하는 손아귀의 힘도 부쳤을 뿐만 아니라 우선 고르게 깎아지지가 않았으며 너무 자주 아이들로부터 '아프다'는 불평을 들었다. 기계를 충분히 죄어 머리칼이 완전히 잘라진 뒤에 이동해 가야 하는데 미처 머리칼이 채 잘라지기도 전에 딴 곳으로 옮겨 가려는 바람에 생기는 사고였다. 이를테면 머리카락을 자르는 것이 아니라 뜯게 되는 데서 오는 결과였다.

아이들은 모두 그녀의 실습 대상이 되는 것을 두려워했다. 그러나 차차 '아프다'고 외치는 것을 재미있다고 여기는 아이들이 생겨났다. 그 아이들은 자원해서 그녀의 실습 대상이 되어서는 머리가 뜯길라치면 기다렸다는 듯 킥킥대며 '아프다'고 외쳐 대는 것이었다.

그리고 그녀의 솜씨는 차차 아이들이 '아프다'고 외치는 비명소리의 횟수를 줄여 갔다. 물론 그녀에게 머리 깎이기를 두려워하는 아이들의 숫자도 줄어 갔다. 광준이 이렇게 말할 정도였다.

"어, 이렇게 나가다간 내가 이발소장 자릴 내놔야 할 형편이 곧 닥치겠는데."

그가 학원에 출강하는 오전에는 그녀는 주로 빨래와 설거지, 그리고 물 긷는 일 따위를 했다.

물은 둑길 위에 한 군데밖에 없는 공동수도에서 길어 와야 했는데 그곳에서 그녀는 동네 부인들과 사귀기도 했다. 부인들은 처음엔 서먹서먹한 낯빛으로 그녀를 마치 외국인 바라보듯 하였으나 차차 낯이 익자 친숙한 표정으로 말을 건네 오기도 했다.

"색신 왜 사서 이런 고생을 하우?"

또는

"김 선생님이 색시 약혼자유?"

그럴 때마다 그녀는 가만히 웃어 보이기만 했다.

"고생은 무슨 고생이에요."

라거나

"약혼자 아녜요."

라고 해 보아도 그들은 애당초 곧이들을 태도가 아니었기 때문이다.

그러던 어느 날이었다. 개천에 처음으로 살얼음이 낀 날이었고 그가 학원에서 돌아온 지 얼마 안 된 점심때였다.

천막 밖에 여러 사람의 발짝 소리가 들리더니 그를 찾는 소리가 곧 뒤따랐다.

"김광준 씨 계쇼?"

굵은 남자의 음성이었다.

그가 곧 고개를 갸우뚱하며 밖으로 나갔다. 그리고 잠시 두런거리고 얘기 소리가 들려왔다. 그가 찾아온 사람들의 용무를 묻는 듯했고 방금 그를 찾은 그 굵은 목소리의 남자가 무어라고 대답하는 듯했다. 그리고 이어 광준의 힐난하는 듯한 목소리가 안에까지 또렷이 들려왔다.

"뭐요? 누가 보내서 왔다구요?"

그 굵은 목소리의 남자도 약간 언성을 높였다.

"사장님이 보내서 왔다고 하지 않았소? 천지건설의 사장님 말요.

설마 천지건설의 사장님을 모른다고 하시지야 않겠지. 댁의 아버님이니 말요. 모셔 오라는 분부였소."

"댁들은 그럼 천지건설의 사원들이오?"

"그렇소."

"그럼 돌아가서 당신들의 사장께 말씀하시오. 오늘은 못 간다고 하더라구."

"그렇겐 못 하겠소. 사장님께선 무슨 방법을 써서든 모셔 오라는 분부였으니까."

"무슨 방법을 써서든이라는 건 폭력을 사용해도 좋다는 뜻이오?"

"그렇소."

"아, 그래서 사람 하나를 데려가는데 당신들은 다섯 사람씩이나 왔군, 그래."

"잘 알아맞히셨소."

"당신들의 사장님이 내가 힘이 센 놈이라고 합디까?"

"그런 말은 없었소. 하지만 말을 듣지 않을 땐 반쯤 죽여서 데려와도 좋다고 하셨소."

"나 하나 반쯤 죽이는 덴 당신 혼자서도 넉넉할 것 같은데?"

"그럴지도 모르오. 어떻든 우리는 사장님의 분부대로 할 뿐이오. 되도록이면 우리도 사장님의 아들을 다치게 하고 싶진 않소. 자, 저 위에 차를 따로 대기시켜 놓았소. 갑시다."

"다시 한번 말하지만 난 가지 않겠소. 날 꼭 데려가려거든 당신들에게 허용됐다는 그 폭력을 사용하시오. 그러나 미구에 내가 사장이 될는지도 모른다는 사실을 염두에 두고 사용하시오. 그리고 그보다는 당신들이 폭력을 사용하는 게 옳은가를 먼저 생각해 보고 사용하시오."

"웃기지 마시오. 우리가 어린애들인 줄 아시오? 어이! 안 되겠다. 우선 이 천막부터 때려 부숴!"

"뭐라구?"

순간 이화는 밖으로 뛰어나갔다. 그리고 광준을 에워싸다시피 하고 있는 다섯 명의 남자들을 바라보았다. 모두 건장한 체격의 남자들이었고 건설회사 마크가 든 작업복의 상의를 입고 있었다. 그러나 그녀는 그를 도울 아무런 방법도 찾을 수가 없었다. 너무도 뜻밖의 일이었기 때문이다.

"아, 하마터면 안에 사람을 둔 채 때려 부술 뻔했군. 사장 아드님의 애인이신 모양이지? 어이, 뭣들 하고 있어? 어서 때려 부숴!"

하고 광준의 맞은편에 서 있던 그중 체격이 큰 남자가 다시 소리쳤다. 그러자 광준을 에워싸고 있던 남자들이 우르르 천막을 향해 달려들었다. 광준이 반사적으로 그들을 막으려고 몸을 돌이켰으나 소리치던 남자가 그의 팔을 붙들었다.

"점잖게 있으시지. 다치기 전에."

그때 이화는 광준의 자유로운 한 팔이 재빠르게 움직이는 것을 보았다.

다음 순간 그리고 이화는 광준의 한 팔을 잡은 남자의 얼굴이 뒤로 휘청 젖혀지는 것을 보았다. 동시에 부자유했던 광준의 한 팔이 자유로워졌다.

그러나 그때 이미 남자들은 뿔뿔이 흩어져서 천막에 달라붙어 있었다.

"이놈들아! 가만두지 못해!"

하고 소리치며 광준은 그중 가까운 남자에게 덤벼들었다. 이화도 발을 동동 구르며 소리쳤다.

"여보세요! 이게 무슨 짓들이에요!"

그때 광준에게 얼굴을 맞고, 붙잡았던 광준의 팔을 놓친 남자가 성난 표정으로 광준을 향해 달려들었다. 마악 천막을 향해 발길질을 하려던 남자에게 덤벼든 광준의 몸이 등 뒤에서 달려든 남자의 발길에 채어 쓰러졌다. 그리고 미처 일어날 겨를도 주지 않고 남자는 또다시 쓰러진 광준에게 발길질을 퍼부었다.

"여보세요! 무슨 짓예요!"

하고 소리치며 이화는 순간 자신도 모르게 남자를 향해 덤벼들었다. 그러나 그녀가 손을 뻗어 남자의 옷자락을 잡으려고 했을 때 그녀의 몸은 사정없이 남자의 손에 떠밀쳐져서 땅바닥에 쓰러졌다.

"어디서 기집년이 재수 없게 지랄야, 지랄이."

하고 남자는 눈을 부라리며 소리쳤다.

그때 광준이 틈을 타서 몸을 일으켰다. 그리고 남자의 가슴을 머리로 들이받았다. 남자의 큰 몸이 뒤로 나뒹그러졌다.

광준은 다시, 천막의 기둥을 뽑으려고 달라붙어 힘을 쓰고 있는 남자에게 덤벼들었다. 그리고 그의 허리를 껴안아 잡아당겼다. 그러나 그때 나뒹그러졌던 남자가 다시 몸을 일으켜 광준의 옆구리를 걷어 찼다. 광준은 '헉' 하는 숨 삼키는 소리를 내며 다시 땅바닥에 쓰러졌다. 남자는 쓰러진 광준의 몸을 잡아 일으켜 이번에는 주먹으로 얼굴을 때렸다. 광준은 다시 쓰러졌다. 남자는 또 잡아 일으켜서 때렸다.

이화는 자신도 모르게 몸을 일으켜 또다시 남자에게 덤벼들었다.

"이게 무슨 짓예요! 이게 무슨 나쁜 짓예요!"

그러나 그녀의 몸은 또다시 사정없이 떠밀쳐져서 땅바닥에 세차게 부딪치며 쓰러졌다. 그녀는 눈앞이 캄캄했다. 세상에 이런 일도 있을 수가 있는지 믿어지지가 않았다. 그러나 그것은 악몽이 아니었다. 엄연히 눈앞에서 벌어지고 있는 사실이었다.

남자는 계속해서 광준을 때리고 있었다. 광준은 그리고 이제 자기 힘으로 몸을 가눌 수조차 없는 것 같았다. 이리저리 마음대로 남자의 손에 다루어지고 있었다.

이화는 다시 한번 안간힘을 써서 몸을 일으켰다. 그리고 남자에게 덤벼들었다.

"당신들은 사람도 아녜요! 당신들이 사람이라면 어떻게 이럴 수가 있어요!"

그러나 그녀는 이번엔 머리 전체가 무슨 커다란 물체에 얻어맞은 것처럼 아득히 둔해 오는 것을 느꼈다. 그리고 다시 힘없이 땅바닥에 쓰러졌다.

그때 그녀는 천막이 쓰러지는 소리를 희미한 의식 속에서 들었다. 그리고 동네 부인들이 모여 와서 무어라고 소리치는 모습을 희미한 의식 속에서 보았다.

의식을 찾았을 때 그녀는 자기가 낯선 장소에 누워 있는 것을 알았다. 딱딱한 침대 위였다.

옆에, 얼굴이 못 알아볼 만큼 퉁퉁 부은 광준이 앉아 있었다. 입술이 터져서 피가 내밴 흔적이 보였고 눈두덩이 퍼렇게 멍이 들어 있었다.

눈길이 마주치자 그는 모양이 이상하게 변한 입술을 움직여서 말했다.

"아, 의식이 들었군. 그대로 가만히 누워 있어요."

발음도 달라진 것 같았다. 이화는 눈길을 돌려 주위를 둘러보며 몸을 일으키려 했다. 그러자 그가 손을 뻗어 만류하며 다시 말했다.

"아, 그대로 누워 있어요. 여긴 병원이오. 염려 말고 누워 있어요."

"……그 사람들은 모두 갔나요?"

이화는 몸을 뉘인 채 입술을 움직여서 말했다.

"염려 말아요. 모두 갔으니까."

"제가 까무러쳤었나 보죠?"

"그랬어요. 이화 형 의식 잃은 걸 보고 놈들은 모두 달아나 버렸소. 그러니까 이화 형이 놈들을 쫓아 보낸 셈이오. 동네 아주머니들이 와서 야단을 하기도 했지만."

"이제 저 괜찮은 것 같아요. 일어날 수 있을 거예요."

"아니, 조금만 더 누워 있어요. 곧 의사가 올 거요. 의사가 와서 일어나도 좋다고 하면 일어납시다."

"이제 아무렇지 않은 것 같은데요, 뭐. 저보다도 광준 형이 많이 다치신 것 같아요. 얼굴이 온통 몰라보게 되셨어요."

"아, 괜찮아요, 난. 어렸을 때 동네 개구쟁이들하고 싸워서도 이 정도로 다친 적은 있어요. 난 괜찮은데 이화 형이 걱정이오. 어디 심하게 다친 데나 없는지. 아까 의사 얘기로는 특별히 심하게 다친 데는 없는 것 같다고 했지만."

"괜찮을 거예요, 저. 저 지금 아무렇지도 않은걸요."

머리만 조금 무거운 듯할 뿐 실제로 그녀는 자기 몸에 아무런 이상도 느낄 수가 없었다.

"그렇다면 얼마나 다행이겠소. 어쨌든 의사 얘길 들어 봅시다. ……아무튼 이화 형한텐 너무 면목이 없소. 나 때문에 이런 심한 봉변까지 당하게 하고."

"그게 어째서 광준 형 탓이에요? 그 사람들이 나쁜 사람들이죠."

"어쨌든 나 아니었으면 이화 형이 이런 봉변까지 당하는 일은 없었을 것 아니오."

"그렇게 말하심 제가 아예 없었어야 이런 일을 안 당했을 거라는 얘기도 되죠, 뭐."

그때 간호사 한 사람과 함께 의사가 들어왔다. 그녀가 의식을 회복한 걸 보자 의사는 반가운 표정으로 다가오며 물었다.

"아, 깨나셨군요. 어디, 괜찮아요?"

"네, 아무렇지 않아요."

"어디 결리거나 아픈 덴 없으시고?"

"네."

그러자 의사는 그녀의 눈꺼풀을 치켜 보고 혈압을 재 본 다음 일어나 앉을 수 있으면 한번 앉아 보라고 했다. 그녀는 몸을 일으켜 앉았다. 머리가 약간 그리고 몸이 조금 무거운 것 같긴 했으나 일어나 앉는 데 큰 불편은 없었다.

"괜찮아요?"

의사는 다시 한번 물었다. 그녀가 괜찮다고 대답하자, 의사는 좀 더 안정을 취한 다음에 침대에서 내려와 걸어 보고, 걷는 데 불편이 없으면 퇴원해도 좋다고 말했다. 이화가 광준과 함께 병원을 나선 것은 저녁 무렵이었다. 좀 더 일찍 일어나려고 했으나 광준이 한사코 만류했기 때문이었다.

걷기가 조금 휘청거리는 듯한 느낌은 들었으나 그다지 큰 고통은 없었다. 그리고 아까 쓰러질 때 땅바닥에 부딪친 허벅다리께가 좀 아파 오는 것 같았으나 역시 참지 못할 만큼의 고통은 아니었다. 그러나 광준은 시종 염려스러운 눈빛으로 그녀의 안색을 살피며 그녀 곁에서 걸었다. 그녀의 한 팔을 부축하듯 잡은 채.

그리고 마침내 더 이상 염려스러워 견딜 수 없다는 듯 말했다.

"정말 괜찮아요? 어디 조금이라도 이상한 데가 있으면 말을 해요."

이화는 천연스런 표정으로 대답했다.

"정말 저 조금도 이상한 데 없어요. 그렇게 자꾸 신경 쓰지 마세요. 정 염려되시면 저 한번 뛰어 볼까요?"

그리고 그녀는 짐짓 뛰어 보이려는 시늉까지 했다. 그러자 그는 펄쩍 놀라는 표정이 되어 제지했다.

"아, 안 돼요. 뛰다니, 정신이 있소?"

"정말, 제가 생각해도 이상할 정도로 너무너무 아무렇지 않은걸요."

"정말이오? 정말 조금도 이상한 덴 없소?"

"글쎄, 그렇대두요."

"거짓말 같소. 허지만 어쨌든 이만하기가 다행이오. 난 이화 형이 이렇게 금방 자기 발로 병원에서 걸어 나오게 되리라곤 생각도 못 했으니까. 자, 그럼 어떻게 하겠소? 아무래도 집으로 돌아가서 쉬는 게 낫지 않겠소?"

"싫어요. 저 광준 형하고 같이 천막에 가 보겠어요."

"아니, 난 가서 쓰러진 천막도 일으켜 세우고 뒤치다꺼리를 좀 해야겠소. 이화 형은 아무래도 집으로 돌아가서 쉬는 게 낫겠소."

그제서야 이화는, 희미한 의식 속에서 천막이 쓰러지는 소리를 듣던 기억이 났다.

"참, 천막이 쓰러졌죠? 그럼 더구나 제가 같이 가야죠. 어떻게 광준 형 혼자서 뒤치다꺼릴 하신단 말예요."

광준은 순간 자기가 천막 얘기를 한 걸 후회하는 표정이 되었다.

"아, 괜히 그 애길 했군. 이화 형 성격을 뻔히 알면서. 하지만 아이들이 있지 않소? 아이들이 도와줄 거요. 이화 형은 집에 가서 쉬도록 해요."

"그렇겐 못 하겠어요. 제가 어디 병잔가요?"

"어쨌든 의식을 잃고 병원에 누웠다 나오는 길 아니오? 자, 고집 부리지 말고 오늘은 집에 가서 쉬어요. 그리고 괜찮으면 내일 나와요."

"지금도 괜찮아요. 아무 염려 말고 같이 데려가 주세요. 저 지금 집으로 돌려보내시면 그게 오히려 병의 원인이 될지도 몰라요."

"하는 수 없군. 내가 얘기를 꺼낸 게 잘못이지. 자 그럼 같이 가 봅시다. 나중에 어디가 덧나면 그건 이화 형 책임으로 하고."

"네, 좋아요."

그들은 10분이 채 못 돼서, 그들의 처참하게 쓰러진 천막 앞에 도착하였다.

그것은 차마 눈 뜨고 바라볼 수 없는 참혹한 모습이었다. 이화는 자신도 모르게 두 손으로 눈을 가렸다. 그리고 터져 나오려는 울음을 간신히 삼켰다.

쓰러져 있는 천막 위로 삐죽삐죽 걸상들의 윤곽만 나타나 보이지 않았어도 훨씬 덜 참혹해 보였을 것 같았다. 그리고 천막을 찢은 채 그 한 귀퉁이를 내밀고 있는 칠판만 보이지 않았어도 덜 울음이 북받쳤을 것 같았다. 너무나, 너무나 가엾고 참혹한 모습이었다.

광준이 가만히 그녀의 어깨에 손을 얹었다. 그리고 말했다.

"자, 너무 낙심할 것 없어요. 다시 일으켜 세우면 되니까. 천막은 다시 세우기가 아주 쉬워요."

그녀는 얼굴을 가렸던 손을 떼고 광준을 쳐다보았다. 퍼렇게 멍이 든 눈두덩 밑의, 그의 눈동자에 순간 번쩍이는 액체가 저녁빛에 비쳐 보였다. 아주 짧은 동안이었다.

그녀는 울먹이는 목소리로 말했다.

"……하지만 너무, 참혹해요. 그 사람들은 같은 사람이면서 어떻게 이런 짓을 할 수 있을까요?"

"같은 사람이 아니에요. 그자들은 우리하곤 다른 종류의 인간들이오. 하지만 그런 종류의 인간들이 많지는 않소. 우리가 더 많아요."

"하지만 그 사람들은 언제 또 올는지 모르잖아요?"

"또 와도 염려 없어요. 또 와서 쓰러뜨리면 우린 또다시 세우면 돼요. 내가 집에 돌아가지 않는 한 반드시 또 나타날 거요. 하지만 그자들이 할 수 있는 짓이란 고작 다시 일으켜 세울 수 있는 것을 쓰러뜨리는 것에 불과해요. 비단 저 천막에 한한 얘기가 아니라."

"광준 형 아버님은 광준 형을 미워하시나요?"

"모르겠소. 아마 당신 생각으로는 날 사랑한다고 믿고 있을지도 몰라요. 날 당신을 닮은 인간으로 만들고 싶어 하시니까. 남과 싸워서 이기고 남을 짓밟고 남에게서 빼앗고 남보다 항상 월등한 지위를 누리지 않곤 못 견디는 인간으로 만들고 싶어 하시니까. 따라서 당신 나름으로는 오늘 같은 행동도 나를 버려두지 않겠다는 단호한 의사 표시라고 생각할는지도 몰라요. 내가 지금 하고 있는 일 따위는 당신한텐 배반이나 다름없는 행위로, 더 나가서는 미친 짓이나 다름없는 행위로만 생각될 테니까."

"하지만 사람들을 시켜서 어떻게 이런 짓까지 하게 하실 수 있을까요?"

"우리 아버진 충분히 그럴 수 있는 사람이오. 여태껏 세상을 그런 식으로 살아온 사람이니까. 언젠가 내가 얘기한, 바로 그 물리적인 힘의 대표적인 신봉자의 한 사람이 우리 아버지요. 자, 더 이상 얘기하다간 자기 아버지를 비방하는 못된 자식놈이란 비난을 면치 못하겠소. 슬슬 일을 시작해 볼 테니 이화 형은 구경이나 해요."

"아녜요, 저도 같이하겠어요."

"글쎄, 이화 형은 구경이나 해요. 여자가 할 수 있는 일이 아니오."

"그럼 제가 할 수 있는 일을 하겠어요."

그때 언제부터 와 있었는지 아이들이 그들 주위를 둘러쌌다. 그리고 그중 한 아이가 대표자처럼 말했다.

"저희들도 하겠어요."

광준은 아이들을 둘러보며 말했다.

"오, 너희들이 왔구나. 그래, 좀 도와 다오."

그리고 그는 앞장서서 쓰러진 천막 앞으로 다가갔다. 아이들이 그의 뒤를 따랐고 이화도 따랐다.

그리고 잠시 후 동네의 남자 어른들도 한두 명씩 나타나기 시작했다. 일터에서 일찍 돌아와 부인들로부터 낮에 일어났던 사건에 대해 들은 사람들일 것이었다. 어른들이 와서 돕기 시작하자 천막을 다시 일으켜 세우는 일은 훨씬 수월하게 진행되었다. 물론 시간도 단축되었다.

그러나 천막이 대충 다시 일으켜 세워진 것은 밤 9시가 넘어서였다. 그가 일을 거들어 준 동네 어른들과 아이들을 향해 말했다.

"아저씨들 오늘 수고해 주셔서 감사합니다. 은혜 잊지 않겠습니다.

그리고 너희들도 고맙다. 오늘은 늦었으니 공부는 내일부터 하자. 머리 깎을 사람도 내일 오후에 오기로 하고."

그러자 어른들은 그게 무슨 서운한 말이냐, 고마운 건 우리들이다, 자식들 데려다가 공부 가르치고 머리 깎아 주는 일만도 고마운데 그 때문에 이런 변까지 당하게 돼서 오히려 미안하기 짝이 없다, 아예 그런 말은 하지도 말라면서 두 손을 홰홰 저으며 돌아갔고 아이들은 내일 오겠다면서 두 사람을 향해 고개들을 꾸벅꾸벅 숙여 보이고 나서 돌아갔다.

그리고 두 사람만이 남았을 때 그가 말했다.

"이화 형도 이제 집에 돌아가서 쉬어요. 더 고집부리지 말고. 너무 무리했어요."

그러나 이화는 움직이지 않았다.

"싫어요. 저 오늘 집에 안 가겠어요."

그러자 그는 딱하다는 표정을 지었다.

"허허, 쓸데없는 고집. 여태까지만 해도 무리가 지나쳤어요. 그러다 큰 병이라도 나면 어쩔려고 그래요? 자, 내가 큰길까지만 바래다주리다. 오늘은 택시를 타고 가요."

"싫어요. 저 안 가겠어요. 광준 형 그런 모습을 두고 어떻게 혼자서만 집에 가서 편히 쉬어요."

"내 모습이 어떻길래 그래요?"

"얼굴이 평소의 두 배는 된 것 같으세요."

"하하, 이화 형도 당나라 시인들만큼은 과장이 심하군. 아까 내가 말하지 않았소? 이 정도는 어렸을 때 동네 개구쟁이들하고 싸우고서도 흔히 이렇게 된 적이 있다고. 조금 부었을 뿐인 걸 가지고 뭘 그래요?"

"어디 그게 부은 것뿐이에요? 입술도 터지고 눈두덩이랑 멍투성인걸요. 게다가 그 사람들 밤중에 또 나타날는지도 모르잖아요?"

"아, 그때는 날 위해서 또다시 용감히 싸우겠다? 그러다가 다시 한번 까무러쳐 보시겠다? 하지만 그런 일은 아마 없을 거요. 이쯤 해 두고 갔으면 그 친구들도 낯짝이 있을 테니까 오더라도 좀 있다 올 거요. 게다가 이화 형이 의식을 잃는 것까질 보고 갔으니까."

"아무튼 전 오늘 집에 못 가겠어요. 아까 그 사람들처럼 절 까무러치게 만들어서, 저도 모르게 병원으로 옮기듯 집까지 운반하지 않는 한은요. 자꾸 걱정하시지만 저 지금 아무렇지도 않아요."

그러자 그는 아무래도 그녀의 고집을 못 꺾겠다고 생각했는지 체념한 기색으로 그러나 터무니없다는 표정으로 말했다.

"아무튼 대단한 고집임에 틀림없군. 어쨌든 그럼 나중엔 어떻게 되든지 간에 안으로 들어갑시다. 내가 또 졌소."

이화는 반가움을 감추지 못하며 말했다.

"어마, 정말이세요? 어쨌든 말은 좀 강하게 하고 볼 일이네요."

"가만, 내가 좀 너무 쉽게 양보를 했나?"

"어마, 아녜요, 아녜요. 어서 안으로 들어가요. 저 추워요."

"거봐요. 혹시 몸에 열 있는 것 아니오?"

"아녜요. 날씨가 추우니까 그렇죠, 뭐."

"아니, 몸에 열이 있으면 더 오한이 나는 법이오. 자, 어디 이마 한

번 만져 봅시다."

"만져 보세요, 그럼."

그가 한 손을 가져와서 주의 깊게 이마를 만져 본 뒤 말했다.

"다행히 열은 없는 것 같은데."

"거 보세요. 제가 아무렇지 않다고 그랬잖아요. 제 몸이 얼마나 튼튼한데요. 자, 어서 안으로 들어가요."

"그럽시다. 안이래야 바깥보다 그다지 나을 것도 없겠지만."

그러며 그는 입구를 들치고 안으로 들어갔다. 그녀도 뒤따라 들어갔다.

전등이 망가졌으므로 촛불을 켜 놓고 대충 정리는 했지만 천막 안 풍경은 어제까지의 모습이 아니었다. 우선 망가진 걸상들이 있었고 천막의 찢어진 부분이 바람에 펄럭였다.

그러나 이만큼 회복된 모습만 보아도 아까의 그 참혹한 모습에 비하면 그녀는 한결 마음이 가라앉았다.

그녀는 선 채로 다소곳이 말했다.

"기적만 같아요. 이렇게 다시 천막이 세워지고 그 속에 우리가 들어와 서 있다는 사실이. 아깐 차마 눈을 뜨고 똑바로 쳐다볼 수가 없었어요."

"나 혼자였으면 며칠이 걸렸을지 모를 일이오. 모두 동네 아저씨들과 아이들 덕분이오. 그리고 이화 형 덕분이오."

"저야 무슨 일을 했게요?"

"이화 형 도움도 컸소. 이만큼이라도 정리가 된 게 이화 형 덕분 아니면 누구 덕분이겠소."

"전 살림살이 챙겨 놓은 게 고작인걸요, 뭐."

"그게 어디 작은 일이오. 자, 시장한데 우리 라면이나 끓여 먹읍시다. 그러고 보니 우린 점심 저녁을 다 굶은 셈 아니오?"

"네, 제가 끓일게요."

"아니, 가만, 잠깐만."

그러며 그는 막 취사도구들이 있는 쪽으로 향하려는 그녀를 가로막았다. 그리고 잠시 뚫어질 듯이 그녀를 쳐다보고 나서 말했다.

"춥지 않소?"

이화는 순간 말귀를 알아듣지 못한 표정으로 그를 쳐다보았다. 그때 그가 와락 그녀를 안아 왔다. 억세고 힘찬 포옹이었다.

"나의 조수, 나의 동지, 나의 잔 다르크."

안긴 채로 그녀는 나무라듯 그를 향해 조금 웃었다. 그리고 곧 가만히 그의 가슴에 얼굴을 묻었다.

이튿날 아침 밖으로 나온 그들은 세상이 온통 눈으로 덮여 있는 모습을 보았다. 마른 개천 바닥에도, 잿빛 집들에도 그리고 그들의 천막 위에도, 눈은 하얗게 내려 쌓여 있었다.

그리고 그 위에 다시 눈이 내리고 있었다. 첫눈답지 않게 풍성한 함박눈이었다.

눈을 맨 처음 발견한 것은 이화였다. 그녀가 먼저 밖으로 나왔었던 것이다. 바깥이 온통 은세계(銀世界)로 변해 있는 모습을 발견하고 어린아이처럼 소리쳤다.

"광준 형! 나와 보세요. 눈이 오고 있어요. 첫눈이에요. 어서요."

그러자 그가 곧 뒤따라 달려 나왔다. 그리고 두 눈을 커다랗게 떴다.

"야! 이건 굉장한 눈이로군. 함박눈 아냐?"

"네, 함박눈이에요."

"첫눈치곤 아주 근사한 눈인걸."

"밤새 내렸나 봐요."

"그렇군. 밤새 내렸나 보군. 우리 잠든 사이에."

"보세요. 아직 발자국 하나 찍혀 있지 않아요."

"모든 좋은 것은 부지런한 사람에게 먼저 발견되는 모양이로군. 자, 축하해요. 첫눈을 맨 먼저 발견한 기쁨을."

그러며 그는 손을 내밀어 악수를 청했다. 그녀는 그의 손을 잡았다. 그리고 명랑하게 말했다.

"어제 있었던 일을 말끔히 덮어 주려는 모양이에요. 어마! 광준 형 머리 위에도 눈이 쌓이기 시작해요. 어마! 그리고 눈썹에도."

"이화 형 머리 위에도 눈이 쌓이고 있군. 그리고 어깨에도."

"우리 털지 말고 그냥 맞아요. 눈사람이 될 때까지요. 저 이런 눈 최근 몇 년 동안에 처음 맞아요."

"이화 형도 그러고 보면 아직 소녀 취미를 완전히 벗진 못했군, 하하."

"이런 게 소녀 취미라면 전 언제까지나 벗어나고 싶지 않아요. 나중에 할머니가 되더라도요."

"아, 그러고 보니 머리에 눈을 맞은 이화 형의 모습이 할머니 같기도 하군. 머리가 하얀 할머니. 그러나 얼굴은 젊고 예쁜 할머니."

"어마, 놀리심 싫어요."

"하하, 자 아무튼 이화 형이 그렇게 기뻐하는 모습을 보니 나도 기뻐요. 오늘이 일요일이었으면 좋겠군. 아이들 불러다가 눈싸움이나 하게."

"저랑 하심 안 돼요?"

"정말이오? 한번 해 보겠소? 난 사정 보지 않을 거요."

"좋아요, 해요."

그러자 그는 허리를 굽혀 눈을 뭉치며 말했다.

"나중에 괜히 울지 말아요."

이화도 눈을 뭉치며 말했다.

"광준 형이나 울지 마세요."

손안에 뭉쳐지는 눈의 감촉은 차갑고 부드러웠다.

그로부터 먼저 야구공만 하게 뭉쳐진 눈덩이가 날아왔다. 그녀는 재빨리 몸을 피했으나 눈덩이는 그녀의 어깨에 와서 부딪쳐 흩어졌다. 그녀가 던질 차례였다. 둥글게 뭉쳐진 눈덩이를 그를 향해 힘껏 던졌다. 그러나 그는 피하지 않고 우뚝 서서 가슴을 향해 날아오는 눈덩이를 그대로 맞았다. 이화가 소리쳤다.

"어마, 엉터리예요."

그는 쾌활하게 소리 내어 웃었다. 그리고 다시 재빨리 허리를 굽혀 눈을 뭉쳤다. 이화도 다시 재빨리 눈을 뭉치면서 말했다.

"다신 그런 반칙 없기에요. 피하지 않기 없기."

"세상에 그런 반칙이 있다는 말은 또 처음 듣는군. 싸움에서 상대방의 공격을 피하지 않는 것도 반칙이 되나."

"그럼 반칙이지 뭐예요? 싸움은 이기려고 하는 건데 상대방의 공격을 뻔히 알면서 피하려고도 하지 않는 게 반칙이지 뭐예요?"

"하하, 나중엔 별게 다 반칙이 되는군. 피하지 않고도 이길 자신이 있으니까 그러는 거 아니오."

"거 보세요. 결국 절 얕잡아 보는 거 아녜요. 상대방을 그렇게 무시하는 태도가 반칙이 아니고 뭐예요? 적수를 적수로서 대우하지 않는."

"하하, 반칙이라는 건 규칙을 어겼을 때 쓰는 말이오. 그리고 어떤 투기경기(鬪技競技)에도 상대방을 얕잡아 보지 말라는 규칙은 없소. 자, 아무튼 제2탄이나 받아요."

그러며 그는 새로 뭉친 눈덩이를 다시 그녀를 향해 던졌다. 그녀는 재빨리 몸을 피했다. 이번에는 맞지 않았다.

다시 그녀의 차례였다. 새로 뭉쳐진 눈덩이를, 그의 얼굴을 겨냥해서 던졌다. 겨냥은 제대로 되었다. 이번에도 피하지 않는다면 그는 얼굴을 얻어맞고 말 것이었다.

그러나 그는 눈덩이가 거의 얼굴에 닿을락 말락 한 순간에 고개를 슬쩍 틀어서 그것을 피했다. 그리고 짐짓 눈을 둥그렇게 떠 보이며 말했다.

"어이구, 결코 만만한 적수가 아닌데. 하마터면 얼굴이 묵사발이 될 뻔했는걸."

"어마, 정말 그렇게 약 올리시기에요?"

"약을 올리다니. 얕잡아 볼 상대가 아니라는 걸 인정한 건데."

"좋아요. 얼마든지 그렇게 약 올리세요. 금방 후회할 거예요."

"그럽시다. 어디, 후회 좀 해 봅시다."

"좋아요."

그녀는 재빨리 허리를 굽혀 다시 눈을 뭉쳤다. 그도 다시 엉거주춤 허리를 굽혀 눈을 뭉쳤다.

그리고 그들은 이제, 보다 본격적인 눈싸움을 벌이기 시작했다. 눈을 뭉치는 속도와 그것을 던지는 속도가 빨라졌고 급할 때는 미처 뭉쳐지지 않은 눈을 그대로 뿌리기도 하였다. 뭉친 눈덩이를 들고 한 사람이 쫓으면 다른 한 사람은 두 팔로 머리 위를 가린 채 달아나기도 했고 또 뒤쫓아 온 사람이 눈덩이를 상대방의 옷깃 속으로 밀어 넣기도 했다.

그리고 두 사람의 옷은 마침내 여기저기 눈 맞은 자국으로 흰 꽃무늬를 이루었고 두 사람의 몸에서는 김이 무럭무럭 피어오르기 시작했다.

휴전을 먼저 제의한 것은 광준 쪽이었다. 그는 더운 숨을 내쉬면서 말했다.

"……그만합시다. 이화 형이 눈싸움을 그렇게 잘하는 줄은 미처 몰랐소. 휴전합시다. 학원에 가 봐야 할 시간도 됐고."

"좋아요. 그럼 다녀오셔서 다시 해요."

그렇게 대꾸하는 순간 이화는 현기증 비슷한 것을 느꼈다. 이어 그녀는 날려 내려오는 눈송이들이 갑자기 까만 색깔로 바뀌는 듯한 착각을 받았다. 물론 일이 초 사이에 불과한 잠깐 동안의 일이었다. 그러나 그녀의 안색이 달라 보였던 모양이다. 그가 그녀의 한 팔을 부축하듯 잡으며 물었다.

"……어디 불편해요?"

그녀는 웃음을 지어 보이려고 애쓰면서 대답했다.

"아녜요. 괜찮아요."

"안색이 몹시 나빠 보이는데."

"조금 어지러웠을 뿐예요. 갑자기 심한 운동을 해서 그런가 봐요. 이제 괜찮아졌어요."

"아니, 그런 것 같지 않소. 이러고 있을 게 아니라 안으로 들어가서 좀 누워요."

"아녜요. 정말 이제 괜찮아졌어요. 잠깐 현기증이 났을 뿐인걸요, 뭐. 금방 아침 지어 드릴 테니까 어서 학원에 가실 준비나 하세요."

"아니, 아침 지어 먹고 갈 시간은 없어요. 갔다 와서 먹겠소. 아니 가만, 그럴 게 아니라 나 준비하는 동안 잠깐 쉬었다가 같이 나갑시다. 오늘은 집에 가서 아주 푹 쉬어요. 너무 무리했소. 오늘은 쉬고 괜찮으면 내일 나와요."

"저, 이제 정말 괜찮아졌대두요."

"글쎄, 내 말대로 해요. 부모님들께서도 걱정하고 계실는지 모르니까. 이번만은 고집부리지 말고. 자, 들어갑시다."

그리고 그는 그녀의 팔을 잡아끌었다. 그녀는 마지못해 그를 따라 천막 안으로 들어섰다. 그가 잠깐만이라도 눕기를 권했으나 그녀는 걸상 위에 가만히 앉았다. 그리고 낮은 목소리로 말했다.

"염려 말고 다녀오세요. 저 그럼 여기서 쉬고 있을게요."

"글쎄, 오늘은 내 말대로 해요. 더 고집부리면 화내겠소."

"……."

"……공연히 눈싸움까지 해 가지고. 나도 정신이 나갔지."

"광준 형 말대로 그럼 할 테니까 너무 그러지 마세요. 저 정말 대단치 않아요."

"어쨌든 그럼 오늘은 내 말대로 집에 가서 푹 쉬어요. 여기 걱정은 조금도 하지 말고."

"네, 그렇게 할게요."

"혹시 어디 대단히 아프게라도 되면 그땐 지체 없이 나한테 연락을 해 줘요. 인편이든 전보든."

"그런 일은 없을 거예요."

"글쎄, 만일에 말이오."

"네."

그들은 곧 함께 천막을 나와서 아직도 그치지 않고 내리는 눈 속을 걸어 동네의 둑길을 빠져나왔다.

큰길에는 바퀴에 쇠사슬을 감은 자동차들이 둔탁한 소리를 내며 움직이고 있었다. 그가 택시 한 대를 세웠다. 그리고 그녀를 먼저 오르게 한 다음 자신도 뒤따라 올라타고 나서 운전사에게 말했다.

"종로 쪽으로 해서 ㅂ동까지 갑시다."

"네에."

운전사가 백미러를 통해 그들을 슬쩍 훔쳐보며 대답했다.

집에 도착한 그녀를 보고 어머니는 깜짝 놀랐다.

"얘, 너 어디 아픈 게로구나. 무슨 일이 있었니?"

이화는 애써 웃음을 지어 보이며 대답했다.

"아뇨, 엄마. 왜, 내가 어디 아픈 것 같아요?"

"얼굴이 말이 아니로구나. 핏기라곤 하나도 없는 게. 그 사람 혹 너한테 무슨 몹쓸 짓이나 한 거 아니냐?"

"몹쓸 짓은, 엄만. 그냥 좀 피곤할 뿐예요. 사실은 어제 그 사람한테 무슨 일이 생겨서 밤을 새우다시피 했어요."

"그 사람한테 무슨 일이 생기다니?"

"나쁜 사람들이 와서 천막을 때려 부수고 그 사람을 때리고 그랬어요. 그래서 그 사람이 좀 다쳤어요."

"아니, 어떤 사람들이?"

"그 사람이 거기서 그런 일 하는 걸 싫어하는 사람들인가 봐요. 잘은 모르지만."

이화는 그들이 광준의 아버지가 보낸 사람들이라는 사실은 말하지 않는 게 좋다고 생각했다. 부모들이란 다른 부모들에 대해서도 자기들 비슷하다고 생각할 것이기 때문이었다. 그리고 그 자식 쪽에 어딘가 잘못이 있을 것이라고 생각할 가능성이 많겠기 때문이었다.

"그래 그 사람이 많이 다쳤니?"

"그렇게 많이 다치진 않았어요. 하지만 다친 사람을 혼자 놔두고 올 수가 없었어요."

"넌 아무 일 없었구?"

"네, 그 사람들이 아무리 나쁜 사람들이래두 저까지야 어쨌겠어요?"

"하마터면 큰일 날 뻔했구나. 요즘 사람들이 어디 남자 여자 가린다든? 어서 들어가 쉬어라 그럼."

"아버지 아직 출근 안 하셨죠?"

"응, 아직 안 나가셨다. 내가 말씀드릴 테니 넌 어서 들어가 쉬어라."

"네, 그럼 엄마가 좀 말씀드려 주세요. 저 그냥 들어가 쉴게요."

"그래, 어서 들어가 쉬렴."

이화는 곧장 제 방으로 들어갔다. 몸에 열이 있는 것 같았고 움직이기가 몹시 힘에 겨운 느낌이었다. 그냥 누울까 하다가 그녀는 이부자리를 꺼내서 폈다. 역시 힘이 들었으나 그 편이 아무래도 나을 것 같아서였다.

자리에 눕자 전신이 깊숙이 가라앉는 것 같았다. 그리고 오슬오슬 추워 오기 시작했다. 마치 온몸이 얼음 속에 들어 있기라도 한 것 같았다. 그리고 몸의 여기저기가 결리듯 아파 오기 시작했다.

결국 병이 나려나 보다고 그녀는 생각했다. 눈싸움을 한 것이 아무래도 무리가 됐는지 모른다는 생각도 들었다. 그리고 자기가 앓아누우면 혼자서 애쓰게 될 광준의 일이 걱정스럽기도 하였다. 또 자기가 앓아누운 사이에 그들이 또다시 천막에 나타나 무슨 나쁜 짓을 할지 모른다는 생각도 들었다.

그러나 잠시 후 그녀는 그런 생각들조차 할 수 없게 되었다. 온몸이 깊은 나락 속으로 빠져들어 가는 것 같은 느낌과 함께 오한은 더욱 극심해져서 온몸이 사시나무 떨리듯 마구 떨리기 시작했던 것이다. 그리고 어제 있었던 일이 악몽처럼 자꾸 눈앞에 떠올랐다.

그녀는 마침내 신음소리를 감추기 위해 이불을 머리 위까지 뒤집어쓰지 않으면 안 되었다.

그녀는 꼬박 사흘 동안 누워서 앓았다. 그리고 나흘 만에야 간신히 몸을 일으켜 걸을 수 있는 정도가 되었다. 의사의 말로는 정신적 육체적 충격과 과로로 말미암은 심한 몸살인 것 같다고 했다. 그리고 몸이 많이 쇠약해져 있는 상태라고도 했다.

광준이 그녀의 집에 나타난 것은 그리고 사흘째 되던 날이었다. 그녀와 헤어진 다음 날까지 아무런 소식이 없자 그는 참다 못해 그날 오전 아버지에게 전화를 걸었던 모양이었다.

어머니의 안내로 그녀의 방 안으로 들어선 그는 앓아누운 그녀를 보자 한동안 말없이 그 자리에 서 있었다. 마치 무슨 확인하기 싫은 것을 확인이라도 하듯. 그리고 잠시 후 그의 두 눈에는 눈물이 번쩍이기 시작했다.

그녀가 일어나 앉으려고 하자 그는 무릎을 꿇듯이 그녀 곁에 앉으며 말했다.

“일어나지 말아요. 가만히 누워 있어요.”

이화는 일으키려던 몸을 도로 뉘인 채 작은 소리로 물었다.

“천막엔 별일 없나요?”

“아무 일도 없어요. 조금도 걱정하지 말아요.”

"그 사람들 또 오지 않았나요?"

"안 왔어요. 그림자도 안 왔어요."

"아이들은 잘 있구요?"

"염려 말아요. 모두 잘 있어요. 그보다 왜 나한테 연락하지 않았어요? 이렇게 앓아누웠으면서 왜 연락하지 않았어요?"

"연락할 수가 없었어요. 그리고 무슨 장한 일이라고 연락을 해요?"

어머니가 조용히 방에서 나갔다. 그러자 그가 그녀의 손을 찾아 쥐었다. 여전히 두 눈에는 번쩍이는 눈물을 가득 담은 채. 그리고 말했다.

"내가 잘못했어요. 그날 어떡해서든 이화 형을 집으로 돌려보냈어야 했는데. 그리고 눈싸움 따윈 하지 말았어야 했는데."

"너무 걱정하지 마세요. 저 금방 괜찮아질 거예요. 그냥 몸살일 뿐인걸요, 뭐."

"아니오. 내가 잘못했어요. 그날 병원에서 그렇게 금방 퇴원을 시키질 말았어야 했어요."

"그땐 정말 아무렇지도 않았는걸요, 뭐. 그리고 저 지금도 그렇게 대단한 건 아녜요. 금방 일어날 수 있을 거예요. 의사 선생님 말이 몸이 좀 쇠약해졌을 뿐이래요."

"모두 내 탓이오. 나 때문에 몸도 쇠약해진 거예요."

"어마, 그게 어째서 광준 형 탓이에요? 그 일이 어디 광준 형 개인만의 일인가요?"

"어쨌든 내 탓이오. 나 아니었으면 이화 형이 거기에 올 일도 없었을 거 아니오."

"그건 너무 자만하신 생각이에요. 광준 형이 아니었어도 전 조금 늦었을진 모르지만 결국 그곳에 가게 됐을 거예요. 자, 어서 가 보세요. 아이들이 곧 올 시간이잖아요? 저 내일은 일어나서 갈 수 있을 거예요."

"아니오. 또 무리하면 안 돼요. 며칠이 걸리건 완전히 다 나은 다음에 나와도 늦지 않아요."

그러나 그녀는 그다음 날, 즉 앓아누운 지 나흘째 되는 날 자리에서 일어났다. 다리에 힘이 없었고 온몸이 솜처럼 가벼워진 것 같았으나 걸을 수는 있었다. 이부자리를 개고 세수를 하려고 방 밖으로 나서자 마당에서 빨래를 널고 있던 어머니가 깜짝 놀랐다.

"얘, 너 뭘 하러 나오니?"

"세수 좀 하려고, 엄마. 얼굴이 갑갑해서 못 참겠어요."

이화는 부러 어리광스런 목소리로 대꾸했다. 이젠 누워 있을 필요가 없을 만큼 몸이 좋아졌다는 걸 간접적으로 알리기 위해서였다.

어머니는 그러나 불안한 표정으로 말했다.

"아직 몸도 성치 않은 애가 세수는 무슨 세수. 진득이 좀 누워 있지 못하구."

"아냐, 엄마. 나 이제 다 나았어요. 사흘을 꼬박 누워 있었더니 몸이 배기는 것 같아요."

"온, 애두. 잠시 진득이 좀 누워 있질 못하는구나. 오늘 하루만이라도 더 누워 있어."

"갑갑해서 더 못 누워 있겠어요, 엄마. 이제 다 나은걸요, 뭐. 세수 좀 하고 바깥바람 좀 쐬어야겠어요."

"아니, 뭐라구? 이 추운 날, 게다가 바깥바람까지 쐬겠다구?"

"오늘이 추운 날이우, 엄마? 난 통 모르겠는데."

"그야 방에 있다 금방 나온 애가 어떻게 아니? 보렴. 금방 넌 빨래가 이렇게 얼지 않았나."

"정마알. 아이, 멋있어, 그럼 더욱 좀 나가 봐야겠어요. 정신 좀 번쩍 나게요. 사흘 동안 꼬박 누워만 있었더니 머릿속이 다 흐리터분해진 것 같아요."

"점점 한다는 소리 하구, 얘가 정신이 있나. 글쎄, 오늘 하루만이라도 더 누워 있어."

"아녜요. 옷 두껍게 입고 나갔다 올게요."

"그러다 덧나면 또 어쩔려고 그러니? 내 말대로 글쎄 오늘 하루만이라도 더 누워 있어."

"금방 돌아올게요, 엄마."

"너 그 사람 천막 일이 궁금해서 그러지?"

"네, 궁금하기도 해요. 하지만 그보다 신선한 공기를 좀 마시고 들어오고 싶어서 그래요."

"신선한 공기는 마당에서도 마실 수 있지 않니?"

"아이, 엄만. 내가 어디 화분이에요? 마당에서 공기를 마시게. 웬만하면 일어나서 움직이고 다니는 게 회복도 빠르대요. 누워만 있는 것보단."

"에그, 모르겠다, 난 원. 내 생각 같아선 그저 하루 좀 더 누워 있었으면 좋으련만."

"걱정 마세요, 엄마. 아무 일 없을 테니. 그리고 금방 돌아올게요. 옷도 아주 두껍게 껴입고요."

"그래, 그럼. 옷이나 두껍게 입고 나갔다 오너라. 너무 오래 찬바람 쐬지 말구."

"네, 엄마. 역시 엄마가 최고예요. 금방 돌아올게요."

그녀는 서둘러 세수를 마치고 옷을 든든히 껴입은 다음 집을 나섰다. 엷은 겨울 오전의 햇빛과 함께 살갗에 와 닿는 찬 공기가 더없이 신선하게 느껴졌다.

그녀가 마악 골목 어귀를 벗어나려 할 즈음이었다.

그녀는 맞은편에서 다가오는 한 낯익은 군인의 모습을 발견하였다. 수환이었다. 그도 그녀를 거의 동시에 발견한 듯 반색을 하며 마주 다가왔다.

"아, 어디 가시는 길입니까? 전 지금 이화 씨 댁으로 가는 길인데요."

이화도 반가이 마주 다가갔다.

"어마, 수환 씨. 휴가 나오셨나 봐요."

"네, 어제저녁에 나왔습니다. 마지막 휴가죠. 잡지사로 전활 걸었더니 그만두셨다고 하더군요. 그래 이렇게 댁으로 가던 길입니다. 하마터면 서로 엇갈려서 못 만날 뻔했네요."

"제가 조금만 일찍 나왔어도 못 만날 뻔했군요. 저 지금 수환 씨가 군대에서 사귄 유일하게 존경하는 친구분이라는 그 친구분한테 가는 길이에요."

"아, 김광준이 말입니까?"

"네, 저 잡지사 그만두고 그분 조수로 취직했어요."

"아, 숫제 취직을 하셨군요. 그럼 잘됐습니다. 저도 동행하죠. 그 친구 본 지도 오래니까."

"참, 그러면 되시겠네요."

그들은 나란히 버스 정류장을 향해 걷기 시작했다. 수환이 그녀의 안색을 살피며 물었다.

"얼굴이 전보다 좀 안되신 것 같군요. 어디 편찮으셨습니까?"

"네, 조금 아팠어요. 한 사흘 누워 있다가 오늘 겨우 일어나서 나오는 길예요. 그래서 이렇게 늦은 거예요. 여느 때 같으면 벌써 출근했을 시간이지만. 수환 씬 참 별고 없으셨나요?"

"네, 전 늘 이렇게 뻔뻔스럽게 건강하답니다. 그보다 사흘씩이나 누워 계셨다니 심하게 앓으셨나 보군요. 이젠 괜찮으십니까?"

"네, 몸살이 좀 났었나 본데 이젠 다 나았어요."

"어쨌든 나으셨다니 다행입니다. 그 친군 어떻습니까? 그 친군 뻔뻔하죠?"

"네?"

"아, 그 친구도 저처럼 이렇게 뻔뻔하게 건강한가 말입니다. 이발소장 겸 천막학교 교장 말입니다."

"전 또 무슨 말씀인가 했어요. 건강한 게 왜 뻔뻔스런 건가요?"

"하하 전 왠지 제가 건강하다는 게 뻔뻔스럽게만 여겨집니다. 그 친구도 만일 건강하다면 뻔뻔한 거죠. 더욱이 이화 씨 같은 분이 건강하지 못할 때 건강하다는 건 더욱 뻔뻔하게만 느껴집니다. 뭐라고 할까, 염치가 없는 것 같다고 할까요. 말하자면 겨울철에도 잎사귀가 퍼런 소나무는 좀 뻔뻔해 보이지 않습니까?"

그러며 그는 그녀를 돌아보며 웃었다. 숨기는 데 없는 보기 좋은 웃음이었다. 그녀는 가만히 웃어 보이며 말했다.

"무슨 말씀인지 알 것 같아요. 하지만 건강한 것 자체는 역시 좋은 것 아니겠어요?"

"하하, 그야 물론 그렇겠죠. 그런 의미로 그 친구도 건강합니까?"

"네, 건강하세요."

그들은 버스 정류장에 닿아 있었다.

그리고 그들이 광준의 천막에 도착했을 때 그곳에 아직 광준은 돌아와 있지 않았다.

"여깁니까? 도토리 이발소라……."

천막 앞에 이르러 입구께에 붙어 있는 나무팻말을 발견하자 수환이 물었다.

"네, 여기예요. 학원에서 아마 아직 안 돌아오셨을 거예요. 자, 들어가세요."

그러며 이화는 입구를 들쳐 그에게 안으로 들어갈 것을 권했다. 그러자 그는 고개를 숙이듯 하여 그녀가 들쳐 준 입구로 들어서며

"이렇게 비워 두고 다녀도 괜찮은가 보죠?"

하고 물었다.

"네, 여지껏 분필 한 토막 잃어버린 일도 없어요. 동네 분들하고 모두 한집안 식구 같은걸요, 뭐."
하고 그녀도 곧 뒤따라 들어서며 대답했다.

짐작대로 광준은 아직 돌아와 있지 않았고(돌아와 있었다면 그들이 그렇게 들어가기까지 꿈쩍하지 않았을 리도 없지만) 천막 안은 썰렁하고 어둠침침했다.

"좀 앉으세요."
하고 그녀는 수환에게 걸상을 권했다.

"네."
하고 그는 잠시 어둠에 눈을 익히는 표정을 짓고는 가까이 보이는 걸상에 앉았다. 그녀도 그가 앉은 걸상에 함께 앉았다. 그리고 물었다.

"제대하실 날짜가 이제 얼마 안 남으셨죠?"

"네, 이제 한 사오 개월 남았습니다."

"제대하고 나심 무슨 일을 하실 계획이세요?"

"글쎄요. 뭐 권하고 싶은 일 혹시 없으십니까?"

"어마, 제가 그걸 어떻게……."

"……글쎄, 뭐 아직 이렇다 할 계획은 없습니다. 고등학교 독일어 선생 자리나 있다면 갈까요."

"참, 독문학 전공하셨죠."

"전공이라고 하시면 부끄럽습니다. 그럭저럭 졸업장만 얻은 셈이죠. 참, 어제저녁 나오는 길로 혹시나 해서 '에로이카'엘 들러 봤더니 장코 형이 몹시 서운해하고 있더군요. 요즘 통 나타나시질 않는다고."

"네, 꽤 오랫동안 못 가 봤어요. 안녕하신가요?"

"네, 그 형이야 뭐 여전하죠. 저만큼은 뻔뻔하게 건강하더군요."

"어마, 또 그 말씀."

"하하. 아 참, 그런데 얼마 전에 누군가가 와서 이화 씰 찾더라고 하더군요. 요즘 거기 혹시 안 나오시느냐고."

"네? 누굴까……."

"아. 허 무슨 교수라고 하던가요? 그것도 자기가 밝힌 건 아니고 간 뒤에 어떤 여학생이 말해 주더라고 하더군요."

"……."

이화는 순간 마음이 아파 오는 듯한 느낌을 받았다. 허민이 '에로이카'엘 찾아갔었음에 틀림없었다. 언젠가 그녀는 그에게 그곳에 가끔 들른다는 얘기를 한 적이 있었던 것이다.

그렇다면 무엇 때문이었을까. 그냥 안부가 궁금해서 한번 들러 봤던 것일까. 아니면 무슨 일이라도 생겨서일까.

"짐작 가는 데가 있으십니까? 아, 그러고 보니 언젠가 이화 씨가 일을 돕는다던 그 교순지도 모르겠군요?"

수환이 그제야 짚이는 데가 있다는 듯 말했다.

"네. 그 선생님일 거예요."

하고 이화는 가만히 눈길을 숙였다. 그리고 전화라도 한번 걸어 봐야겠다고 생각했다.

그때 밖에서 광준의 목소리가 들려왔다.

"이화 형, 안에 있어요?"

빠른 발짝 소리와 함께 들린 소리였다.

"네, 저 여기 있어요."

하며 이화는 걸상에서 몸을 일으켰다.

"조금만 늦게 나오든지 할 일이지. 난 지금 이화 형 집엘 다녀서 오는 길이오, 몸도 채 성치 않을 사람이 부지런하긴……."

그러며 입구를 마악 들치고 들어서던 그가 수환을 발견하고 깜짝 놀랐다.

"아니, 이게 누구냐? 오 일병 아냐?"

"오 일병이라니? 난 뭐 만년 일병인가? 똑똑히 보라구."

수환이 마주 일어서며 말했다.

"아, 이젠 병장님이시로구만. 웬일이야? 휴가야?"

"응, 이화 씨가 같이 오자고 해서 왔지."

"도중에 만난 모양이로구만. 아무튼 잘 왔어. 오랜만에 악수나 한번 해 볼까?"

"나쁘지 않겠지."

두 사람은 손을 힘 있게 마주 잡고 흔들었다.

"제대 말년이라 고생은 좀 면했겠구만. 얼마 안 남았지?"

"4개월 12일 남았어. 그런데 얼굴이 왜 그래? 누구한테 맞은 것 같은데?"

"그 친구 눈도 밝군. 이제 다 가라앉았을 텐데. 그래, 무슨 일이 좀 있었어."

"아무튼 누구한테 되게 당한 모양이로구만. 얼굴이 권투 선수처럼 된 걸 보니. 혹시 근처 이발소 주인들이 몰려왔던 거 아냐?"

"아니, 그저 그럴 일이 좀 있었어. 그건 그렇고 우리 이화 형 야단부터 좀 쳐야겠군."

그러며 광준은 이화 쪽을 바라보았다.

"이화 형은 사람이 왜 그렇게 좀 남의 말을 들을 줄 몰라요? 며칠 좀 더 쉬고 완쾌된 뒤에 나오라고 했더니."

이화는 명랑한 표정을 지어 보이며 대답했다.

"남의 말을 들을 게 따로 있죠. 자기가 완쾌됐는지 안 됐는지에 대한 판단도 남의 말에 따르나요? 그것도 의사의 말이라면 또 모르지만."

"글쎄, 그러다 정말 아주 큰 병이라도 나서 영영 다신 일어나지도 못하게 되면 어쩌려고 그래요?"

"염려 마세요. 그런 일은 없을 테니. 저 이제 깨끗이 다 나았어요."

"저번에도 내 말 듣지 않았다가 결국 앓아눕고 말지 않았소?"

"이번에는 결코 다신 그런 일 없을 거예요. 걱정 마시고 오랜만에 만난 두 분 그동안 묵었던 얘기나 어서 실컷 하세요. 그렇게 서 계시지들 말고 앉으셔서요."

그러자 광준은 도리 없다는 듯 그녀로부터 시선을 옮겨 수환을 쳐다보며

"그러지, 우리 앉지."

하였다. 그리고 세 사람은 다시 걸상에 앉았다.

이화가 물었다.

"수환 씬 휴가 동안에 뭘 하실 계획이세요?"

"글쎄요, 저도 여기 와서 이발이나 배울까요?"

"어마, 정말이세요?"

이화는 어린아이처럼 손바닥을 마주칠 듯이 하며 반문했다.

"한데 이 친구가 허락을 할는지 모르겠군요."

하며 수환은 광준을 돌아보았다.

"어때? 남자 조수는 필요 없어? 한 20여 일간 말야."

그러자 광준은

"좋지. 서열만 엄격히 지키겠다면."

하고 짐짓 권위 있는 표정을 지어 보였다.

"서열이라니, 무슨 서열? 이발소에도 서열이 있나?"

"물론이지. 내가 소장이고 여기 우리 이화 형이 부소장, 그리고 자네는 원한다면 부소장보(補)로 채용해 줄 테니까. 그것도 물론 임시 채용이지만."

"어마어마하구만. 언제부터 그렇게 서열주의자가 됐어?"

"생각 없으면 그만두라구. 나도 뭐 육군 쫄병의 금싸라기 같은 휴가를 굳이 뺏고 싶은 생각은 없으니까."

"어지간히 고자세데. 좋아, 서열을 지키기로 약속하지. 이제 됐어?"

"한 가지 더. 절대로 하극상은 안 하겠다고 맹세하라구."

"좋아, 그것도 맹세하지. 나 더러워서."

"뭐? 더러워서라니? 이거 아무래도 안 되겠는데. 금방 하극상은 안 하겠다고 맹세한 친구가 바로 그 입으로 하극상을 범하잖아? 이래서야 어디 맹세를 믿을 수가 있나."

"맹세란 원래 믿을 수가 없는 거라구. 맹세치고 지켜지는 거 봤어?"

"점점? 아, 안 되겠어. 자네의 채용 신청은 거절이야."

"아, 아냐, 아냐. 취소하지, 취소해. 다시 맹세하지만 두 분을 깍듯이 모시기로 하지."

"맹세는 원래 믿을 수가 없는 거라면서?"

"믿을 수 있는 유일한 맹세를 내가 실천해 보이겠다고 맹세하지."

"그 자체가 믿을 수 없는 맹세가 되는 건 아냐?"

"결코. 한번 믿어 보라구."

"좋아, 그럼 나부터 한번 올바른 명칭으로 불러 보라구."

"예, 소장님."

"좋아, 다음은 이화 형."

"예, 부소장님."

"좋았어, 오늘부터 그럼 자넬 이 도토리 이발소의 임시 부소장보로 임명한다. 알겠나?"

"예, 알겠습니다, 소장님. 나 더러워서."

"어, 또야?"

"아, 아닙니다, 소장님."

"한 번만 더 그러면 임명을 취소할 수도 있어."

"예, 예, 알겠습니다, 소장님. 다신 안 그러겠습니다."

"좋아. 그럼 우리 도토리 이발소의 내규(內規) 한 가질 일러 주지.

점심은 항상 라면으로 한다. 그리고 그 조리 책임은 서열상 최하위자에게 있다. 알았으면 지금부터 시행하도록 하라구, 마침 점심때도 다 됐으니까."

"야, 그건 너무했다, 너무해."

"네, 그건 정말 너무한 것 같아요. 라면은 제가 끓일게요."

이화가 참견하고 나섰다. 그러자 광준이 웃으며 말했다.

"하하, 그건 좀 너무했나. 그럼 오늘은 내가 솔선수범하기로 하지."

그러나 그때 수환이 걸상에서 일어나며 말했다.

"아니, 좋아. 내가 하지, 쫄병 때 고참들 야식 끓여 바치던 솜씰 다시 한번 발휘해 보는 것도 나쁘진 않을 테니까."

이화가 급히 따라 일어서며 말했다.

"아녜요. 제가 할게요. 두 분은 오랜만에 만나신 회포나 푸세요."

그러자 광준도 따라 일어섰다.

"아니, 이화 형은 안 돼요. 아직 몸도 채 성하지 않은 사람을 부려먹을 순 없어요. 역시 내가 하는 게 좋겠소. 주인으로서의 도리도 있고 하니까. 자, 두 사람이야말로 손님답게 얌전히 앉아 있어요."

수환이 고개를 끄덕였다.

"그 말이 옳군. 이제야 도의심이 제대로 움직이는 모양인데. 자, 우린 그럼 이 친구 말대로 손님답게 점잖이 앉아 있읍시다."

그러나 이화는 배시시 웃으며 말했다.

"아녜요. 전 광준 형이 염려하시는 것처럼 이제 병자도 아니고 또 손님도 아닌걸요, 뭐. 제가 할 테니까 두 분은 글쎄 오랜만에 만나신 회포나 푸세요."

그리고 그녀는 두 사람이 더 이상 무어라 말할 겨를을 주지 않고 취사도구들이 놓여 있는 쪽으로 향했다.

그러자 광준이 잠시 사이를 두었다가 말했다.

"그럼 이렇게 합시다. 오늘만은 모처럼 이 친구도 오고 했으니까 잠시 외식을 하고 오기로 합시다. 마침 오늘 강사료도 좀 받았으니까. 아이들 올 시간도 아직 좀 남았고."

"이런 노랑이 같은 친구. 그럼 진작에 그랬어야지. 강사료까지 받았다면서 그래 라면으로 때우려고 했어?"

수환이 핀잔주듯 했고,

"오해하지 마. 정말 자네 때문인 줄 알아? 이화 형 고집을 꺾을 자신이 없어서 그러는 거지."

하고 광준이 받자

"야! 이런 흉한 인심 봤나!"

하고 수환은 짐짓 입을 딱 벌리는 시늉을 했다.

이화가 되돌아 서 있다가 웃으며 말했다.

"어마, 그러다 두 분 의 상하시겠어요. 친구 간에 농담하다가 의 상하는 일도 종종 있대요. 그만하시고 저 고집 안 부릴 테니까 그럼 오늘은 광준 형 말대로 해요. 저도 돈 조금 있어요."

"하하, 돈이라면 저한테도 약간은 있습니다. 휴가비 받은 것도 있고. 이 친구가 워낙 노랑이처럼 굴기에 하는 소리죠."

수환이 그러며 웃었고

"하하, 이화 형 고집 때문에 결국 이 친굴 식사 대접하게 됐는데."
하고 광준도 웃었다.

그리고 그들은 곧 천막에서 나와 큰길 쪽으로 나갔다. 큰길 쪽으로 나가야만 음식을 사 먹을 수 있는 곳이 있었기 때문이다.

그들은 버스 정류장 근처에 있는 한 중국음식점으로 들어갔다. 그리고 그곳에서 간단한 점심을 마치고 그들은 다시 천막으로 돌아왔다.

그날부터 그리고 천막의 식구는 세 사람이 되었다. 물론 수환의 휴가기간 동안에 한하는 일이었지만.

그리고 이화가 허민에게 전화를 건 것은 그다음 날 오전이었다.

다음 날은 마침 일요일이었고 일요일엔 아침 일찍 출근하지 않아도 되었으므로 10시쯤 집을 나서다가 그녀는 수환이 하던 말이 생각났던 것이다. 허민이 '에로이카'엘 들렀더라는 말. 그리고 자기를 찾더라는 말.

그녀는 동네 어귀 약방 앞에서 공중전화를 걸었다. 전화를 받은 사람은 허민의 부인 강윤희였다. 이화의 목소리를 알아듣고 그녀는 깜짝 놀라듯 반겼다.

"아니, 이게 누구예요? 이화 학생 아녜요?"

"네, 안녕하셨어요?"

"네, 우린 이화 학생 덕분에 아주 잘 지내고 있어요. 참, 내 정신 좀 봐. 졸업한 지 1년이 다 돼 오는 분더러 아직 학생이라니."

"아무렇게나 부르심 어떠세요? 전 그리고 아직 학생 기분인걸요, 뭐."

"그래두. 참 그동안 별일은 없었구요?"

"네, 저도 아무 일 없이 잘 지냈어요. 선생님, 댁에 계신가요?"

"계세요. 바꿔 드릴게요. 그런데 왜 그렇게 통 연락 한번 안 하세요? 가게에라도 한번 들러 주시지 않구."

"네, 하는 일 없이 바빠서 그랬어요. 용서해 주세요."

"용서는요. 공연한 투정이죠. 자, 그럼 허 선생 바꿔 드릴게요."

"네."

곧 허민의 목소리가 수화기 속에서 들려왔다.

"이화?"

"네, 선생님. 안녕하셨어요?"

"나쁜 사람. 어디서 뭘 하기에 그렇게 전화 한 번 없누. 난 또 어디 외국에라도 간 줄 알았지."

"죄송해요, 선생님."

"어쨌든 목소리라도 듣게 되어 다행이군. 그래 요즘은 뭘 하고 지내?"

"저 이발소에 취직했어요, 선생님."

"이발소라니? 그게 또 무슨 수수께끼 같은 소리야?"

"수수께끼 아녜요, 선생님. 저 정말 이발소에 취직했어요."

"아니, 그게 무슨 소리야? 그럼 정말 남자들 면도하고 머리 깎는 이발소엘 다니고 있단 말이야?"

"그런 어른들 이발소는 아녜요, 선생님."

"그럼?"

"아이들 이발소예요. 아이들 머리만 깎아 주는."

“그런 이발소도 다 있나? 무슨 소린지 모르겠군. 아무튼 그럼 이발소에 다니고 있다는 말은 사실인 모양이로군.”

“네, 선생님. 제가 왜 선생님한테 거짓말을 하겠어요? 저 이래 봬도 제법 이제 숙련된 이발사예요.”

“알 수 없는 소리로군. 뭐가 뭔지 통. 그건 그렇고 이화 혹시 내일 시간 좀 낼 수 있을까?”

“내일 왜요, 선생님?”

“글쎄, 시간을 낼 수 있을까?”

“오전에요, 오후에요?”

“오후에.”

“…….”

“어려울까?”

“오후엔 좀 어렵겠어요, 선생님. 이발소에 있어야 하는 시간이거든요. 무슨 일인데요, 선생님?”

“글쎄, 하루쯤 결근을 할 순 없을까?”

이화는 조금 망설이고 나서 대답했다.

“……잠깐이면 안 될까요. 선생님?”

“그건 좀 곤란한데.”

“무슨 일인데요? 선생님. 제가 꼭 있어야 하는 일인가요?”

“글쎄, 이화가 꼭 있어야 하는 일이라곤 할 수 없겠지만 있어 주었으면 하는 희망이지. 특히 지금 내 옆에 있는 사람의 간절한 소망이고. 그래서 실은 내가 ‘에로이카’라는 델 다 찾아가 봤었지. 요즘 거기도

통 안 나타난다고 하더군."

"선생님이 '에로이카'엘 오셨다는 얘기 들었어요."

"아니, 누구한테? 난 내가 누구라는 걸 말한 일은 없는데."

"거기 와 있던 어떤 여학생이 가르쳐 주더래요. 아마 선생님 얼굴을 알고 있는 학생이었나 봐요."

"이화가 그럼 그 '에로이카'라는 델 들렀었던 모양이군?"

"아녜요. 저 아는 어떤 사람이 전해 주는 얘길 들었어요."

"오라, 그래서 이를테면 나한테 하지 않던 전활 다 한 셈이군?"

"죄송해요, 선생님."

"그렇다고 죄송할 건 없고. 어쨌든 이렇게 이화 목소릴 듣게 된 것만도 다행이니까. 자, 그럼 실토를 하지. 실은 지금 내 옆에 있는 사람이 내일 저녁에 이화를 꼭 좀 초대하고 싶다는 거야. 다른 게 아니라 내일이 바로 우리가 재결합한 지 만 1년이 되는 날이거든. 다시 말해서 이산가족(離散家族)이 다시 모인 1주년 기념행사를 그 주선자였던 이화를 빼놓곤 치르기가 서운하다는 얘기지."

"어마, 벌써 그렇게 됐나요?"

"그럼. 이환 세월 가는 줄도 모르는 모양이군. 게다가 우린 곧 여행을 떠나게 돼. 외국으로."

"어마, 어디로요?"

"한 1년 예정으로 독일엘 갔다 오기로 했어. 그쪽 정부에서 경비 일체를 모두 부담한다는 나쁘지 않은 조건이야."

"어마, 그럼 언제 떠나세요?"

"며칠 안 남았어. 이제 꼭 열흘 남았군."

"사모님도 그럼 함께 가시나요?"

"그러기로 했어. 그래서 말하자면 겸사겸사 이활 한번 초대하고 싶다는 얘기지. 거기 가 있는 1년 동안은 이활 아무리 보고 싶어도 볼 도리가 없을 테니까. ……와 주겠어?"

"……."

"역시 어려울까?"

"갈게요, 선생님."

"아, 그래 주겠어? 고마워, 이화."

"고맙긴요, 선생님. 저 몇 시에 갈까요?"

"6시쯤 어떨까. 저녁이나 같이하면서 얘기나 좀 하게."

"네, 그럼 내일 저녁 6시에 선생님 댁으로 갈게요."

"그래, 그럼 기다리겠어."

"네, 안녕히 계세요, 선생님."

이튿날 저녁 이화는 광준과 수환에게 사정을 얘기하고 허민의 아파트로 갔다. 도중의 꽃가게에 들러 카네이션 스무남은 송이를 사 들고.

허민 부부는 그녀를 귀빈처럼 맞이해 주었다. 그리고 저녁 식탁은 정갈하고 윤기 있게 마련되어 있었다.

이화는 식탁의 한가운데에 앉혀졌다. 그리고 그녀 양쪽에 허민 부부가 마주 보고 앉았다.

"자, 이제 당신은 소원성취한 셈이로군."

하고 허민이 강윤희 쪽을 바라보며 말했다.

"당신은요? 당신은 아무렇지 않으시구요?"

강윤희는 곱게 눈을 흘기는 시늉을 했다.

"물론 나도 기쁘지. 하지만 이활 초대하자고 먼저 졸라 댄 건 당신 아니오?"

"물론 저예요. 하지만 그게 어디 나 혼자서만 이화 학생을 보고 싶어서 그런 건가요, 뭐."

"하하, 그렇던가. 한데 이화 학생은 또 뭐야? 졸업한 지 1년이 다 돼 오는 사람을 두고."

"글쎄, 내 정신 좀 봐. 어제 전화받을 때도 그래 놓고. 뭐라고 부르는 게 좋을까. 이화 씨라고 부르기도 어쩐지 어색하고."

이화가 가만히 웃으며 말했다.

"그냥 이화라고 부르세요. 선생님처럼요."

"아녜요. 그건 더 어려워요."

"그럼 그냥 이화 학생이라고 불러 주시든지요. 졸업만 했다고 어디 학생이 아닌가요, 뭐."

"그래요. 그 편이 부르기가 역시 편하겠어요. 입버릇이 돼서 그런지. 자, 그럼 우리 식사하면서 얘기해요. 식기 전에."

"그러지. 우리 식사하면서 얘기하지. 이 사람이 자기가 가진 재주는 모두 동원해 본 모양이니까."

"네, 음식들이 모두 아름다워 보일 정도네요."

"어마 그렇게 놀리는 데가 어딨어요? 자, 어서 들기나 해요. 변변치 못한 솜씨지만."

"놀리긴요. 정말 그런걸요. 맛있게 먹겠어요, 그럼."

그들은 곧 식사를 시작했다. 모두가 제 본래의 향기를 잃지 않은, 알맞게 조리된 음식들이었다.

근 1년 만에 다시 보는 그들 부부의 모습은 그리고 그늘진 구석 없이 행복해 보였다. 이화는 마음속으로 안도와 기쁨을 동시에 맛보았다.

이윽고 허민이 자못 궁금하기 짝이 없다는 듯 그녀의 이발소 운운한 말에 대해 물어 왔다. 그녀는 사실대로를 얘기해 주었다. 그러자 그가 고개를 커다랗게 끄덕이며 그러나 다소 근심 어린 표정으로 말했다.

"그렇게 된 얘기였군. 하지만 이화가 감당하기엔 좀 고된 일에 뛰어든 것 같군."

강윤희도 얼굴에 근심을 담아 말했다.

"그래요. 너무 힘겨운 일일 것 같아요. 이화 학생은 몸도 그렇게 튼튼해 보이질 않는데."

그러나 이화는 밝은 표정으로 대답했다.

"더 쉬운 일보단 물론 쉽지 않다고 할 수도 있겠죠. 하지만 더 어려운 일을 하는 사람에 비하면 제가 하는 일은 아무것도 아닐 거예요. 그리고 전 겉보기하곤 달리 아주 튼튼한 앤걸요. 일이 재미나기도 하구요."

식사가 끝난 것은 7시가 넘어서였다. 그리고 그녀가 허민의 아파트를 나선 것은 10시가 가까워서였다.

그들은 그녀의 앞으로의 계획 같은 것도 물었고 자신들이 독일에 가서 할 일에 대해서도 말했다. 그리고 편지라도 자주 주고받자는 얘기도 했다. 강윤희가 주로 많은 얘기를 했고 허민은 그녀에게만 따로 하고 싶은 얘기가 있는 듯했으나 강윤희를 염려하여 자제하는 눈치다가 그녀가 아파트를 나설 때에야 겨우 이렇게 말했다.

"……와 줘서 정말 고마워, 이화."

그리고 그는 많은 얘기를 담은 눈빛으로 그녀를 바라보았다. 깊고 고요한 눈빛이었다. 그러나 이화는 그 눈길을 짐짓 모른 체하고 명랑한 목소리로 말했다.

"고마운 건 저예요, 선생님. 이렇게 초대해 주셔서. 저 아주 즐거웠어요."

그러자 강윤희가 곱게 웃으며 말했다.

"다행이에요, 그럼. 난 또 혹시 억지로 오게 해서 괜히 재미도 없는 자리에 앉아 있다 가게 만들지나 않았나 하고 걱정을 했는데."

"어마, 사모님도. 전 오늘처럼 즐거운 자린 정말 처음이었어요. 제가 오히려 폐만 끼쳐 드렸을 거예요."

"원, 별말을 다."

그들은 이화를 아파트 앞 큰길까지 배웅해 주었다. 허민은 더 이상 아무 말도 하지 않았다.

그리고 그녀가 택시에 오르고 나서 차창으로 내다보았을 때 그들은 나란히 선 채 그녀를 향해 손을 흔들어 보였다. 그녀도 가만히 마주 손을 흔들어 보였다.

이화가 그들 부부를 전송하기 위해 공항으로 나간 것은 그리고 그로부터 9일 후였다. 공항에는 허민의 동료 교수들이 많이 나와 있었고(송 교수도 나와 있었다) 강윤희의 친구들인 듯한 중년부인들도 몇 명 나와 있었으며 이화는 아직 한 번도 본 적이 없는 허민의 가족들(부모와 형제들)과 강윤희의 친정 가족들, 그리고 친척들까지 나와 있었다.

사람들의 울타리 속에 갇혀 있다시피 하던 두 사람은 이화를 발견하자 그 울타리를 헤치고 반가이 마주 다가왔다.

"오, 이화. 나와 주었군. 고마워."

하고 허민이 다소 떨리는 듯한 목소리로 말했고,

"고마워요, 정말. 추운데 여기까지 나와 주어서."

하고 강윤희는 그녀의 두 손을 마주 잡았다.

"무사한 여행이 되시길 빌겠어요."

하고 이화는 두 손을 마주 잡힌 채로 말했다. 그리고 덧붙였다.

"가 계시는 동안 그리고 편지 주세요. 저도 편지 드릴게요."

"그래요. 우리 떨어져 있는 동안 편지로나 자주 만나요. 허 선생이 편지 안 쓰면 내가 졸라서라도 쓰게 할 테니까. 물론 나도 쓰고."

강윤희가 그렇게 말했고

"몸조심해. 우리 돌아올 때까지. 모든 일에 너무 무리하지 말고."

하며 허민은 많은 말을 담은 그러나 그것을 자제하는 눈빛으로 말했다. 그리고 그들은 곧 아쉬운 듯 그녀로부터 물러나서 사람들의 전송을 받으며 탑승객들에게만 허용된 좁은 통로로 빠져나갔다.

이화는 참으로 오랜만에 마음속에 잔잔한 슬픔 비슷한 감정을 맛보았다. 그것은 어떤 형태로든, 아는 사람들이 서로 헤어지는 데서 오는 슬픔 같기도 했고 허민의 그 많은 말을 담은, 자제하는 눈빛에서 받은 잔잔한 아픔 같기도 했다.

그러나 그녀는 곧 그러한 자신을 꾸짖었다. 그리고 돌아오는 차 안에서 그들의 길고 오랜 여행이 무사하기만을 빌었다.

그런데 허민 부부가 독일로 떠난 지 얼마 안 돼서 광준의 천막이 있는 ㅁ동 일대에는 어떤 불길한 소문이 나돌기 시작했다. 일대의 집들이 모두 철거를 당하게 될는지도 모른다는 소문이 그것이었다.

수환의 휴가기간도 이제 며칠 남지 않은, 갑작스레 심한 추위가 닥쳐온 어느 날 저녁 무렵이었다. 마악 간단한 저녁식사를 마치고 난 참이었다. 동네의 남자 어른 몇 사람이 천막으로 찾아왔다. 모두 흥분을 감추지 못한 얼굴들이었다. 광준이 의아한 표정으로 그들을 맞자 그중 나이가 제일 들어 보이는 한 사람이 말했다.

"선상님은 혹시 무슨 소문 듣지 못했나유?"

광준이 무슨 일인지 잘 모르겠다는 표정으로 되물었다.

"무슨 소문 말입니까, 아저씨?"

"아무 소문두 못 들으셨나유?"

"글쎄요. 전 별다른 소문 들은 게 없는데요. 무슨 소문이 있나요?"

"이 동네 철거 대상에 들었다는 소문 못 들으셨나유?"

순간 광준의 표정은 어둡게 흐려지면서 긴장했다.

"네? 그런 소문을 어디서 들으셨습니까?"

"누구한테서 나왔는진 모르지만 다들 들었지유. 선상님만 깜깜히 모르고 계셨구만유."

"언제 그런 소문을 들으셨습니까?"

"어제 오늘 동네에 쫙 퍼졌지유. 우린, 선상님은 무슨 자세한 내막이라두 알구 계실까 해서 이렇게 찾아왔는데유."

"아니, 전 까맣게 모르고 있었습니다. 지금 아저씨한테 처음 듣는 얘깁니다."

"소문이 사실일까유?"

"글쎄요, 제가 한번 알아보겠습니다. 소문만 가지고 너무 미리 염려들은 하지 마세요."

"만일에 그 소문이 사실이라면 우린 이 엄동설한에 어디루 가야 하나유?"

"글쎄요, 우선 소문이 사실인가부터 알아봐야죠. 그리고 설사 사실이라 하더라도 무슨 보상책이 있겠죠. 너무 염려들 하지 마세요. 설마 겨울철에 그런 짓이야 하겠습니까?"

"허지만 소문은 대개 들어맞더구먼유, 어떻게 동절만 좀 무사히 넘어가기라두 했으면 낫겠는데."

"제가 한번 알아보겠습니다. 그리고 소문이 만일 사실이라면 대책을 강구해야죠. 너무 염려들은 하지 마세요. 제 생각 같아선 별일 없을 것 같습니다. 하필 겨울철에 그런 무모한 짓을 할 리가 있겠습니까? 너무 걱정들 마시고 아이들이나 돌아오면 보내 주세요."

사람들은 그러나 불안한 표정을 감추지 못한 채 돌아갔다. 그리고 사람들을 돌려보내고 난 광준의 얼굴은 어느 때 없이 어둡게 흐려져 있었다.

이화가 조심스레 물었다.

"……소문이 사실일까요?"

"글쎄, 잘 모르겠소. 하지만 어쨌든 불길한 소문임엔 틀림없소."

광준은 흐려진 표정을 풀지 않은 채 대답했다. 이화는 재차 불안한 표정으로 물었다.

"만일 사실이라면 어떡하죠?

"글쎄, 그땐 우리도 동네 사람들 하고 운명을 같이하는 수밖에 없겠지. 아무튼 내일 좀 알아봐야겠소."

"알아보실 데가 있으세요?"

"친구 중에 시청 출입하는 기자가 하나 있는데 그 친구라면 사실 여부를 알아볼 수 있을 거요."

"그럼 어서 내일이 왔으면 좋겠어요. 그래서 소문이 사실이 아니라는 게 빨리 밝혀졌으면 좋겠어요."

"나도 같은 심경이오."

그때 수환이 짐짓 투정이라도 하듯 말했다.

"이러다 이거 난 그나마 부소장보 노릇도 도중에 그만둬야 하게 되는 거 아냐? 이제 겨우 이발기계가 손에 익을까 말까 한 판에 말야."

무거운 분위기를 다소 누그러뜨려 보려는 의도에서였으리라. 그러나 광준은 좀처럼 기분이 가벼워지지가 않는 모양이었다. 수환의 말을 그냥 건성으로 듣는 표정이더니 걸상에서 몸을 일으켰다.

"나 좀 나갔다 와야겠소."

"어딜 가시게요?"

이화가 따라 일어서며 물었다.

"아무래도 내일까지 기다리고 있을 수가 없을 것 같소. 이 친구가 집에 있을는지 모르지만 전화라도 한번 해 보고 와야겠소."

"그 친구분 댁 전화번호를 아시나요?"

"적어 둔 게 있소. 금방 돌아올 테니 아이들이 오면 수업을 시작해요."

"네, 그럼 다녀오세요."

"이 친구가 집에 돌아와 있었으면 좋겠는데."

그러며 그는 천막 밖으로 나가려다 말고 수환을 돌아보며 말했다.

"부소장보 자리에 대해선 너무 염려 말라구. 무슨 일이 있어도 자네 자린 우리가 보장할 테니까."

그리고 그는 조금 웃어 보였다. 방금 악의 없는 수환의 농담에 아무런 대꾸도 하지 않은 자신이 좀 미안쩍게 여겨졌던 모양이었다.

다소 머쓱해 있던 수환이 얼굴을 붉히며 말했다.

"그 친구 소심하긴. 어서 전화나 걸어 보고 오라구."

"그래. 이화 형 좀 돕고 있어."

그리고 광준은 천막 밖으로 나갔다.

그러나 반시간쯤 후 다시 천막으로 되돌아온 광준의 표정은 여전히 무겁게 흐려져 있었다.

아이들은 아직 오지 않고 있었다.

"전화 통하셨어요?"

이화가 그의 표정을 살피며 물었다. 그는 고개를 가로저었다.

"못 통했어요. 집에도 아직 안 돌아온 모양이고 신문사에선 퇴근을 한 모양이에요. 어차피 내일 나가서 알아보는 수밖에 없겠소."

"그럼 그렇게 하세요. 내일 알아보세요."

"어차피 이젠 그럴 도리밖에 없소."

그런데 이튿날 아침 일찍 천막을 나간 광준은 오후가 되어도 돌아오지 않았다.

시청 출입기자라는 친구를 만나지 못했거나 그 친구를 통해서도 소문의 사실 여부를 알아낼 수가 없어 달리 알아볼 만한 데를 찾아다니느라 늦어지는 것이라고 생각되었다.

이화는 수환과 함께 아이들의 머리를 깎으면서 천막 밖의 작은 동정에도 귀를 기울이곤 했다. 그가 돌아오는 발짝 소리를 놓치지 않기 위해서였다.

그러나 그는 오후가 다 지나서, 머리 깎으러 온 아이들이 모두 돌아간 뒤까지도 돌아오지 않았다.

수환이 걱정스런 표정으로 말했다.

"아무래도 무슨 좋지 않은 일이 생긴 모양인데요."

"그러게요. 왜 이렇게 늦으시는지 모르겠네요."

이화도 초조한 빛을 감추지 못한 채 대꾸했다.

"이렇게 되면 이 친구가 돌아오더라도 좋은 소식을 갖고 오리라 기대하기가 어려울 것 같군요."

"네, 아무래도 나쁜 예감만 자꾸 들어요."

"……만일 소문대로 이 일대가 전부 철거를 당하게 되면 이화 씬 어떡하시겠습니까?"

"모르겠어요. 지금은 소문이 사실이 아니기만 바라는 마음뿐예요."

"하긴 저나 이화 씨보단 이 친구한테 더 큰일이죠. 이 친구한텐 이게 자기 목숨이나 다름없으니까요. 어쨌든 별일 없었으면 좋겠는데."

"네, 제발 아무 일 없었으면 좋겠어요."

"저야 곧 귀대해야 할 몸이지만 이화 씰 생각해서도 무사해야 할 텐데요."

"제가 아니라 광준 형을 위해서 그래요. 그리고 누구보다 동네 분들을 위해서 그렇고요."

"그야 더 말할 나위 없죠. 그런데 이 친구 아무래도 너무 늦는걸. 그렇다고 내가 찾아 나서 볼 수도 없고."

"찾아 나서시긴요. 오시겠죠, 뭐."

그때 밖에서 광준의 낯익은 발짝 소리가 들려왔다. 그리고 곧 천막의 입구가 들쳐지면서 그의 모습이 나타났다.

이화는 그의 표정부터 살폈다. 무언가 시치미를 떼고 있는 듯한 표정이었다.

"아, 벌써 이발은 다 끝났군. 내가 너무 늦었나."

그러며 그는 평상시의 외출에서 돌아온 사람처럼 물었다.

이화가 초조한 표정으로 물었다.

"알아보셨어요?"

"아 참, 내가 보고부터 해야 하는 걸 잊었군. 알아봤어요. 소문은 사실이었소."

"네?"

"여태껏 그놈의 소문을 확인하느라고 이렇게 늦었소. 시청 출입기자라고 해서 그런 걸 알아내는 게 그렇게 간단친 않더군. 1시간만 기다려 봐라, 30분만 기다려 봐라, 조금만 더 기다려 봐라……."

"결국 그럼 철거를 당하게 되는 건가요?"

그러자 그는 조금 웃었다.

"그렇게 너무 걱정하지 말아요. 당장은 아닌 모양이오. 내년 봄 이후의 계획이라니까. 어차피 마찬가지지만 이 겨울철을 넘기게 된 것만으로 우선 다행으로 여깁시다. 우리보다 동네 분들한테 말이오."

이화는 반쯤 막혔던 호흡이 자유로워지는 듯했다.

"어마, 전 또 당장 철거를 당하게 되는 줄 알았어요. 그런 법이 어디 있어요?"

"무슨 법 말이오?"

"그렇게 시치미를 떼시는 법이 어디 있어요? 소문이 사실이더라고 하시길래 전 당장 큰일이 벌어지고 마는 줄 알았지 뭐예요."

"하하, 난 거짓말하지 않았소. 이화 형이 좀 성급했을 뿐이지. 하지만 조금 유예가 됐다고 해서 사정 자체가 달라진 건 아니니까 즐거울 건 하나도 없소. 어쨌든 겨울철을 모면하게 된 것만도 다행이긴 하지만. 자, 그때까지 우린 우리 일이나 합시다. 그땐 또 그때대로 대처하기로 하고."

그러며 그는 잠시 어디 먼 곳을 응시하는 듯한 눈빛을 했다. 마치 자기가 말한 '그때'를 눈앞에 그려 보기라도 하듯.

어쨌든 그로써 동네에 퍼졌던 그 불길한 소문은 일단 내년 봄 이후의 일로 미뤄진 채(그러나 불안의 요소는 물론 여전히 남겨진 채) 표면상으로나마 가라앉았다.

그리고 곧 수환의 귀대일이 다가왔다. 그는 이제 이발기계를 들고 아이들의 머리통을 잡는 법도 아주 익숙해져 있었으며 아이들로부터 '군인 선생님'이란 호칭으로 불리며 꽤 호감도 얻었고 나누어 맡은 과목인 '사회생활'도 그 특유의 재미나는 화술로 훌륭히 가르치고 있었다. 그런데 귀대해야 할 날이 다가온 것이다.

그가 귀대하기 하루 전날 광준은 수업을 마친 뒤에 그를 위해 조그만 술자리를 베풀었다. 언젠가 이화와 함께 갔었던, 버스 정류장 부근의 그 대폿집으로 옮겨 가서였다.

탁자 하나를 차지하고 앉아 막걸리 한 잔씩을 따라 놓고 났을 때 광준이 말했다.

"자, 들지. 그동안 부소장보 노릇 하느라고 수고 많았어. 이화 형도 부하 거느리느라고 수고 많았고."

이화와 수환은 서로 한번 마주 쳐다본 다음 광준을 향해 말했다.

"어마, 끝까지 그러시는 데가 어딨어요?"

"보자 보자 하니 그 친구 정말 한없이 방자한데?"

그러자 광준은

"하하, 왜 내 말이 틀려? 어쨌든 수고를 한 건 사실 아냐? 자, 들자구."

하며 잔을 들어 올렸다. 그리고 세 개의 잔이 한데 모이게 했다가 각자 입으로 가져갔다.

이화는 조금밖에 마시지 않았지만 두 사람은 그 이후 잔을 주고받으면서 마치 경쟁하듯 마셨다. 그렇게 하는 것만이 자신들의 우정을 다짐하는 수단이라도 되듯. 그리고 작별의 서운함을 메워 주는 위안책이라도 되듯. 그렇게 두 사람 모두 얼굴이 붉어지기 시작했을 즈음 수환이 문득 진지한 표정으로 광준에게 물었다.

"지금 하고 있는 일, 언제까지 계속할 거야?"

광준이 수환을 잠시 쳐다보고 나서 역시 진지하게 대답했다.

"필요할 때까지."

"이화 씨도 그럼 그때까지 같이 붙잡고 있을 거야?"

순간 광준은 예기치 못한 질문에 부닥친 표정으로 멍하니 한순간 수환을 바라보고 나서 반문했다.

"무슨 소리지, 그게?"

"이화 씨한텐 너무 무리한 일 같아서 하는 소리야. 물론 이화 씰 과소평가하는 얘기가 아니고."

"……."

"너무 자네 욕심만 부리는 거 아냐?"

"무슨 얘긴지 알겠어. 이화 형을 그만 좀 놓아주라는 얘기지?"

"뭐 꼭 그렇다기보다……."

"뭐가 꼭 그렇다기보다야? 그렇지. 알고 있어, 나도. 이화 형한텐 이 일이 좀 험하다고 할까, 힘에 겹다는 거. 자네가 그렇게 말하는 심정도 알 만하구. 하지만 선뜻 놓아주겠다곤 지금 대답 못 하겠어. 왜 그러냐고 묻는다면 그건 나도 잘 모른다고 대답할 수밖에 없고."

"……."

이번에는 수환 쪽에서 예기치 못한 대답을 들은 표정으로 멍하니 한순간 광준을 쳐다보았다. 그러자 광준은 그의 시선을 똑바로 마주 받으며 덧붙였다.

"아무렇게 생각해도 좋아. 난 단지 내 솔직한 심경을 얘기했을 뿐야, 그리고 이걸로 자네의 질문에 대한 대답은 한 걸로 해 줘. 결국 내 욕심만 너무 부리는 게 아니냐는 자네 말을 수긍한 격이 됐지만."

"……알겠어."

수환은 순간 얼굴을 조금 붉히듯 하며 고개를 끄덕였다.

"내가 쓸데없는 질문을 했던 모양이군."

그러자 광준은 웃었다.

"무슨 소리. 내가 철면핀지도 모르지. 자, 술이나 들자구. 사실은 우리가 주제넘은 수작을 하고 있는지도 몰라. 이화 형이 지금 잠자코는 있지만 속으론 몹시 아니꼬워하고 있을 거야. 저희들 마음대로 놓아주라거니 못 놓아주겠다거니 하고들 있다고 말야."

이화가 뺨을 붉히며 말했다.

"그건 그래요. 어떻게 제 얘기를 하시면서 그렇게들 전 마치 옆에 없는 사람 취급하듯 하세요?"

"이 보라구. 당장 항의가 들어오지 않나. 실은 누가 놓아주고 말고 할 것도 없이 이화 형이 있고 싶으면 있고 가고 싶으면 가는 거라구. 이화 형이 대단한 고집쟁이라는 건 자네도 모르지 않을 테지?"

그러자 수환도 겸연쩍은 듯 조금 웃어 보이며 대꾸했다.

"알아. 내가 공연한 소릴 했어. 술이나 줘."

"그래. 조금 더 마시고 일어서지. 시간도 늦었으니까."

그들이 술집에서 나온 것은 10시 반이 넘어서였다. 광준이 수환에게 악수를 청하며 말했다.

"자, 이제 제대 후에나 보게 되겠군. 금싸라기 같은 휴가기간을 몽땅 와서 애써 줘서 정말 고마웠어."

수환도 그의 손을 마주 쥔 채 말했다.

"방해나 됐겠지. 무슨 도움이 됐을라구. 계속 수고해, 그럼."

이화는 수환과 함께, 마침 달려오는 텅텅 빈 버스에 올라탔다.

광준이 두 사람을 향해 손을 흔들어 보였다. 빈 좌석에 나란히 앉은 두 사람도 그를 향해 손을 흔들어 보였다. 그리고 그의 모습이 보이지 않게 된 뒤에도 한동안 두 사람 사이에는 아무 말도 없었다. 무언가 서로, 먼저 얘기할 기회를 양보하고 있는 듯한 분위기였다.

이윽고 이화가 먼저 말을 꺼냈다.

"내일 부대로 돌아가시면 이제 제대하실 때까진 못 나오게 되시나요?"

"네, 그렇게 될 겁니다. 마지막 휴가였으니까요."

"제대가 내년 봄이라고 하셨죠?"

"네, 겨울만 가면 곧 봄이죠."

"하지만 겨울을 다 넘기시려면 아무래도 고생되시겠어요."

"아니죠. 겨울도 이제 얼마 안 남은걸요."

"아녜요. 우리나라 겨울은 너무 길어요. 어떤 땐 3월달까지도 겨울

날씨가 계속되잖아요."

"그렇긴 하지만 마지막 겨울인걸요. 오히려 희망의 겨울이라고도 할 수 있죠."

"그 말씀 들으니까 마음 든든하네요."

"아, 고참 병장한테 그런 말 하시는 거 아닙니다. 그건 갓 입대한 훈련병한테나 하는 얘기죠."

"어마, 그럼 죄송해요."

"하하, 괜찮습니다. 이화 씬 제게 그런 말 하실 자격이 있습니다."

"어마, 그게 무슨 말씀이세요?"

"뭐라고 할까, 이화 씬 저 어렸을 때, 몹시 예뻐 보이던 여선생님 같다고나 할까요? 또는 마음씨 고운 누님 같다고나 할까요."

"어마, 그런 말이 어딨어요."

"그저 해 본 소립니다, 하하. 이화 씨가 하도 제 염렬 하시길래."

"그럼 이제부터 염려 안 하겠어요."

"하하, 좋습니다. 염려하셔도 좋고 안 하셔도 좋습니다. 솔직히 말한다면 역시 염려를 받는 편이 좋겠지만. 그건 그렇고 이화 씬 언제까지 저 친구 일을 도울 생각이십니까? 이건 결코 무슨 시기심에서 하는 얘긴 아닙니다만."

"지금 생각으로는 도울 수 있을 때까진 도울 생각이에요. 그 일이 광준 형 개인의 일만은 물론 아니기도 하지만요."

"역시 짐작대로군요. 하지만 이화 씨 건강으로는 아무래도 좀 무리가 아닐까요? 제가 같이 일을 하면서 느낀 겁니다만."

"어마, 제 건강이 어때서요? 저 아주 튼튼한걸요."

"어디 병이 있으시단 얘기가 아닙니다. 이화 씨 체력으론 감당해 내기가 좀 무리일 것 같다는 얘기죠. 아까 그 친구한테 한 얘기도 그 얘기였구요."

"알아요. 수환 씨 저 염려하신다는 거. 하지만 저 자신 있어요. 너무 걱정하지 마세요."

그러자 그는 잠시 입을 다물었다가 그녀의 눈길을 피하듯 하며 말했다.

"……그 친굴 좋아하고 계십니까?"

이화는 그의 말뜻을 알아차릴 수 있었다. 잠시 눈길을 내리깔고 있다가 가만히 쳐들며 말했다.

"네, 존경하고 있어요. 수환 씨가 편지에 쓰셨던 것처럼요."

그러자 그는 잠시 무언가 아쉬운 듯한 눈길을 그녀에게 보냈다. 그리고 곧 쾌활하게 말했다.

"아무튼 그럼 건강이나 조심하십시오."

이화는 나직한 소리로 대답했다.

"수환 씨도 건강하신 몸으로 제대하세요."

그리고 그녀는 그의 두 눈을 향해 슬픈 듯 잔잔한 미소를 지어 보였다. 수환은 조용히 고개만 끄덕였다.

수환이 귀대하고 나자 천막에서의 생활은 다시 광준과 이화 두 사람만의 것이 되었다. 그리고 그들은 한 사람이 더 있다가 빠져나간, 어딘지 갑자기 허전해진 듯한 느낌을 메우기 위해서도 더욱 자신들의 일에 열중하였다.

차차 수환의 일도 다시 잊혀져 갔다. 그러던 어느 날 천막으로 편지 한 통이 배달되었다. 수환으로부터의 편지였고 이화 앞으로 보내진 것이었다. 주소를 천막으로 한 것은 광준과 함께 보아도 좋다는 뜻일 터이었다.

이화 씨. 이것이 아마 이화 씨한테 드리는 마지막 편지가 될지도 모르겠습니다. 왜 제가 이런 말을 쓰고 있는지는 저 자신도 지금 잘 알 수가 없습니다. 막연히, 그렇습니다. 막연히 그런 느낌이 들 뿐입니다. 무언가 이화 씨 앞으로 편지를 쓴다는 일이 이제는 좀 삼가야 할 일 같은 느낌이 들어서인지도 모르겠습니다. 혹은 이제 편지를 쓸 만큼 먼 거리에 떨어져 있을 날도 얼마 남지 않았기 때문인지도 모르겠습니다. 물론 제 신변에 무슨 변화 따위가 일어나리라는 예감 때문은 결코 아닙니다. 그 점은 걱정하지 말아 주십시오.

부대로 돌아온 지 꼭 일주일째 되었습니다. 여전히 건강하고 여전히 어디에나 잘 적응하는 오수환이 그대로입니다. 달라진 건 제대 날짜가 조금 더 가까워졌다는 사실뿐이지요. 그것은 매일매일 달라지는 사실이긴 하지만 말입니다.

귀대한 즉시 바로 편지 쓰지 못한 것은 역시 저의 게으름 탓이기도 하겠지만 저 나름대로 저 자신을 조금 정리할 시간이 필요했기 때문이기도 합니다. 물론 대단한 정리는 아니지요. 그저 자신을 조금 타일러 두는 데 불과했습니다.

광준이란 친구는 아무리 깎아내려서 얘기해도 역시 훌륭한 친구입니다. 그리고 그의 일은 도울 만한 일이지요. 저는 이화 씨의 건강을 염려했습니다만 그건 그리고 그 친구가 더하면 더하겠지요. 제 우려는 한낱 노파심에 지나지 않으리라고 생각합니다. 그리고 그렇길 빕니다.

이곳은 지금 사흘째 눈이 내리고 있습니다. 내리는 대로 치우지 않았다면 아마 우리들 키보다도 높이 쌓였을 것입니다. 아니, 실제로 부대 밖으로만 나가도 우리 키보다 높이 쌓인 눈을 얼마든지 볼 수 있을 것입니다. 그곳은 어떤지요? 천막이 몹시 춥던 기억이 납니다. 감기에 걸리시지 않도록 조심하십시오. 그리고 물 긷는 일 따위는 그 친구에게 맡겨 두십시오. 그 친구도 그것을 걱정하는 걸 들은 적이 있습니다.

……이만 줄입니다. 안녕히 계십시오. 수환.

그리고 광준 앞으로 된 두어 줄의 편지가 그다음 장에 적혀 있었다.

이화 씨한테 쓴 편지를 자네도 보게 되는 것은 좋은데 그 경우 절대로 기고만장하지 말도록. 기고만장하는 것은 졸장부나 하는 짓이니까. 건투.

이화의 제의로 함께 편지를 읽고 난 광준은 빙긋이 웃으며 말했다.
"이 친구가 이화 형을 어지간히 좋아한 모양이군. 편지에 허둥대는 눈치가 역력한 걸 보면."

이화는 뺨을 붉히며 가만히 말했다.

"우리랑 함께 있다가 따로 떨어져 가 계시니까 외로워서 그러시겠죠, 뭐."

"하하, 그럴는지도 모르겠군."

하고 광준은 더 이상 편지에 대한 언급은 하지 않았다. 결코 조롱 삼을 성질의 편지가 아님은 그도 잘 알고 있었기 때문일 것이었다.

그 대신 그는 그녀의 두 눈을 자세히 들여다보며 이렇게 말했다.

"아무튼 나는 자랑을 가지고 말할 수 있소. 이화 형이 내 옆에 있다는 사실을. 그리고 내가 이화 형 곁에 있다는 사실을."

이화는 다시금 뺨만을 가만히 붉혔다.

겨울은 이제 그 중심부에 와 있었다. 눈이 두어 차례 더 내렸고 기온이 영하 10도 이하로 내려가는 본격적인 추위는 개천의 표면을 완전히 얼어붙여 놓았다. 방학을 한 아이들은 그리고 머리를 깎으러 오지 않을 때에도 천막 주위에 와서 놀았다. 눈이 오는 날은 그들과 함께 눈싸움도 하고 눈사람도 만들었다. 얼어붙은 개천 바닥에서 제 형이나 아버지가 만들어 준 썰매를 타기도 했다. 그러다간 언 손을 녹이기 위해 천막 안으로 들어와서 난로를 쬐기도 했다.

그리고 그럴 때면 광준은 아이들에게 재미있는 동화를 들려주기도 했다. 아름다운 환상으로 가득 찬 동화를 들려주는 적도 있었고 이야기 속에 교훈이 담긴 동화를 들려주는 적도 있었다. 때로는 이화에게 그 일을 강권해서 이화가 아이들에게 동화를 들려주지 않으면 안 될 때도 있었다. 그러나 아이들은 광준의 이야기를 더 좋아했다. 특히 그의, 초인적인 힘을 가진 '정의의 기사' 이야기를 아이들은 좋아했다. '정의의 기사' 중에서도 정의의 기사가 불의한 권력자를 때려 부수거나 옳지 못한 방법으로 부자가 된 욕심쟁이 아저씨를 벌주는 대목을 아이들은 좋아했다. 그 대목에 이르면 아이들은 마치 자기들이 정의의 기사라도 된 것처럼 뽐내며 기뻐했다.

아이들은 또 그의 '자존심 이야기'도 좋아했다. 일본 헌병들에게 고문을 당하면서도 끝내 무릎 꿇지 않은 독립투사 이야기를 좋아했고 가난하지만 결코 남에게 구걸하지 않은 이태리 소년 이야기를 좋아했다. 또 미국 독립전쟁 이야기도 좋아했고 링컨의 노예해방 이야기도 좋아했다. 아이들은 그 이야기들에서, 사람은 자기를 존경할 수 있도록 되어야 한다는 교훈을 알아차리는 것 같았다.

바로 그 무렵이었다. 동네에 저 참담한 일이 벌어진 것은.

그날 아침 이화는 평소보다 조금 일찍 잠에서 깨었다. 무언가 좋지 않은 꿈을 꾼 것 같았는데 내용이 잘 생각나지 않았다. 아무리 기억해 보려고 해도 무슨 좋지 않은 꿈이었다는 사실만 분명한 채 내용은 생각나지 않았다. 꺼림칙한 기분은 광준의 천막을 향해 집을 나섰을 때도 사라지지 않았다. 그러나 그녀가 버스 정류장을 향해 걷는 동안 눈이 내리기 시작했다. 그리고 눈은 차차 함박눈으로 바뀌기 시작했다. 그제야 그녀는 꺼림칙한 기분을 잊고 걸음을 빨리하기 시작했다. 한시바삐 광준에게 달려가서 그 기쁨(눈이 내린다는)을 함께하려는 생각에서였다.

출근시간이 아직 일러 승객이 드문드문밖에 타지 않은 버스에 올라 눈 오는 모습이 잘 내다보이는 창가 쪽 좌석에 마악 앉았을 때 비로소 꿈의 내용이 불현듯 선명하게 떠올랐다.

꿈속에서도 눈이 내리고 있었던 것 같았다. 어쨌든 주위에 다른 사람의 그림자라곤 찾아볼 수 없었다. 광준만이 흰 눈 위에 (그렇다. 분명 눈 위였었다) 꼼짝 않고 누워 있었다. 깊이 잠들어 있는 모습 같았다. 그런데 잠이 깊이 든 까닭인지 자신의 반듯이 누운 몸 위에 눈이 쌓이고 있는 것도 모르고 있는 것 같았다. (그렇다 그의 몸 위엔 분명 눈이 내려서 쌓이고 있었다.) 이화는 그를 깨워야 한다고 생각했다. 그의 몸을 가만히 흔들어 보았다. 그러나 그는 깨어날 생각을 하지 않았다. 그녀는 좀 더 힘을 주어 그의 몸을 흔들었다. 그대로 놔두면 얼어 죽게 될는지도 모른다는 생각과 함께. 그러나 그의 몸 위에 쌓였던 눈만이 흐트러져 떨어질 뿐 그는 여전히 꼼짝 않고 누워 있었다. 너무 잠이 깊이 든 때문이라고 생각하고 그녀는 좀 더 세차게 흔들었다. 왜 이런 장소에서 잠을 자고 있을까, 하는 뒤미처 떠오른 의문과 함께. 그러나 그는 여전히 꼼짝하지 않았다. 그의 몸 위를 덮었던 눈이 모두 흐트러져 떨어져서 그의 검은 옷 빛깔만이 선명하게 드러났을 뿐.

꿈은 거기까지만 생각났다. 아마 그때쯤 그녀가 잠에서 깨어났던 모양이었다. 그 순간 아마 그녀는 그가 죽었는지도 모른다는 생각을 했는지도 몰랐다.

꿈의 내용이 선명하게 떠오르자 그녀는 갑자기 불안한 느낌에 휩싸였다. 꿈을 꼭 믿어서는 아니지만 밤사이 그에게 무슨 일이 생겼을는지도 모른다는 생각 때문이었다. 어쩌면 지난번에 왔던 그 남자들이 또 왔었을지도 모른다는 생각도 들었다. 혹은 갑자기 그에게 무슨 병이라도 생겼는지 모른다는 생각도 들었다.

꿈의 내용으로 미루어 보면 그는 꿈속에서 죽어 있었던 게 틀림없다. 그렇지 않고서야 눈 속에 그렇게 꼼짝 않고 누워 있을 리는 없지 않은가. 그리고 꿈을 꼭 그대로 믿을 수는 없다고 하지만 꿈은 어느 정도 예견하는 능력도 갖고 있다고 하지 않는가,

일단 그렇게 불안감에 휩싸이게 되자 그녀는 버스가 한없이 더디게만 여겨졌다. 또 눈이 내리는 탓으로 버스는 실제로 비교적 천천히 달리고 있기도 했다. 그렇다고 부산스레 버스에서 내려 택시로 바꿔 타고 싶은 생각은 없었다. 그러는 건 왠지 더욱 좋지 않은 결과를 재촉하는 일처럼 여겨졌기 때문이다.

그녀는 마음만 다급히 광준이 있는 천막 쪽으로 달렸다. 그리고 버스가 조금이라도 더 빨리 달려주기를 마음속으로 빌었다. 그러나 버스는 여전히 조심조심 눈 속을 달리고 있었다.

그리고 마침내 동네에 도착한 그녀는 보았다. 동네의 참담하게 변한 모습을.

하룻밤 사이에 동네는 완전히 잿더미로 바뀌어 있었던 것이다.

동네 전체가 타 버린 검은 숯덩이들로만 뒤덮여 있었다. 그리고 그 숯덩이들에선 아직도 모락모락 연기가 피어오르는 곳도 있었다.

눈이 그 위에 내리고 있었고 사람들이 넋 잃은 표정으로 오락가락

하고 있거나 땅바닥에 주저앉아 소리 내어 울고 있었다. 넋 잃은 표정으로 타 버린 숯덩이들 사이를 오락가락하는 것은 남자들이었고 땅바닥에 주저앉아 소리 내어 울고 있는 것은 아낙네들이었다. 그리고 아이들은 울고 있는 제 어머니 곁에서 추위와 겁에 질린 표정으로 오들오들 떨고 있었다.

이화는 숨이 막혀 오는 것을 느꼈다. 그리고 갑자기 다리가 후들후들 떨려 오는 것을 느꼈다. 그녀가 편안히 잠자고 있던 시간에 이곳엔 너무도 엄청난 불행이 닥쳐온 것이다. 상상조차 할 수 없었던 불행이.

한동안 제자리에 못 박힌 듯 꼼짝할 수 없었던 그녀는 비로소 광준의 생각을 했다. 그리고 허둥지둥 천막이 있는 개천 바닥 쪽을 향해 타 버린 숯덩이들 사이를 더듬어 내려갔다.

천막도 잿더미로 변해 있었다. 그리고 광준의 모습은 보이지 않았다. 칠판과 걸상 따위들이 참혹하게 숯덩이로 변해 있는 모습만이 그녀의 두 눈을 찌를 뿐이었다. 타 버린 걸상 중 어떤 것은 아직도 조금씩 연기를 피워 올리고 있는 것도 있었다.

그녀는 다시금 숨이 막혀 오는 듯함을 느꼈다. 그리고 자기가 딛고 있는 땅바닥이 커다랗게 기울어지는 듯한 착각을 받았다. 동시에 세찬 불안이 그녀를 엄습해 왔다.

광준은 어디 있을까. 그는 어떻게 되었을까.

그녀는 불안에 휩싸인 눈으로 사방을 두리번거리기 시작했다. 그러나 부근의 어디에서도 그의 모습은 발견되지 않았다.

불안은 차츰 두려움으로 바뀌기 시작했다. 꿈속에서 보았던, 눈 위에 꼼짝 않고 누워 있던 그의 모습이 주위의 참혹한 잿더미 위에 겹쳐 떠올랐다. 두려움은 차츰 구체적인 모습을 띠고 다가오기 시작했다.

그에게 무슨 변이 생겼을지도 모른다. 혹시 무슨 참변이 생겼을지도 모른다. 어쩌면 그는 죽었을지도 모른다.

눈은 계속 퍼부어 대고 있었다. 그리고 그녀는 더 이상 그렇게 한가롭게 서 있을 수만은 없다고 생각했다. 누구를 붙잡고 물어보기라도 해야 한다고 생각했다.

그녀는 허둥지둥, 땅바닥에 주저앉아 울고 있는 한 낯익은 아낙네에게로 달려갔다. 그리고 떨리는 목소리로 물었다.

"아주머니. 혹시 저기 천막에 계시던 김 선생님 못 보셨어요?"

그러자 그 아낙네는 이제 눈물도 말라 가는 두 눈을 들어 그녀를 쳐다보고는 힘없이 고개를 가로저었다.

"못 봤다우. 딴 사람 볼 새가 어디 있수? 제 집이 이렇게 다 타 버렸는데. 우린 이제 어떡하믄 좋우?"

그리고 그 아낙네는 다시 새삼스러운 설움이 북받친 듯 두 손으로 땅바닥을 쓸며 울기 시작했다.

"아이구, 하느님도 무심하지. 이게 무슨 짓이람. 이게 무슨 짓이시람."

그때 등 뒤에서 누군가 그녀의 어깨를 가만히 잡는 사람이 있었다. 그녀는 거의 반사적으로 몸을 돌이켰다.

광준이 거기 서 있었다. 그의 옷과 얼굴은 온통 그을음투성이었으며 두 눈엔 번쩍이는 액체가 가득 담겨 있었다.

"광준 형!"

이화는 거의 그를 향해 무너질 듯한 자세로 외쳤다. 그가 그녀의 두 팔을 잡았다. 그리고 나직이 말했다.

"……언제 왔소?"

"조금 전에요. 이게 어떻게 된 일이에요?"

그녀는 거의 울먹일 듯한 목소리로 말했다. 그가 그녀의 두 눈을 찬찬히 마주 들여다보았다.

"너무 놀라지 말아요. 사람한텐 이런 예기치 못한 재난도 간혹 있는 법이오. 너무 슬퍼하지 말아요."

"하지만 이런 일이 있으리라곤, 이런 일이 있으리라곤……."

"너무 짓궂긴 해요. 하지만 견뎌 낼 수 없는 일은 아니오. 내가 지금 어딜 다녀오는 길인 줄 알아요?"

"어디 갔다 오시는 길이세요?"

"아이 하날 병원에 데려다주고 오는 길이오. 데려갈 때까지도 숨이 있었는데 조금 전에 숨을 거두었소. 우리 이발소에 머리를 깎으러 오던 아이요. 화상이 너무 깊어서 구하질 못했소."

이화는 순간 가슴 밑바닥이 무너지는 듯한 아픔을 느꼈다. 그가 눈물이 번쩍이는 눈으로 계속했다.

"아이의 부모들을 더 이상 보고 있을 수가 없어서 도망치듯 나 혼자 빠져 오는 길이오. 하지만 우린 아직 견뎌 낼 수 있소. 무엇이든 다시 시작할 수 있소."

눈이 그의 머리와 어깨 위에 계속 쌓이고 있었다.

"처음부터 다시 시작할 수 있소. 우리뿐 아니라 여기 모든 사람들이 다시 시작할 수 있소. 사람은 결코 불의의 재난 따위에 무릎 꿇진 않아요. 슬픔과 충격이 가시면 곧 다시 일어설 수 있을 거요. 자, 너무 슬퍼하지 말아요."

"하지만, 하지만 너무 참혹해요."

"그 참혹한 모습을 가려 주느라고 눈이 오고 있지 않소. 그것도 이렇게 풍성한 눈이. 자, 이화 형은 누구보다 어른이지 않소. 슬픔을 거둬요. 그리고 지금부터 우리가 해야 할 일이나 생각해 봅시다."

"여기서 지금 우리가 무엇을 할 수 있나요?"

"무어든 할 수 있을 거요. 찾아봅시다. 그리고 앞으로 우리가 해야 할 일도 생각해 봅시다."

"전, 광준 형만 따르겠어요."

그러자 그는 그녀의 두 눈을 힘 있게 마주 들여다보았다. 그리고 갑자기 쉰 듯한 목소리로 말했다.

"그래 주겠소?"

"네, 광준 형만 따르겠어요."

그녀도 울먹이는 목소리로 말했다.

"고맙소. 그럼 우리 처음부터 다시 시작합시다."

그러며 그는 무언가를 감추기 위함인 듯 얼른 시선을 들어 하늘을 쳐다보았다. 그녀도 눈물이 가득 고인 눈을 들어 하늘을 쳐다보았다.

풍성한 눈이 온 누리를 뒤덮기라도 할 듯 풍성한 눈이 회색의 하늘로부터 끊임없이 날려 내리고 있었다. 마치 그 참변의 현장을 감싸 주기라도 하려는 듯…….

■ 작가 후기

다시 내면서

『겨울여자』를 다시 출판하자는 '솔' 출판사의 제안에 동의하였다. 이 기회에 가능하다면 손질해야 할 부분들을 대폭 좀 손질하고 싶다는 욕심도 있었다. 그러나 결과부터 얘기하면 전체적인 개작의 수준에는 이르지 못하고 부분적인 다듬기에 머물고 말았다. 뜻밖에도 그 소설은 그 소설 나름의 허물기 어려운 자기 구조를 가지고 있었던 것이다. 다만 발표 당시의 험악한 상황을 고려한 일종의 안전장치라고 할 만한 것들을 이번 기회에 제거할 수 있게 된 것은 다행이었다. 이를테면 정치우화소설이 도리 없이 염려해야 하는, 실정법의 보복을 염두에 둔 과민한 안전장치 따위다. 당시의 실정법은 얼마나 기세등등했던가.

어쨌든 70년대에나 나올 수 있었을 법한 기형적인 연애소설(의 탈을 쓴 정치우화소설)을 오늘의 독자는 어떤 눈으로 읽어 줄 것인지…….

1991. 10.

지은이 씀

■ 해설

남성에 의한, 남성을 위한

문영희(문학평론가)

1975년 1월부터 12월까지 『중앙일보』에 연재된 『겨울여자』는 이듬해에 문학과지성사에서 단행본으로 출간, 단번에 베스트셀러가 된 장편소설이다. 이 작품은 1977년 김호선 감독에 의해 영화로 만들어졌으며, 관람객 58만 명에 이를 정도의 경이로운 기록을 세우기도 했다. 1970년대 대중문화 작품 가운데 관심도 면에서 단연 윗자리를 차지했던 『겨울여자』는 그 당시로서는 파격적이었던 주제로 대중 독자와 관객들로부터 찬사를 받았지만 또한 많은 논란거리를 제공했던 작품이다.

10여 년 이상의 긴 시간이 흐른 후 『겨울여자』는 일부 내용이 개작, 수정되어 새로이 출간되기에 이르는데, 1985년 중앙일보사, 1991년 솔출판사 본이 각각의 작품들이다.

1991년 솔출판사 본에 개재된 작가의 후기에 따르면, "발표 당시의 험악한 상황을 고려한 일종 안전장치라고 할 만한 것을 이번 기회에 제거"했다는 점을 개작의 이유로 들고 있으며, 『겨울여자』를 "기형적인 연애소설(의 탈을 쓴 정치우화소설)"[1]이라고 밝히고 있다.

작가는 왜 『겨울여자』를 정치 우의 소설로 규정했을까? 우선 "발표 당시의 험악한 상황"에 대해 짚고 넘어가자. 유신체제하의 1975년은 국가란 이름의 무서운 아버지가 개개인의 신체와 복장마저 억압적으로 규제하고, 손발과 입을 꽁꽁 묶어 놓았던 규율 권력의 감시 사회였다. 퇴폐 풍조를 없앤다는 명목의 경범죄가 법제화되어 가위를 든 경찰이 장발 남성의 머리카락을 함부로 자르고, 체제 비판적인 언론을 길들이기 위해 신문 광고를 싣지 못하게 하거나 기자들을 해직시키며, 체제에 순응하지 않는 지식인들을 갖은 구실로 구금하며, 민주주의 회복을 위한 집회 · 결사 · 노동 쟁의 등을 원천적으로 봉쇄하던 국가 폭력의 시대였다.

이처럼 정치적으로는 살벌하고 엄혹한 겨울이었지만 문화적으로는 급격한 산업화, 도시화, 소비의 증가, 외래문화의 유입 등으로 인한 해빙기가 도래하고 있었다. 당시의 유신정부는 대중의 눈을 가리고 입을 막아 체제에 순응시키는 방편으로서 대중문화의 물꼬를 터주었다. 이와 더불어 대학생을 중심으로 한 청년들은 기성세대의 가부장적이고 갑갑한 보수적 사고방식에 반발하여 통기타, 생맥주, 청바지, 장발로 상징되던 청년문화를 싹틔우기 시작했다. 대중소설,

1) 조해일, 『겨울여자』, 솔출판사, 1991, 553쪽.

영화, 연극, 대중음악 등의 꽃이 피어나기 시작한 것이 이 시기이며, 1970년대의 베스트셀러 소설들은 이런 토양에서 번성하게 되는데 그 대표작이 『겨울여자』인 셈이다.

작가가 직접 밝힌 대로, 1975년은 지금으로서는 상상할 수 없을 만큼 정치적으로 매우 '험악한 분위기'였다. 최소한의 개인의 자유조차 보장받지 못하던 시대, 그 폭압적인 정치 상황을 비켜 가면서 작가로서의 소신과 책무를 다하기 위한 방편으로서 신문 연재 대중소설의 창작 방식, 특히 '정치 우의'적인 작품을 그리려 했다는 창작 의도를 의미깊게 받아들일 수 있다.

문제는 "기형적인 연애소설의 탈"이란 언급에 있는데, 사실 이 작품을 50년이나 지난 지금의 시점에서 독해하자면 '연애소설'로 읽어 내기엔 너무나 기형적인 부분이 많아서 과연 이 작품을 연애소설의 탈을 쓴 작품으로 읽어 낼 수 있는가 하는 의문이 든다. 이 면에서, 작품의 해설을 어느 시점에 맞추어서 해야 하는가 하는 고민이 생기는 것은 당연한 일일 것이다. 여기서는 70년대적 시대 상황과 분위기를 감안하되 현대의 독자들이 어떤 방식으로 이해하고 수긍하거나 혹은 수긍할 수 없는 지점까지 연결하여 해설해 보려 한다.

당대의 영화 관객 혹은 소설 독자로부터 가장 많은 논란을 이끌어었던 여주인공 유이화의 면면을 살펴보자. 이화는 18세의 고등학교 시절부터 연애를 '한' 것이 아니라 연애를 '당한' 것이었다. 그것도 기형적으로.

우선 제1장 「익명의 편지」 부분을 살펴보자. 민요섭이라는 인물이

18세의 여고생 유이화를 스토킹하는 것도 모자라 이화의 일거수일투족을 감시한 장면을 익명의 편지 형식으로 이화에게 매일매일 보고한다. 보고를 통해 '너는 내가 누군지도 모르겠지만 나는 너를 잘 알며, 시시각각 지켜보고 있다'는 사실을 당당하게 밝히며, 이러한 보고가 '너의 탓이지 나의 잘못은 아니다'라는 투로 전개되는, 이화의 입장에서 보자면 연애하는 것이 아니라 연애를 당하는 사건을 소설의 시작 부분에 배치해 놓았다.

1975년 당시, 장발은 단속의 대상이며 범죄 행위에 해당했지만 남성의 일방적이고도 지속적인 스토킹 행위는 과감한 구애행위의 한 방식일 뿐 범죄로 인지되지조차 못했다. 성인지 감수성 제로의 정서적 상황이 소설 전반에 걸쳐 거리낌 없이 펼쳐진다는 점에서 『겨울 여자』를 읽고 있으면 1970년대의 여성, 혹은 인간에 대한 관계의 방식이 얼마나 남성 중심적이며 일방적이었는지를 알게 된다.

물론 이화는 익명의 스토킹 편지를 받고 그 수치심과 모멸감, 불쾌감을 분명하게 느낀다. 그리고 이 사실을 어머니에게 호소해 보지만, 어머니의 반응은 딸의 안위를 걱정하는 것이 아니다. 어머니는 드디어 딸이 모르는 남자의 관심의 대상이 될 만큼 성장하였다는 사실을 흐뭇해하며 '나쁜 사람은 아닌 듯하다'라고 이화를 다독일 뿐만 아니라, 그런 편지는 사적인 것이므로 부모라도 간섭할 수 없다는 투로 이화를 안심시킨다.

상황이 이 지경이니 이화도 서서히 익명의 편지를 거부감 없이 받아들이는 상태가 되고 나중에는 무감각해져 편지를 기다리는 지경에 이르게 된다. 본의의 의지에 반하는 타인의 일방적인 스토킹 행위를 자신에 대한 관심으로 이해하고 약간의 기쁨마저 맛보게 되며, 자신도 모르게 우정 비슷한 감정에 빠져들 만큼 가스라이팅을 당하게 된 것이다.

상대방의 의사를 전혀 고려하지 않은 일방적이고도 끈질긴 스토킹이 범죄 행위라는 인식은 요즘에 와서 생긴 것이며, 이런 폭력적인 구애 방식을 크게 문제 삼지 않을 만큼 70년대는 남성 중심적이었던 것이라고 억지로 좋게 이해하고 넘어가자.

민요섭은 어떤 인물인가? 나쁜 일만 골라서 하는 권력가의 비겁한 아들이다. 민요섭은 아버지의 정치적 부정행위에 저항하는 방식으로 외톨이가 되어 은둔하며 정상적인 사회생활로부터 스스로를 차단한다. 요섭이 유일하게 적극적으로 한 행동은 자신보다 더 어리고 연약한 한동네 여학생을 철저히 감시하고, 홀로 사랑하며, 지속적으로 스토킹하는 일이었다. 아버지의 부정 축재를 혐오하면서도 아버지가 사준 요트와 별장을 과시하며, 자신이 연약하거나 병든 남자가 아니라 가련한 남자라는 점을 끊임없이 내세워 인정 투쟁을 감행하고, 성추행을 하다 거부당하자 좌절과 자책 사이에서 방황하다 자살하고 마는 용렬한 인물이다.

이화의 입장에서 보자면, 자신이 거부한 한 남자가 갑작스럽게 자살해 버린 사건은 19세의 어린 여성으로서는 감당하기 힘든 충격이었을 것이다. 이 일로 인해 이화는 돌이킬 수 없는 자책과 자기 비하에 빠져들게 되며, 자신이 피해자가 아니라 가해자인 것으로 착각하기에 이른다.

> "제가, 제가 나빴어요! 요섭 씨는 정말 저한테 아무 죄도 짓지 않았어요! 제가 죄를 뒤집어씌운 셈예요! 제가 그런 셈예요!"

18세의 소녀 시절에 강제적인 만남을 당하고 성적 유혹을 뿌리친 것이 남자를 죽음에 이르도록 했다(고 이화는 오해했다). 피해자가 가해자로 뒤바뀌어 스스로를 죄 지은 자, 가해자라고 잘못 생각하고 항상 죄의식과 자책을 안고 살아가야 하는 덫에 걸려 버렸다. 이 사건 이후 이화는 만나는 남자들과의 관계 맺기에서 적극적이고 능동적으로 대처하지 못하게 된다. 선택하지 못하고 선택당하며 사랑하지 못하고 사랑당하게 되는 수동적, 비대칭적인 관계 맺기의 순환에 빠지게 된 것이다.

한 생명을 죽음에 이르게 했다는 자책은, 모든 잘못된 상황을 자신의 탓으로 돌리기에 충분하다. 그런 까닭으로 이화는 남성들의 그 어떤 불쾌하고 폭력적인 행위에도 거절하거나 거부하지 못하고 순응적으로 (작가의 표현으로 말하자면 '다소곳이') 따르기만 하게 되었는데, 이러한 비주체성과 수동성은 두 번째 남자와의 만남에서 더욱 뚜렷이 제시된다.

대학생 기자 우석기가 두 번째 인물인데, 그는 첫 만남부터 다짜고짜 성추행을 하며 그것에 대해 일말의 죄책감을 가지기는커녕 자연의 섭리라며 스스로를 옹호한다.

석기는 자연스럽게 걸어가 그녀의 옆자리에 앉았다. 되도록 그녀의 몸에 이쪽의 몸이 닿도록 넉넉하게 앉았다. 그녀의 대퇴부 근처가 이쪽의 허벅지에 닿았고 옆구리 부분과 어깨 부분도 닿았다. 그리고 닿은 부분들은 모두 부드럽고 따뜻한 감촉을 전해 왔다.

석기는 이런 면이 버스라는 대중교통 수단이 갖는 둘도 없는 미덕이라고 생각하며 그녀 쪽을 힐끗 곁눈질했다.

성범죄가 분명해 보이는 이러한 장면이 두 사람 간의 첫 만남의 순간이며, 이화는 이러한 불쾌한 접촉을 인지하지도 못한 채 처음 보는 남자가 하자는 대로 버스에서 내리라면 내리고, 다방에 가자면 (다소곳이) 따라가고, 취재한다는 구실로 다시 만나기를 요청해도 결코 거부하지도 의심하지도 않는다. 요섭이 이화를 스토킹하고 일방적 구애를 한 것이 이화 탓이라고 변명하였던 것처럼 우석 역시 이화에 대한 관심이 자신의 탓이 아니라 순전히 이화 탓이라고 책임을 전가한다.

아가씨가 내 못된 근성을 건드렸기 때문이죠. 요컨대 아가씬 내가 아가씰 처음 본 그 순간부터 내 중요한 흥미의 대상이 된 겁니다.

한발 더 나아가 석기는 이화에게 "앞으론 여기 있는 이 나를 한번 사랑해 보도록 하십시오"라며 사랑을 강요한다. 1970년대의 남녀 간의 관계는 이처럼 남성 주도하에 비매너적이고 강제적인 방식으로 진행되었구나 하는 것을 분명히 느낄 수 있다. 그리고 이를 통해, 마치 나쁜 아버지(국가)에 의해 국민의 신체가 마구 훼손당하고 모욕당하는 일이 당연시되었던 것처럼, 비인격적이며 일방적인 수직 관계의 구애 행위가 범죄인지 폭력인지도 인지되지 못하고 당연시되는 것이 일상이었던 70년대의 사회적 분위기를 또한 알 수 있다.

작가는 이화로 하여금 우석기의 뻔뻔한 명령을 거부하기는커녕 다소곳하게 따르며, 만남을 거듭할 때마다 더욱 격렬해지는 추행과 강간을 애써 담담하게 받아들이는 백치에 가까운 여성으로 만들어 놓은 뒤 그런 이화를 '순진하다, 순수하다, 착하다'라는 수식어로 호도한다. 이화는 오직 뭇 남성들의 탐닉과 칭송의 대상으로서만 존재하는 잘 빚어진 항아리다. 목소리도 내면도 없는, 오로지 남성 욕망에 순응적으로 부응하는 무갈등의 그녀를 만들어 놓고 작가는 성(聖)처녀라 칭송한다. 이런 점으로 이 소설을 충분히 기형적인, 연애소설이 아닌 남성 판타지 소설이라 부를 만하다.

한편 작가는 석기의 기자 활동, 김광준의 야학 운동 등을 통해 정치 우의적이라고 할 만한 사건들을 명시하려 한 듯하다. 정부 비판적 기사를 썼다 경찰에 구금되기, 강제 군 입소, 군대에서의 의문사, 천변 마을의 강제 철거 등이 그것이다. 그러나 정의롭고 계몽적인 지식인 대학생의 고뇌와 사회의식을 드러내 보이게 하는 이 장면들은 너무 흐릿하게 묘사되어 있어서 면밀하게 읽지 않으면 놓쳐 버릴 수도 있는 부분이다.

작가는 분명히 석기의 구속, 급작스러운 강제 군 입대와 죽음 등을 통해 70년대 유신 정권이 비판적 지식인에게 어느 정도로 가혹했는지를 암시하고자 하였던 것 같다. 그러나 의문사라고 암시된 그 죽음의 원인 규명도, 억울함도 전혀 구현하지 않은 것은, 그런 지점들을 단순하게 처리하고 말 정도로 엄혹한 시절이었음을 고려한다 하더라도 쉽게 납득이 가지 않는다. 소설 속의 지식인 남성들의 국가 폭력에 대한 반응은 정치 우의적이라고 하기엔 너무 소심하고 수동적이다.

이런 현상은 카먼 마라아 마차도의 소설 제목 『그녀의 몸과 타인들의 파티』(문학동네, 2021)를 연상하게 하듯, 이화가 뭇 남성들의 폭력성과 욕망에 순응적이며 자신의 의지에 반하는 모든 상황에 비주체적으로 대응하는 것과 같은 맥락으로 이해할 수 있다. 이 소설에서 남성의 국가 폭력에 대한 태도는 저항이 아니라 비주체적이며 순응적이다. 그러나 자아는 비루하게나마 남아 있어 거대한 폭력에 맞대응하는 대신 시선을 타자에게로 돌려 끊임없이 타자에 대한 관음증과 소비의 방식으로 소심하고 음울한 자아를 표출하려 한다.

이렇듯 정치적으로 윤리적인 주체이지만 타자에게는 폭력적인 주체인 남성들이 아버지를 부정하지만 맞대응하지 못한 채 회피하는 부분이 '정치 우의적'이라면, 타자를 대상화하며 관음증적으로 소비하는 방식이 '기형적인 연애의 탈'의 형태로 표출되고 있는 것이다.

요섭과 석기로부터 사랑당하고 계몽당한 이화에 대해 작가는 이 사건이야말로 이화의 성숙과 거듭남의 계기라며 작품 서두에서 이렇게 미리 제시해 놓았다.

누구에게나 생애 가운데 한 번쯤은 자기가 여태껏 지녀 오던 인생에 관한 태도를 커다랗게 수정하거나 자신도 모르게 쓰고 있던 껍질을 한 허물 크게 벗게 되어 자신의 생에 관한 새롭고도 뚜렷한 전망을 세울 수 있는 계기가 생기게 마련이다. 다만 그것을 스스로 알아차릴 수 있는가 없는가의 여부는 별개 문제지만,

그리고 그것은 다른 여러 경우가 있을 수 있겠지만 연애와 더불어 오는 경우가 상당히 많다고 할 수 있는데(여자의 경우는 특히 그렇다), 이화(伊花)의 경우 그것은 여고 3학년 때 찾아왔다.

이것이 70년대 남성들이 여성을 그려 내는 전형적인 방식이었을 것이다. 여성은 남성과의 관계를 통해서만 자아를 형성할 수 있는 수동적이며 비주체적인 타자에 불과하다는 인식이 문장 속에 숨어 있다. 여성은 욕망이나 내면 따위가 있을 수 없는 창백한 항아리일 뿐이라는 인식. 여자는 남자와의 만남과 이별(죽음)이라는 통과의례를 거쳐야만 거듭나 자아를 형성할 수 있다는, 지금으로서는 가당찮은 발상에 의해 이화는 탄생하였다. 당연히 이화의 주체의식은 표백된 채 작가에 의해 상상되어진 기형적인 자아를 성취당하게 되는데, 이렇게 비정상적으로 자아성취를 하는 데 일조한 자가 우석기이다.

석기가 이화에게 끼친 영향은 아주 커 보이는데, 석기는 이화를 순진무구한 어린아이, 백치, 가르쳐야 할 학생으로 대우하며, 이화는 당연한 듯 그 모든 것을 수긍한 채 일방적으로 따르고 학습당한다. 이 면에서 두 사람의 관계는 연인관계라기보단 계몽하는 자/계몽 당

하는 자의 관계로 해석함이 옳을 듯하다.

석기는 이화에게 "우리나라가 불쌍해. 우리나라 사람들도 불쌍하고. 이화는 되도록이면 많은 우리나라 사람들을 사랑해 줘. 그 사람들의 연인이 돼 줘"라고 말하게 되는데 이 말이 석기의 유언이 된 셈이며 그 후 이화의 행적은 이 유언을 실현하기 위한 적극적이고도 과감한 행적으로 점철된다.

우선 이화는 비혼 선언을 하게 되는데, 이화에게 있어서 비혼이란 자아를 구축하고 주체를 형성하여 자신의 의지대로 살아가겠다는 것으로서의, 가부장 제도를 거부하겠다는 것으로서의 비혼 선언이 아니다. 오로지 남자들을 위하여, 결혼하여 한 남자에 속하는 대신 결혼하지 않고 자신을 필요로 하는 모든 남자의 연인이 되어 그들의 시중을 들겠노라는 결심과 실행인 것이었다.

이러한 이화의 비혼 선언의 출발은 연민으로부터이며, 그 연민이란 오로지 큰일을 해야 할, 정의로워야 할, 그러나 혹독한 겨울을 살고 있는 불쌍한 남자들을 향한 가없는 연민이었다.

교수 허민과의 관계를 살펴보자. 이화는 술 취한 허민을 부축하여 집으로 모셔다 준 이후, 밥을 해 드리고 몸을 보살펴 드리고 책 쓰는 것을 도와드리며 보조자의 생활에 적극적으로 뛰어든다. 또한 스스로 옷을 벗고 허민의 성적 욕망을 채워 드리며, 급기야는 이혼한 전 부인과의 사이가 다시 이어지게 하는 교량 역할도 적극적으로 시행한다. 그 논리 또한 가관이다.

"선생님도 이제 사모님이 차려 주시는 상을 받으셔야죠. 안 그래요? 선생님."

"왜 내가 쓸쓸해 보여?"

"쓸쓸해 보이는 것도 쓸쓸해 보이는 거지만 우선 시중들어 주실 분이 필요하시잖아요? 제가 매일 올 수도 없고."

"왜, 간밤의 내 추태를 겪고 나더니 날 하루속히 딴 사람한테 떠맡겨 버려야겠다는 생각이 들었나?"

"어마 선생님, 그런 뜻이 아녜요. 선생님은 공부를 계속하셔야잖아요. 그러시려면 식사까지 손수 해 잡수시는 이런 생활이 오래 계속되면 오래 계속될수록 결국 더 중요한 일에 쓰셔야 할 시간이나 힘을 덜 중요한 일에 쓰시는 결과만 되잖아요."

1970년대 한국 사회의 남녀 간의 역할에 대한 인식이 그대로 반영된 장면이다. 크고 중요한 일, 공적인 일(남)/ 사소하고 하찮은 일, 사적인 일(여)이라는 인식과 함께 남성의 시중을 드는 것이 여성의 중요하고도 당연한 임무라는 가부장제가 엄연히 살아 있으며 이화는 이를 한 치도 의심하지 않는다.

그런 의미에서 이화의 비혼 선언이란, 남성들의 보조자로서의 역할을 충실히 수행하기 위한 조건으로서의 비혼 선언이었던 셈이다. 이화의 굳건한 결심과 실행이란 남자들의 욕망에 적극적으로 헌신하는 것으로서의, 오로지 남성 욕망의 보조자의 위치에서의 의지라는 것을 어렵지 않게 짐작할 수 있다. 더 많은 (불쌍하고 외로운, 그러나 정의로운) 남자들의 친구가 되어 그들을 보조하고 사랑해 주는 것을 이화가 평생의 임무로 알고 있다는 사실은 현시점의 여성의 입장으로 보면 도저히 이해할 수 없는 장면이며, 이런 까닭에 이 작품을 남성 판타지의 집대성이라 부를 만하다.

이런 상황이 가장 적나라하게 드러나는 것은 사회운동가 김광준과의 관계에서다. 이화가 김광준을 만나게 된 시기는 이화가 잡지사 기자가 되어 사회생활을 하던 시기이다. 사회생활을 통하여 어렴풋이 소외된 계층에 대한 연민에 눈뜨게 된 시기에 사회운동을 하는 김광준을 만나게 된 것이다.

김광준은 나쁜 부자 아버지의 생활방식과 세계관을 거부하여 가출한 후, 달동네에서 홀로 야학을 열어 계몽운동을 진행하는 정의로운 남자로 묘사되어 있다. 1970년대의 대학생, 지식인(특히 남성)들의 사회적 책무 중에는 소외된 사회적 약자들, 그중에 배움이 모자란 청소년을 계몽, 선도하는 일도 포함되어 있었고 김광준이 그러한 사람의 전형인 것이다. 졸업하여 여성지 기자가 된 이화는 기자생활을 하면서 공장 지대의 여공들을 탐문하고 르포를 쓰는 일 등을 통해 어렴풋이 소외 계층에 대한 연민에 눈을 뜨게 되고, 야학을 통해 계몽운동을 하는 김광준을 만나자마자 단번에 그를 '시중'들기로 작정을 하게 된다.

김광준이 하는 일을 적극적으로 돕던 이화는 급기야는 회사를 그만두고 집에서 나와 김광준과의 동거를 꿈꾸기도 하는데 이는 개인적 차원에서의 연민, 사회적 책무의 전염 상태이다. 김광준의 철저한

보조자로서의 역할, 오직 그것을 하기 위해 이화는 가출을 감행하고 동거를 꿈꾸고 김광준의 손발 노릇 하는 것을 대단한 보람으로 여기는 상황까지 오게 된다.

서사가 여기까지 진행되면 이 기형적인 연애소설은 기형적인 계몽소설로 방향 전환을 하게 되는데 천변 마을에 대한 풍경, 가난하고 배움이 모자란 청소년을 가르치는 김광준의 행동에 감동하고 흠모하며 따르는 이화, 석기의 친구 수환 들의 천변 마을에서의 계몽운동, 이를 훼방 놓는 사건들을 꺾이지 않는 신념으로 극복해 나가는 장면들은 1920년대의 계몽소설 『무정』이나 1930년대의 농촌 계몽소설 『상록수』를 연상하기에 충분하다.

정치 우의적이기라기엔 미약하고 연애소설이라기엔 기형적인 『겨울여자』를 당대 독자들은 어떻게 이해하고 어떤 부분에서 열광했던 것일까?

두 개의 이슈 파이팅—비혼 선언과 다자간의 연애 이것은 당대 남성 독자의 관심을 받기에 충분했으며, 대중소설의 만족도를 높일 만큼 수위 높은 성애 장면 역시 당대 남성들의 관음증적 호기심을 채워주기에 부족하지 않았던 것으로 짐작된다. 이 열광적인 호기심 속에서 언제까지나 이화는 타인들의 파티 초대에 언제든 기꺼이 개입당하고 응대당하는 남성들의 '친구 자격'으로, 아니, '조수의 자격'으로서'만' 존재 의미를 찾는 비주체적 여성일 수밖에 없었다.

오랜 입맞춤 후 그들은 그의 간이침대로 갔다. 그가 말없이 그녀의 옷을 벗겼다. 그리고 잠시 후 그의 몸이 그녀의 몸에 닿았다.

뜨겁고 억센 몸이었다. 그녀는 커다란 슬픔이라도 한 듯 그의 몸을 안았다. 한순간 석기의 모습이 떠올랐다. 이어 수환과 허민의 모습도 떠올랐다. 그리고 안세혁의 모습도 떠올랐다.

한결같이 슬픈 몸짓들을 하고 있는 모습이었다. 그녀는 그 모든 사람들을 껴안듯 그의 몸을 껴안았다.

"누구한테도 속해 있지 않"고 "누구에게나 속해 있"으며 자신을 "필요로 하는 누구하고도 자유롭게 사귄다"는, 남성에 의해 빚어진, 남성들의 향유 대상이자 소비의 대상으로서의 이화에 당대 남성 독자들이 그토록 열광하였던 것은 아닐까?

그러나 이것은 초등학교가 국민학교로 불리던 까마득한 옛 시절의 소설이다. 지금의 관점으로 소설을 해석한다는 것에 대한 여러 곤혹스러움이 있었음도 밝혀 두어야겠다. 이런 시절들을 거쳐 오늘날에 이르렀다고 생각하면, 저 시기는 남성에게 겨울이었다면 여성에게는 빙하기였던 셈이라 할 수 있다.

조해일 연보

1941 중국 하얼빈시 근처에서 아버지 조성칠과 어머니 김순희 사이에서 장남으로 출생. 본명 조해룡.

1945 가족들을 따라 귀국. 이후 서울에서 성장.

1950 6·25를 서울에서 겪음.

1951 1·4후퇴 시 부산으로 피난. 이때 바다를 처음 봄.

1954 서울로 돌아옴.

1961 보성고등학교 졸업. 경희대학교 국문과 입학.

1966 경희대학교 국문과 졸업. 육군 입대.

1969 육군 제대.

1970 단편 「매일 죽는 사람」이 『중앙일보』 신춘문예에 당선되어 등단. 단편 「멘드롱 따또」(『월간중앙』), 「야만사초」(『월간문학』), 「이상한 도시의 명명이」(『현대문학』) 발표.

1971 단편 「통일절 소묘」(『월간중앙』), 「방」(『월간문학』) 발표.

1972 단편 「대낮」(『현대문학』), 「뿔」(『문학과지성』), 「전문가」(『문학사상』), 「항공 우편」(『월간중앙』), 중편 「아메리카」(『세대』) 발표.

1973 경희대학교 대학원 졸업. 단편 「심리학자들」(『신동아』), 「임꺽정 1」(『현대문학』), 「내 친구 해적」(『월간중앙』), 「무쇠탈 1」(『문학과지성』), 「1998년」(『세대』) 발표. 숭의여전 강사로 출강.

1974 첫 소설집 『아메리카』(민음사) 출간. 단편 「애란」(『서울평론』), 「할머니의 사진」(『여성중앙』), 「임꺽정 2」(『한국문학』) 발표. 중편 「어느 하느님의 어린 시절」(『세대』) 발표. 중편 「왕십리」(『문학사상』) 연재.

1975 단편 「임꺽정3」(『문학과지성』), 「나의 사랑하는 생활」(『문학사상』) 발표. 중편 「연애론」(『서울신문』, '반연애론'으로 개제), 「우요일」(『소설문예』) 발표. '겨울여자'를 『중앙일보』에 연재. 소설집 『왕십리』(삼중당) 출간.

1976 단편 「순결한 전쟁」(『문학사상』) 발표. 장편 『겨울여자』(문학과지성사) 출간. '지붕 위의 남자'를 『서울신문』에 연재.

1977 단편 「무쇠탈 2」(『문학과지성』), 「임꺽정 4」(『문예중앙』) 발표. 단편집 『매일 죽는 사람』(서음출판사), 중편소설집 『우요일』(지식산업사), 장편 『지붕 위의 남자』(열화당) 출간.

1978 콩트·에세이 집 『키 작은 사람들』(삼조사) 간행, '갈 수 없는 나라'를 『중앙일보』에 연재.

1979 「자동차와 사람이 싸우면 누가 이기나」(『창작과비평』) 발표. 장편 『갈 수 없는 나라』(삼조사) 출간.

1980 단편 「도락」, 「비」, 「낮꿈」(『문학사상』), 「임꺽정 5」(『문예중앙』) 발표.

1981 'X'를 『동아일보』에 연재. 단편 「임꺽정 6」(『한국문학』) 발표. 경희대학교 국어국문학과 교수로 재직.

1982 『엑스』(현암사) 출간.

1986 「임꺽정 7」(『현대문학』) 발표. 『아메리카』(고려원), 『임꺽정에 관한 일곱 개의 이야기』(책세상) 출간.

1990 단편집 『무쇠탈』(솔), 중편집 『반연애론』(솔) 출간.

1991 장편 『겨울여자』(솔) 개정판 출간.

2006 경희대학교 국어국문학과 교수 퇴임. 경희대학교 명예교수 위촉.

2017 「통일절 소묘 2」 발표(손바닥 소설집 『이해없이 당분간』, 김금희 외 21명, 걷는 사람).

2020 6월 19일 경희의료원에서 지병 치료를 받던 중 이날 새벽 별세.

출전(저본) 정보

『겨울여자』(솔, 1992)

조해일문학전집 6권

겨울여자 하

1판 1쇄 인쇄 2024년 6월 7일
1판 1쇄 발행 2024년 6월 14일

지은이 | 조해일

기획 | 조해일문학전집 간행위원회
책임편집 | 강동준

발행처 | 죽심
발행인 | 고찬규

신고번호 | 제2024-000120호
신고일자 | 2024년 5월 23일

주소 | (04029) 서울특별시 마포구 양화로 7길 84 영화빌딩 4층
전화 | 02-325-5676
팩스 | 02-333-5980

값은 표지에 있습니다.

ISBN 979-11-985861-8-6 (04810)
ISBN 979-11-985861-2-4 (세트)